Kein Blick zurück

Petra Martin

Das Buch:

Ein Buch über Freundschaft, Mut und die Kraft deiner Träume.

Eben noch hatte Caro ein ganz gewöhnliches Leben. Doch von einem Tag auf den anderen steht sie vor dem Nichts: Sie verliert ihren sicher geglaubten Job, ihren langjährigen Partner und ihre Wohnung. Verzweifelt sucht sie einen Ausweg aus der Misere. Wie durch Fügung kreuzt ihr Weg den von Regina und ihrer Familie, mit deren Unterstützung sie noch einmal ganz von vorne anfängt. Endlich traut sie sich, ihre Leidenschaft, das Nähen, zum Beruf zu machen. Der Anfang ist steinig, aber alles scheint sich zum Positiven zu wenden. Doch Regina hat ein dunkles Geheimnis, das Caro mit in den Abgrund zu ziehen droht. Gelingt es Caro, dem Ganzen auf den Grund zu gehen und sich selbst und ihre neuen Freunde vor dem Absturz zu bewahren?

Die Autorin:

Petra Martin, Jahrgang 1971, lebt mit Mann, Tochter und zwei Hunden im Landkreis Gifhorn in Niedersachsen. Neben Ratgebern schreibt die ausgebildete Resilienz- und Mentaltrainerin leidenschaftlich spannende zeitgenössische Romane und Kurzgeschichten. Dabei fesselt sie ihre Leserinnen und Leser durch subtile Spannung und mutige Figuren, die trotz widriger Umstände „ihren“ Weg gehen.

Kein Blick zurück

Roman

von

Petra Martin

1. Auflage, 2023

Haagematten 29, 38547 Calberlah

petra.martin@gmx.com

www.petramartin-autorin.de

Coverdesign: Carmen Schneider – www.covermanufaktur.art

Lektorat: Lara Hofmann – larahofmann.com

ISBN 978-3-9823901-6-1 (E-Book)

ISBN 978-3-9823901-7-8 (Taschenbuch)

ISBN 978-3-9823901-8-5 (Hardcover)

Für alle mutigen Menschen

Im Hamsterrad

Was hatte Sara bloß so Wichtiges zu besprechen? Beim fünften Klingeln hob Caro den Hörer der Kollegin ab. Sie war auf dem Sprung und hatte vorher schon eine Ahnung, dass sie es bereuen würde. Ein weiterer Auftrag, der an ihr hängen blieb. Höflich und mit scheinbarer Engelsgeduld übernahm sie den Kunden der Kollegin, wie schon so oft in letzter Zeit.

Als sie aufgelegt hatte, starrte sie missmutig aus dem Fenster. Von wegen goldener Oktober! Der feine Nieselregen hatte am Vormittag eingesetzt und wollte einfach nicht enden. Erfolglos kramte sie in ihrer Tasche. Natürlich, sie hatte ihren Schirm am Vortag ausgepackt.

Seufzend griff Caro nach ihrer brombeerfarbenen Softshell-jacke und flitzte die Treppe nach unten. Gewöhnlich war sie so schneller als mit dem Aufzug, der ständig defekt war.

Ihr Herz schlug ihr schon jetzt bis zum Hals. Warum musste sie auch wieder alles auf den letzten Drücker erledigen?

Sie dachte kurz darüber nach, dass sich ihre Haare bei der Nässe wieder kringeln würden, was sie so hasste. Aber für solche Gedanken war jetzt keine Zeit. Ihr Ziel war nur drei Straßen entfernt, aber sie würde einen Sprint hinlegen müssen. Sie wollte auf keinen Fall zu spät aus der Mittagspause zurückkommen. Neuerdings wurde in der Firma akribisch darauf geachtet und sie wollte keinen Ärger riskieren. Außerdem hatte sie noch viel zu erledigen bis zum Feierabend und ihre Mutter erwartete sie pünktlich um vier zum Kaffee. Caro wollte sie an ihrem Geburtstag nicht enttäuschen.

Sie zog die Kapuze hoch und rannte los. Vom kalten Wind war ihr Gesicht gerötet, als sie in „Manus Deko-Ecke“ eintrat. Der Laden hatte neu eröffnet und die Auslagen im Schaufenster waren ganz nach Caros Geschmack. Hier würde sie schon fündig werden. Wärme, Wohlgeruch und leise Hintergrundmusik umfingen sie. Die gelangweilte junge Frau hinter dem Tresen grüßte knapp, kaum dass sie von ihrem Handy aufsah. Caro grüßte zurück und runzelte die Stirn, sie hasste Unfreundlichkeit. Naja, sie würde sich schon allein zurechtfinden. Begeistert sah sie sich um. Sie konnte sich gar nicht sattsehen an den den wunderschön designten Taschen und Geldbörsen.

Nach einigem gedanklichen Hin und Her entschied Caro sich für eine elegante karamellfarbene Handgepäcktasche mit farblich passendem Portemonnaie. Redete ihre Mutter nicht die ganze Zeit davon, dass sie mit ihren Freundinnen in die Toskana fliegen wollte? Da konnte sie ihre uralte Tasche doch langsam einmal ablösen. „Entschuldigen Sie, aus welchem Material ist diese Tasche genau? Hier steht zwar aus Ananasleder, aber das…“

„Na wenn‘s draufsteht, wird es schon passen“, wurde sie schnippisch unterbrochen.

„Nein, passt es nicht. Das ist Korkleder, schauen Sie sich mal die Maserung an. Und der Unterboden muss aus Kunstleder sein. Das ist hier leider nicht mit aufgeführt.“ Caro hielt ihr die Tasche hin, doch die junge Frau machte keine Anstalten, sich damit weiter auseinanderzusetzen. „Na wenn Sie sie nicht kaufen wollen, dann lassen Sie es halt bleiben.“ Es piepte, und schon war das Handy wieder wichtiger.

„Hören Sie mal, ich will die Tasche ja haben. Und das passende Portemonnaie ebenfalls. Aber Sie könnten mich doch wenigstens über das Material aufschlauen. Ich möchte schon genau wissen, was ich da zu diesem Preis kaufe." Caro konnte ihren Ärger nur mit Mühe unterdrücken.

„Irgendwas Veganes halt", kam es gelangweilt zurück.

Caro war sich nicht sicher, ob sich der Laden lange halten würde bei diesem Service. Sie war drauf und dran, die Tasche stehen zu lassen und sich umzudrehen, als eine dunkelhaarige Frau mittleren Alters zu ihnen trat.

„Guten Tag", sagte sie freundlich, an Caro gewandt. „Ich habe das Gespräch leider nicht von Anfang an verfolgt, aber Sie haben offenbar viel Ahnung von den Materialien. Es interessiert mich natürlich sehr, wenn uns ein X für ein U vorgemacht wurde. Ich bin Manuela Drexler, die Inhaberin."

Sie hatte eine so warme Ausstrahlung, dass Caros Wut sofort verrauchte. „Ja, schauen Sie mal, diese Maserung. Das ist eindeutig Korkleder. Doch der Unterboden muss Kunstleder sein. Das ist sicher wegen der Schmutzempfindlichkeit. Was ja nicht schlimm ist, es macht die Tasche haltbarer. Aber das hätte man mit aufführen müssen."

Die Ladenbesitzerin sah sich die Tasche genau an. „Wissen Sie was, Sie haben mich auf einen Fehler aufmerksam gemacht. Und mich damit vor Reklamationen bewahrt. Was halten Sie von einem Nachlass von 20 Prozent? Wollen Sie die Sachen als Geschenk verpackt haben?"

Das konnte sich Caro nicht entgehen lassen. „Ja gerne. Vielen Dank, das ist sehr nett."

„Über so viel Expertise kann ich nur froh sein. Sagen Sie, ich möchte nicht indiskret sein, aber Sie suchen nicht zufällig einen Job?"

Caro lachte. „Ich fühle mich geschmeichelt. Nein, ich interessiere mich nur für neue und nachhaltige Materialien, das ist alles. Meine Brötchen verdiene ich in der Buchhaltung bei einem Zulieferer in der Nähe.“ Erfreut nahm sie das wertig eingepackte Geschenk entgegen. „Aber ich komme bestimmt wieder.“

„Eine tolle Jacke haben Sie an. So eine suche ich schon lange.“

„Da muss ich Sie enttäuschen, die habe ich selbst entworfen.“ Sie genoss die bewundernden Blicke und verabschiedete sich fast herzlich. Beschwingt verließ sie mit den Geschenken den Laden. Sie strahlte mit der Sonne um die Wette, die sich erfolgreich durch die Wolkendecke gekämpft hatte. Sie fühlte sich großartig.

Doch das sollte nicht lange anhalten. Zurück im Büro war Sara ungewöhnlich kurz angebunden. Außer einem knappen „Hallo“ sprachen sie kein Wort miteinander. Nach einer Weile stand sie auf und schnappte sich ihre Jacke. „Ich muss heute leider früher gehen. Nina geht es nicht gut und Ole schreibt morgen Mathe und versteht den Stoff nicht. Du musst den Abschluss für die Bauer-Gruppe doch selbst machen. Aber ich habe die Zahlen schon mal vorbereitet und auf dem Laufwerk abgelegt. Sorry wegen deiner Mutter!“

Caro schluckte hart und spürte den Ärger in sich aufsteigen. Sie war die letzten Male eingesprungen, wenn bei Sara Not am Mann war. Doch ausgerechnet heute hätte sie einen frühen Feierabend einmal selbst gebraucht. Eigentlich war es üblich, dass sie sich bei wichtigen privaten Terminen gegenseitig vertraten. Gestern noch hatten sie darüber gesprochen und da war alles klar gewesen. Sie hatte den Geburtstag früh genug angekündigt.

„Gute Besserung für Nina“, sagte Caro gepresst. Das Kind konnte schließlich nichts für die Situation. „Und noch was – “

Unwillig drehte sich die Kollegin um.

„Ich hab‘ was gut bei dir, Sara!“

Zumindest fand sie die vorbereiteten Daten. Sara hatte sie in ihrer Datei abgelegt. Um die Zahlen noch einmal zu überprüfen, blieb Caro keine Zeit mehr und so hoffte sie, dass ihrer Kollegin kein Fehler unterlaufen war. Sie brütete noch lange über dem Abschluss und hatte Mühe, sich zu konzentrieren. Als sie endlich das Büro verließ, war es viel zu spät. Außer ihr war keiner mehr da.

Verärgert sah sie auf ihr Handy. Wo zum Teufel blieb eigentlich Sascha? Sie hatte den Gedanken gerade zu Ende gedacht, da ging endlich die langersehnte Nachricht von ihm ein. Die jedoch ihre Laune direkt noch weiter in den Keller sausen ließ.

„Flug ist ausgefallen. Fahr ohne mich. Gruß an Gabriele.“

Zweite Chance

Die schwere Zellentür fiel hinter ihm ins Schloss, doch diesmal stand Edgar auf der richtigen Seite. Zum letzten Mal musste er einem Schließer folgen, die langen, nach Bohnerwachs riechenden Gänge entlang. Endlich war sein großer Tag gekommen, Edgar fühlte sich großartig. Hocherhobenen Hauptes schritt er aus, während seine Mitinsassen von innen gegen die Türen schlugen und grölten, wie ein bizarres Konzert. Die Stimmung war zum Zerreißen gespannt, wie immer, wenn einer von ihnen in die Freiheit entlassen wurde. Edgar sah die Sicherheitsbeamten an, blickte in vor Anspannung starre Gesichter. Er schwor sich mit jedem Schritt, niemals wiederzukommen, er hatte dazugelernt. Nicht, dass er Schiss vor dem Knastalltag hatte. Nach oben schleimen und nach unten auch mal zutreten, das verstand er perfekt. Sein drahtiger Körper wurde zur Kampfmaschine, wenn man ihn wütend machte. Selten verärgerte ihn jemand ein zweites Mal. Edgar fühlte sich für das Leben da draußen gewappnet. Seinen Erstkontakt hatte ihm sein Zellennachbar besorgt. Dede. Totschlag, Drogen, das Übliche. Der hatte noch mindestens fünf Jahre vor sich. Eine vorzeitige Haftentlassung war gerade abgelehnt worden, obwohl der Krebs wucherte. Arme Sau, er würde hier im Knast verrecken. Edgar würde seine Chancen nutzen, dafür hatte Dede einen Gefallen gut.

Sein Weg führte zur Kleiderkammer. Endlich konnte er die

grässlich sitzende Anstaltskleidung gegen eigene Klamotten austauschen. Sportlich und unauffällig, perfekt für sein neues Leben.

Edgar bekam seine wenigen Habseligkeiten ausgehändigt und seine Papiere zurück. Das Geschwafel des Gefängnisdirektors ließ er über sich ergehen. Bloß die Form wahren. Er versuchte es mit einem Lächeln, merkte selbst, dass es misslang.

Ausgerechnet der Böhmig sollte ihn zum Ausgang begleiten. Er war einer der wenigen in der JVA, die Edgar nicht hatte täuschen können. „Versau's nicht", presste der hervor, als sich für Edgar die Tore zur Freiheit öffneten. Mehr Worte fand er nicht. Edgar grinste ihn höhnisch an.

Er trat hinaus ins Freie. Nieselregen peitschte ihm ins Gesicht. Durch den Nebel konnte man kaum die Hand vor Augen sehen. Ein richtiger Hexenkessel. Und ein gutes Omen, fand Edgar. Er sah den Fahrer vor der Tür, der ihn zu seiner Wohnung bringen sollte. Edgar nannte beim Einsteigen die Adresse und warf seine Sachen auf dem Sitz neben sich. Sie fuhren in den Regen hinein. Edgar bemerkte, dass der Fahrer nervös in den Rückspiegel glotzte. „Is' was?" Der Mann zuckte zusammen und blickte für den Rest der Fahrt starr auf die Straße.

Sie hielten vor einem tristen zehnstöckigen Hochhaus in der Dessauer Straße, seiner neuen Heimat. Der Fahrer war mit quietschenden Reifen abgefahren. Edgar sah sich mit seiner schmalen Tasche in der Hand um. Offenbar eine Gegend, die man auch tagsüber mied. Er grinste, denn das juckte ihn wenig. Niemand war zu sehen, als er die Haustür aufschloss. Er bemerkte die überquellenden Briefkästen und den Müll im Eingang. 9. Stock. Er wollte den Fahrstuhl nehmen, doch der war wohl defekt. Nach fünf Minuten gab er es auf. Die über hundert Stufen bereiteten ihm keine Schwierigkeiten. Nur der penetrante Gestank nach Pisse raubte ihm fast den Atem.

Er hatte wenig erwartet, als er aufschloss, aber dieses stickige Loch mit der billigen Einrichtung aus dem Sozialkaufhaus ärgerte ihn. Über ihm gab es Streit. Sachen flogen zu Boden, eine Frau schrie auf. Lange würde er hier nicht bleiben.

Nach einer ausgiebigen Dusche, um den Knastgeruch abzuspülen, trat Edgar den langen Weg zurück nach unten an. Wieder begegnete ihm niemand.

Er ging die Straße entlang in Richtung Innenstadt. Das Wetter war noch immer die reinste Suppenküche und seine Kleidung fühlte sich klamm an. Er hatte sein Geld durchgezählt. Es half nichts, er musste schnellstens für Bares sorgen. Dort, unter dem Regenschutz-Häuschen, stand eine alte Frau allein, die sich krampfhaft an ihrem Rollator festhielt. Edgar steuerte die Bushaltestelle an und tat so, als würde er auf den Bus-Plan schauen. In fünfzehn Minuten kam der nächste Bus. Es war keine Menschenseele zu sehen und die Oma machte einen leicht verwirrten Eindruck, wirkte vollkommen arglos. Konnte es sein, dass er so schnell an sein Ziel kam? Er sah sich nochmals um, bevor er die Frau mit ganzer Kraft schubste. Sie schrie laut auf und klammerte sich an ihren Rollator, kämpfte um ihr Gleichgewicht. Verlor. Die Kraft, gleichzeitig ihre Handtasche festzuhalten, hatte sie nicht mehr. Das war Edgars Chance. Schließlich brauchte er das Geld dringender als sie, gerade jetzt in den ersten Stunden seiner neu gewonnenen Freiheit. Wer wusste schon so genau, wann die erste Zahlung von den Behörden kam? Trotz seiner Lederhandschuhe waren die Scheine schnell entwendet. Er warf das Portemonnaie in den Korb des Rollators und überließ die Frau ihrem Schicksal. Der Bus würde gleich kommen. Zeit, zu verschwinden.

Edgar ließ sich im Taxi in die Nachbarstadt fahren, um sein Versprechen einzulösen. Das war er Dede schuldig. Er bedeutete dem Taxifahrer, an der Ecke zu halten und zahlte die 35 Ocken. Die letzten Meter ging er zu Fuß und öffnete die schwere Tür zur Spielothek. GigaPlay stand in großen blinkenden Lettern darüber, hier war er richtig.

Drinnen war es düster, der muffige Geruch der alten Holzmöbel mischte sich mit der Bierfahne des einzigen Gastes, der am Drei-Walzen-Slot unverdrossen sein Glück suchte.

„Wir haben geschlossen." Die Stimme klang rau und abweisend. Edgar sah sich um und erblickte eine Frau mit blondierter, herausgewachsener Dauerwelle, Putzeimer und Schrubber in der Hand. Das starke Make-up konnte ihre Falten nicht mehr verdecken.

„Amanda?"

„Wer will das wissen?"

„Ein Freund. Dede schickt mich."

Schnell stellte die Blondine die Putzsachen ab. „Komm mit."

Sie gingen in eine Abstellkammer, die wohl das Büro sein sollte. Ein wackeliger Schreibtisch, ein Stuhl, mehr passte nicht herein. Sie blieben stehen. Edgar sah ein gerahmtes Bild von einem Dede aus besseren Zeiten. Sie drehte das Foto um.

„Was willst du?"

Edgar fischte einen Zettel aus seiner Jeans. Ein Zahlencode. „Das soll ich dir geben."

Sie riss ihm den Zettel aus der Hand. Als sie ihn mit zittrigen Fingern in der Hand hielt und las, schossen ihr Tränen in die Augen. „Danke." Ihre Stimme brach.

Edgar nickte und drehte sich wortlos um. Der Typ am Slot hatte sich keinen Millimeter bewegt.

Vor der Tür musste er tief durchatmen. Eine Liebe, der auch der Knast nichts anhaben konnte. Sowas hatte er sich immer gewünscht. Aber seine Liebe war nie erwidert worden. Er schüttelte sich, als könnte er die angestaute Wut und den Hass über die Zurückweisung abschütteln. Kurz dachte er noch an Amanda. Treue Seele. Sie wusste, was der Zettel bedeutete. Geldsorgen würden sie jetzt wohl nicht mehr um den Schlaf bringen. Dede konnte die Kohle auf seiner letzten Reise nicht mitnehmen.

Genug der Pflicht. Edgar kaufte sich am Bahnhof eine Zeitung und blätterte im Zug den Anzeigenteil durch. Aus diesem Bunker von Sozialwohnung würde er schnellstens ausziehen, für seine Geschäfte brauchte er Platz. Er musste sich um eine angemessene Bleibe kümmern. Und um einen fahrbaren Untersatz, die Öffentlichen hatten ihn damals schon genervt.

Es wurde bereits dunkel, als Edgar in der Kleingartenkolonie eintraf. Wie erwartet trieb sich kein Mensch hier rum, es war nicht mehr die Zeit fürs Hobbygärtnern. Die Hütte stand noch, ein Glück! Schon bald würde er wieder flüssig sein.

Er konnte nicht verhindern, dass ihn ein Schaudern durchlief. Vor acht Jahren war er das letzte Mal hier. Seine letzte Zeit in Freiheit. Kalte Wut kroch in ihm hoch. Edgar hatte im Knast lange darüber nachgedacht. Er hätte es schaffen können damals. Wenn sie ihn nicht verpfiffen hätten. Aber darum würde er sich später kümmern. Edgar brach routiniert das Vorhängeschloss auf und trat hinein. Er wusste, wonach er suchte. Die letzte Bohle rechts war locker gewesen. So war es noch immer. Edgar hob sie hoch und fasste in das Versteck hinein. Eine Filmrolle, er würde sie selbst entwickeln. Noch ein paar Beweise in der Hinterhand zu halten, hatte sich als gute Entscheidung erwiesen.

Nun wurde es Zeit, nach seiner treulosen Verwandtschaft Ausschau zu halten.

Eingeholt

Schaudernd vor Kälte zog Regina die Haustür zu und ging in die Küche, um sich einen Tee zu machen. Pfirsich-Mango war die beste Abwehr gegen diesen ungemütlich nassgrauen Oktobertag. Sie genoss die seltene Mittagsruhe, mit der es bald vorbei sein würde. Doch sie konnte nicht klagen. Endlich lief es gut, sowohl in der Praxis als auch mit ihrer Familie. Sie hatte hart dafür gearbeitet. Sie pustete und trank einen kleinen Schluck Tee, der nach Sommer schmeckte. Dann holte sie den Spitzkohl aus dem Gemüsefach. Etwas Deftiges war für ihre Lieben heute genau das Richtige. Ihre geschickten Hände schnitten den Kohl und sie griff nach der Pfanne, um den Speck auszulassen, als es an der Tür klopfte. Regina verdrehte die Augen. Sicher hatte Andy wieder den Schlüssel vergessen. Sie hatte nicht so bald mit ihnen gerechnet. Beim Tierarzt musste man gewöhnlich viel Zeit einplanen, seit sich so viele ein Haustier angeschafft hatten. Mit schnellen Schritten ging sie zur Eingangstür, riss sie auf, schon einen Spruch auf den Lippen. Eine Schrecksekunde lang erstarrte sie. Dann schlug sie geistesgegenwärtig die Tür zu, doch sie traf auf Widerstand. Entsetzt bemerkte sie den Fuß dazwischen. Angst kroch in ihr hoch. Bloß nichts anmerken lassen! Sie biss die Lippen zusammen, ihr ganzer Körper verspannte sich. „Was willst du hier?“, presste sie hervor, „Verschwinde!“

Sein derbes Lachen jagte ihr einen Schauer über den Rücken.

Beim stechenden Geruch seines Aftershaves wurde ihr übel. Wie konnte er es wagen, erneut in ihr Leben einzudringen! Und wieso war er überhaupt hier?

Als könnte er ihre Gedanken lesen, maß er sie mit seinen kalten grauen Augen. „Gute Führung." Er setzte zu einem schiefen Grinsen an, das seine Augen nicht erreichte. „Aber willst du mich nicht reinlassen?"

„Scher dich zum Teufel, Edgar!" Regina trat nach ihm, um seinen Fuß aus der Tür zu bekommen. Als das nichts half, knallte sie erneut die Tür zu in der Hoffnung, seinen Fuß zu quetschen. Doch es war vergeblich. Obwohl sie fast gleich groß waren, war er ihr körperlich um Längen überlegen. Wie damals, in ihrer Jugend, als er sie bedrängt hatte. „Ich schreie, wenn du nicht abhaust!" Sie hörte selbst, wie ihre Stimme kippte.

Höhnisch taxierte er sie, während ihr der Angstschweiß ausbrach und sie anfing, am ganzen Körper zu zittern.

„Hört dich eh keiner." Er war vollkommen unbeeindruckt. Er wusste, was er tat. Regina verfluchte zum ersten Mal die hohen Büsche, die ihr Anwesen vor neugierigen Blicken schützten. Jetzt wären die ihr nur allzu willkommen gewesen.

„Bei deiner fehlenden Gastfreundschaft können wir auch gleich zum Geschäftlichen kommen. Du willst doch nicht, dass deinem Zuckerbübchen etwas passiert, oder?"

„Lass Andy aus dem Spiel."

„Ach was, dein sauberer Sohn hat mehr Dreck am Stecken, als du glaubst."

„Du bluffst. Verschwinde!"

Ungerührt holte er ein vergrößertes Foto aus der Tasche, hielt es durch den Türspalt, Regina entgegen. Sie riss die Augen auf und merkte, dass er sich an ihrem Entsetzen weidete. Nun, da er sicher sein konnte, dass sie das ganze Ausmaß erfasst hatte, ließ er das Foto zu Boden fallen. Es landete mit dem Bild nach oben direkt vor Reginas Füßen. Sie starrte es entsetzt an. Andy war eindeutig zu erkennen gewesen. Im Fluchtauto. Im November vor knapp acht Jahren. Mit einem lauten Fiepen im Ohr meldete sich ihr Tinnitus zurück und sie merkte, wie ihre Sicht verschwamm.

„50.000 bekomme ich von dir. Für mein Schweigen. Und lass dir nicht zu viel Zeit, das Geld zu besorgen. Sonst werde ich mal ein bisschen plaudern. Dann geht dein Bubi doch noch in den Knast. Und kein Wort. Zu niemandem!“ Mit den Worten zog er seinen Fuß aus der Tür und verschwand. Endlich.

Sie knallte die Tür zu. Seine Worte hallten noch in ihr nach, als sie wie in Trance das Bild versteckte. Als könnte sie die Tat dadurch ungeschehen machen.

Als Andy und ihre Mutter durch die aufgeregte Terrierhündin ankündigt wurden, rang sie sich mit äußerster Mühe ein Lächeln ab. Es gefror ihr im Gesicht.

„Ah, lecker Spitzkohl! Das wärmt uns gut durch.“ Während ihr Sohn den Tisch deckte und bei den letzten Vorbereitungen half, nahm Elisabeth am Kopfende Platz, die bettelnde Zazou zu ihren Füßen. „Du wirst kaum glauben, wie teuer die Tierarztrechnung war. Und über eine Stunde warten mussten wir auch noch.“

Schnell waren die beiden so vertieft im neuesten Klatsch und Tratsch aus dem Ort, dass sie gar nicht mitbekamen, dass sich Regina nicht am Gespräch beteiligte. Vollkommen in sich gekehrt saß sie da, während ihre Gedanken kreisten. Sie war froh, dass ihre Lieben vollkommen arglos waren und beschloss, dass das auch so bleiben würde.

Familienglück

Das Toben der Zwillinge war schon von draußen zu hören, als Caro um Viertel nach fünf endlich bei ihrer Mutter eintraf. Wie durch ein Wunder hatte sie eine Regenpause erwischt. Sie klingelte, und wie erhofft öffnete Nele die Tür. Sie quietschte vor Begeisterung, bevor sie Caro um den Hals flog. „Tante Caro!“ Max war direkt hinter ihr und stürzte sich ebenso auf sie. Sie hatte Mühe, dass ihr Geschenk und Blumen nicht aus der Hand rutschten. „Du musst unbedingt die Schokotorte probieren“, krähte Max, doch Nele widersprach: „Quatsch, die Käsesahne war noch besser. Ist mit ganz viel Mandarinen und Smarties.“ Caro versprach, natürlich beide zu probieren, und wie selbstverständlich und unter Lachen schoben die beiden Kids ihre Tante ins Esszimmer, in der Oma und Eltern saßen.

„Alles Gute zum Geburtstag, Ma! Hier, eine Kleinigkeit, du wirst es lieben.“ Während sie ihre Mutter umarmte, registrierte sie, dass nur noch zwei Kaffeegedecke auf dem Tisch standen.

„Danke, Caro“, gab sie knapp zurück, während sie die Blumen an Annalena weiterreichte und die schön verpackte Tasche auf den Beistelltisch abstellte. „Wir haben schon abgeräumt, du bist spät dran. Wo ist Sascha?“

Das hätte Caro auch gerne gewusst, aber das würde sie im Leben nicht zugeben. „Sascha hat leider noch einen Auswärtstermin und schafft es nicht mehr zu kommen. Er lässt dich schön grüßen.“ Sie versuchte, betont fröhlich zu klingen, und war selbst überrascht, wie leicht ihr diese kleine Notlüge über die Lippen ging. Sie wusste, dass ihre Mutter nun doppelt enttäuscht war. „Es tut mir leid, dass ich so spät gekommen bin, aber ich musste die Buchungen noch zu Ende machen, es ist gerade Monatsabschluss.“

„Job ist Job“, meinte ihre Mutter, doch Caro sah ihr die Enttäuschung an. Schließlich schaffte selbst ihr Bruder als Abteilungsleiter es, pünktlich zu Familienfesten zu kommen. „Hol‘ dir doch noch Kuchen aus der Küche.“

„Klar, mache ich. Nele und Max haben mir ja schon etwas empfohlen.“ Caro lächelte, während sie erst ihren Bruder umarmte und dann ihre Schwägerin, die inzwischen für die Geburtstagsblumen die passende Vase gefunden hatte. Caro merkte, dass die beiden sich einen Spruch verkniffen. Nicht einmal zu diesem Anlass schaffte es Caro, pünktlich zu sein. Sie ließen sie spüren, dass sie sie für vollkommen chaotisch hielten. Caro hatte den Eindruck mal wieder selbst bestätigt.

Ihre Mutter schenkte ihr Kaffee ein, während Caro sich, eskortiert von den Zwillingen, in Richtung Küche aufmachte, um sich die Köstlichkeiten auf den Teller zu laden.

„Überraschung! Wir haben Kaninchen!“ Max Stimme überschlug sich fast vor Begeisterung. Und Nele fiel ihm ins Wort: „Einen Schwarz-weißen und einen mit Schlappohren. Du musst raten, wie sie heißen!“

„Na, Ohnezahl und Sturmpfeil natürlich.“ Caro grinste, schließlich kannte sie die Begeisterung der Kids für „Drachenzähmen leicht gemacht“. Der Jubel der Zwillinge ließ unschwer erkennen, dass sie ins Schwarze getroffen hatte.

„Du musst bald zu uns kommen und sie kennenlernen!“ Nele war ganz aufgedreht. Das versprach Caro auch gleich.

Heute war Geburtstag, aber das nächste Wochenende müsste klappen.

Mit ihren vor Begeisterung strahlenden Augen, bekamen die beiden wirklich jeden um den Finger gewickelt. Selbst ihre Mutter Annalena, die sich lange gegen Haustiere gesperrt hatte.

„Wir müssen die Kaninchen selbst füttern und sogar den Stall ausmisten“, erklärte Max.

„Ich bin sicher, das macht ihr beide ganz großartig!“ Lachend gingen sie gemeinsam zu den anderen zurück, deren Gespräche sich um Patricks Beförderung zum Sparkassenleiter und Annalenas Engagement als Elternvertreterin drehten. Das war den Zwillingen zu langweilig, sie tobten als Hicks und Astrid durch die Wohnung und bewältigten gefährliche Drachenabenteuer. Caro hörte schweigend zu und genoss die leckeren Torten.

„Wann willst du eigentlich wieder anfangen zu arbeiten?“, wandte sich Caro an ihre Schwägerin, nachdem Annalena sich lang und breit über den Kinderbasar ausgelassen hatte, dessen Organisation sie übernommen hatte. Doch sie bereute die Frage sofort. Ungeschickter hätte sie sich nicht ins Gespräch einbringen können.

„Mir ist es wichtiger, für meine Kinder da zu sein“, gab Annalena spitz zurück. Caro wusste, dass nun die Retour kam. Warum konnte sie bloß ihren Mund nicht halten?

„Wollt ihr eigentlich keine Kinder?“, gab Annalena scheinheilig zurück.

Caro hatte es gewusst, verflixt. Sie wünschte, Sascha wäre jetzt hier. Diese Frage hätte er beantworten können, denn sie hätte darauf auch gerne eine Antwort gehabt.

„Sascha ist beruflich so stark eingebunden, wir warten noch auf den richtigen Zeitpunkt“, sagte sie scheinbar leichthin.

„Wartet mal nicht zu lange, Caro. Du bist schließlich schon 39, da tickt die Uhr! Aber mit Sascha hast du ja endlich den Richtigen gefunden. Er ist ja so smart und erfolgreich“, schwärmte Gabriele.

Caro musste schlucken, denn dass es für ein Kind bald zu spät sein würde, daran musste sie niemand erinnern. Und ganz sicher nicht ihre auf weitere Enkelkinder versessene Mutter.

„Wie läuft es auf der Arbeit, Caro?“, schob diese hinterher, denn sie merkte, dass sie ihre Tochter getroffen hatte.

„Ja, ist ganz okay. Es ist halt nur gerade viel zu tun.“

„Man muss froh sein, in der heutigen Zeit einen sicheren Job zu haben, der vernünftig bezahlt wird.“

„Oma, du hast ja Caros Geschenk noch gar nicht ausgepackt!“, krähte Nele, die gerade vorbeigetobt kam.

„Richtig, Ma, das musst du heute auspacken. Ich kann es nur noch eine Woche umtauschen.“

Gabriele nahm das Geschenk von Nele entgegen und löste vorsichtig Schleifen und Tesafilm vom Papier. Die Tasche mit dem passenden Portemonnaie kamen zum Vorschein.

„Boah, toll, hast du die Tasche selbst gemacht?“, fragte Max, „das will ich auch mal können.“

Daraufhin zog Annalena ihren Sohn an sich: „Na, du wirst doch mal was Richtiges lernen, womit du auch Geld verdienen kannst.“

Caro hatte den Seitenhieb mitbekommen. Früher war Annalena sensibler gewesen, aber da waren sie noch Freundinnen, nicht Schwägerinnen.

Sie lachte, etwas gequält. „Nein, die habe ich gekauft. Sie ist aus Korkleder und hat super viel Stauraum. Prima fürs Handgepäck, wenn du mit deinen Freundinnen in den Urlaub fliegst.“

„Korkleder. Was es nicht alles gibt! Hält die denn auch etwas aus? Sie ist jedenfalls schick."

„Schön, dass sie dir gefällt. Na klar hält sie was aus, das ist eine Weekend Bag. Und wegen ihrer Maserung ist sie ein echtes Unikat. Sie ist sogar wasserabweisend." Doch da hatte ihre Mutter die Tasche schon zur Seite gestellt und sich wieder Patrick zugewandt.

Als der Kuchen verdaut war und die Kinder begannen, nach dem Abendessen zu fragen, fiel Gabriele ein: „Ach herrje, Caro, du isst ja gar kein Fleisch. Es gibt gleich Putenröllchen mit Gratin und Salat. Vielleicht kannst du heute mal eine Ausnahme machen?"

Caro schüttelte den Kopf. Das würde ihre Mutter nicht mehr hinbekommen. Und es sah Patrick und Annalena ähnlich, sie nicht darauf hinzuweisen. „Das ist nicht schlimm, Ma, ich habe mich ja gerade durch deine leckeren Torten probiert, ich bin eigentlich satt. Die Beilagen reichen mir vollkommen."

„Du bist echt konsequent", staunte ihr Bruder, als sie die köstlich riechenden Putenröllchen erneut ablehnte. „Ich muss dich warnen, du verpasst wirklich etwas."

„Wenn ich groß bin, werde ich auch Vegetarier, wie Tante Caro", erklärte Nele, und Eltern und Oma protestierten, klärten sie über Fehlernährung und Eisenmangel auf. Caro ersparte sich jeden Kommentar, um nicht weiter Öl ins Feuer zu gießen. Als ihre Mutter Espresso und Nachtisch anbot, lehnte sie dankend ab. „Ich hatte einen anstrengenden Tag, Ma. Und morgen wird es bestimmt noch stressiger. Ich brauche jetzt einfach eine Mütze Schlaf."

„Tante Caro, dann gehst du ja früher ins Bett als wir", staunten die Zwillinge, doch sie blieb konsequent. Sie drückte ihre

Mutter, Bruder und Schwägerin und die Zwillinge zum Abschied.

„Vergiss nicht, bald zu kommen“, erinnerte sie Nele, und Max stimmte bei.

„Habe ich mit eurer Ma schon abgesprochen. Dann haben wir einen Nachmittag ganz für uns und füttern die Kaninchen zusammen.“

Die Zwillinge jubelten.

Auf dem Weg zum Auto fühlte Caro sich wie gerädert. Eigentlich war es wie sonst auch auf Familienfeiern. Sie kam sich vor, als wäre sie das berühmte schwarze Schaf der Familie, so vollkommen anders war sie. Das machte das Zusammensein unglaublich anstrengend.

Caro sah auf die Uhr. Jessi war bestimmt noch wach. Sie wollte sich wenigstens von ihr verabschieden. Morgen ging es für die Freundin in die Staaten. Wenn sie ehrlich zu sich war, brauchte sie jetzt selbst einen Ausgleich. Einen Menschen, bei dem sie sich normal fühlte. Sie schickte Jessi eine Nachricht und bekam prompt die Antwort.

„Freu mich, bis gleich.“

In aller Freundschaft

Als sie vor Jessis Haus parkte, wurde sie von einem Platzregen überrascht. Sie sprintete die kurze Strecke zu Jessis Haustür, kam aber dennoch völlig durchnässt dort an. Das hatte ihr heute noch gefehlt.

Doch eines machte Caro mittlerweile Sorgen: Wo steckte Sascha bloß? Sie hatte ihn gebeten, den Rückflug am Vortag zu nehmen, damit er es auf jeden Fall zum Geburtstag schaffen würde. Doch damit war sie auf Granit gestoßen. Sascha hielt viel mehr von Just-in-time. Vor Sascha hätte sich ihre Mutter ein bisschen mehr zusammengerissen. Ein Blick aufs Handy zeigte, dass er ihr keine weitere Nachricht geschrieben hatte. Okay, sie waren schon fünf Jahre zusammen, da konnte man keinen Honeymoon mehr erwarten. Aber so lieblos musste es auch nicht sein. Caro schluckte ihre Wut und Enttäuschung herunter, während sie vergeblich nach dem Schlüssel suchte und doch klingeln musste. Ihre Freundin zu sehen würde sie bestimmt aufheitern. Außerdem flog Jessi am kommenden Vormittag für zwei Wochen in die USA zu einem Kongress, sie wollte ihr noch alles Gute wünschen. Im Gegensatz zu ihr hatte sie Karriere gemacht und verdiente sich als Trainerin und Speakerin eine goldene Nase.

Ohne Kommentar wurde der Türsummer betätigt und Caro trat ein. Sie stieg die Treppe zu Jessis Wohnung hoch und öffnete die angelehnte Tür.

„Hi Jessi, sorry, Schlüssel vergessen."

„Hi, macht nichts. Schenk uns schon mal was ein, ich bin gleich soweit", kam es gut gelaunt aus dem Bad. Im Flur standen bereits ein Trolley und eine Reisetasche fertig gepackt. Jessi war organisiert, wie immer. Caro hängte ihre nasse Jacke an der Garderobe auf und ging in die Küche, um den Wasserkocher anzumachen.

„Was, Tee? Ich habe einen leckeren Merlot aufgemacht. Ein Glas geht doch, oder? Außerdem kannst du nach dem Kaffeeklatsch sicher was vertragen." Jessi grinste und wollte die Freundin umarmen. „Puh, du bist ja ganz nass! Ich hole dir mal was Trockenes zum Anziehen. Der Fön ist noch nicht eingepackt, also bedien' dich."

Es war immer wie nach Hause kommen bei Jessi. Caro genoss das besonders, wenn sie von einem Besuch bei ihrer Familie kam.

„War´s dolle anstrengend? Wo ist eigentlich Sascha?"

Caro, mittlerweile eingekuschelt in Jessis extragroßem Poncho, die Tasse Rooibos Vanille neben dem gefüllten Glas Rotwein, seufzte nur. „Sein Flug ist ausgefallen. Und der Geburtstag war wie die üblichen Familientreffen: Nett, aber anstrengend. Du kennst doch meine Mutter."

Jessi lachte nur. Sie kannten sich schon seit dem Kindergarten, und sie verstand sich gut mit Gabriele. „Echt? Ist ja blöd wegen Sascha. Aber das ist es nicht nur?" Sie sah Caro fragend an. „Magst du reden?"

„Ich habe so ein komisches Gefühl bei Sascha. Seine WhatsApp war auch ziemlich lieblos. Na ja, vielleicht bin ich gerade etwas empfindlich, weil Patrick und Annalena mir immer als leuchtender Fixstern vor Augen schweben."

Jessi nickte. Sie hatte nie ein Hehl daraus gemacht, dass sie Sascha für einen ausgemachten Macho hielt. Und er hatte gegen ihre schlagfertige Art auch keine Chance.

„Er wird schon nach Hause kommen. Dann wird sich das Ganze aufklären."

Caro nickte und beruhigte sich etwas. Jessi hatte Recht – sich unnötig Sorgen zu machen, brachte niemandem etwas. Sicher gab es eine ganz simple Erklärung. Vielleicht war sein Akku leer.

„Wie geht es denn deiner Familie? Gibt es etwas Neues?"

„Gut geht es ihnen. Sie leben so in ihrem Kokon, den Max und Nele prima aufmischen. Jetzt haben sie sich sogar gegen Annalena durchgesetzt und Kaninchen bekommen."

Jessi musste lachen, dann wurde sie nachdenklich. „Ich vermisse die alte Lena ganz schön", gab sie zu, und Caro nickte. Sie waren ein unzertrennliches Dreierbündnis gewesen, bevor die süßen Zwillinge sich ankündigten.

„Wenn sie etwas macht, dann zu 300 Prozent. Ich find's nur schade, sie war so eine gute Anwältin."

„Das stimmt, aber ich kenne da noch jemanden, der sein Potential nicht voll ausschöpft."

Doch auf diesem Ohr war Caro taub, sie ließ den Satz unkommentiert stehen.

„Willst du noch ein Glas Wein?", lenkte Jessi ein. „Zur Not schläfst du hier."

„Lieb von dir, aber du musst dich doch sicher noch vorbereiten. Was hast du bloß für eine tolle Chance!"

„Das stimmt, aber ich mache ja auch genau das, was ich immer machen wollte." Es klang entspannt und selbstbewusst. Wie Jessi halt. Leider war sie ebenso hartnäckig. „Sag mal, wann fängst du wieder an zu entwerfen? Du warst so großartig! Schau dir deine Jacke an. Da fragt dich doch jeder, von welchem Designer du sie hast."

Doch für diesen Seelenbalsam hatte Caro heute zu viel Gegenwind von ihrer pragmatischen Familie bekommen. „Das war doch nur eine Eintagsfliege. Das Entwerfen und selbst Nähen ist halt eine brotlose Kunst. Als Hobby vielleicht ganz nett, wenn man Zeit hat. Mit meinem Job kann ich mich wenigstens ernähren."

Jessi runzelte die Stirn. „Jetzt klingst du schon wie deine Mutter."

Damit hatte sie Caro auf den falschen Fuß erwischt. Sie war viel zu genervt von dem ganzen Tag, als dass sie über dieses Thema reden wollte. Ein wenig zu heftig stellte sie ihr Glas auf den Tisch. „Du weißt genau, warum ich das nicht mehr mache!"

„Ja stimmt, aber das hätte dein Vater sicher nicht gewollt. Du warst sein Ein und Alles." Jessis Stimme klang fest. Überzeugt und glasklar.

Wütend blitzte Caro sie an. „Er wollte, dass ich was Kaufmännisches mache – und das mache ich jetzt auch. Lass es gut sein." Sie erhob sich. „Ich fahre jetzt besser heim. Vielleicht ist Sascha schon da."

Jessi nickte. „Okay." Sie sah auf die Uhr und erhob sich ebenfalls. „Es ist auch ganz schön spät geworden."

Die Freundinnen umarmten sich an der Tür. „Alles Gute für deinen Auftritt, Jessi, und ganz viel Erfolg!"

„Danke! Dann bis in zwei Wochen."

Erschöpft stieg Caro ins Auto, und wie auf Kommando fingen ihre Gedanken wieder an zu kreisen. Sie hoffte inständig, dass Sascha endlich daheim war. Sie würde beruhigter schlafen können.

Die Strecke nach Hause war nicht weit. Bald bog sie in ihre Straße ein. Doch sie hatte vergeblich gehofft. Der Carport war leer. Auf sie wartete ein einsames Haus. Drinnen war es so unangenehm ruhig, dass sie sofort die Stereoanlage anschaltete. Sie ließ das Haus hell erleuchten, als wolle sie böse Geister verscheuchen. Ohne darüber nachzudenken, öffnete sie die nächste Flasche Rotwein, die sie fand, und goss sich ein Glas ein. Sie versuchte erneut, Sascha zu erreichen, doch es ging nur die Mailbox dran. Was, wenn ihm etwas passiert war? Sofort begann ihr Magen zu grummeln. Sie betäubte sich. Wie hielt man es bloß als Single aus? Dafür musste man wohl geboren sein. So wie Jessi.

Caro verdrängte ihre Meinungsverschiedenheit, die ausgerechnet heute hochgekommen war. Warum verteidigte sie eigentlich ihren langweiligen Job ausgerechnet vor der einzigen Person, die an sie glaubte? Sie verstand sich selbst nicht. Sie nahm einen weiteren Schluck Wein. Für Flausen war es jetzt ohnehin zu spät, sie steuerte auf die Vierzig zu.

Apropos zu spät. Entsetzt sah sie auf die Uhr. Es war bereits weit nach Mitternacht. Allerhöchste Zeit, ins Bett zu gehen. Der morgige Tag würde anstrengend werden, sie musste früh raus. Wider besseres Wissen leerte sie den Rest ihres Glases mit einem Zug. Immerhin würde sie mit diesem Schlummertrunk nicht die halbe Nacht wach liegen und grübeln.

Buße

Es fühlte sich an, wie auf Wolken zu tanzen. Caro schwebte fast nach Hause vor Glück. Angespannte Wochen voller Selbstzweifel lagen hinter ihr, in denen sie an ihrer Kreativität gezweifelt hatte. Sie spürte in sich hinein, wie es sich anfühlte, die Frage nach dem „Und, was machst du so?“ mit „Ich studiere Textildesign in Hamburg“ zu beantworten. Ein großer Traum war wahrgeworden. Doch nun musste sie Überzeugungsarbeit leisten und ihren Eltern die neuen Zukunftspläne schmackhaft machen. Dass sie den sicheren, aber sterbenslangweiligen Job in der Buchhaltung kündigen würde, um zu studieren. Vielleicht würde sie zwischendurch noch einmal zu Hause einziehen müssen. Und ebenso wahrscheinlich würde sie finanziell wieder daheim unterschlüpfen, was sich allerdings nicht so gut anfühlte. Caro hörte bereits die Bedenken ihrer Eltern, und schlagartig verließ sie der Mut. Aber sie wollte kämpfen für ihren Traum. Dieses Mal würde sie sich durchsetzen. Bei ihrer Mutter war sie sich nicht so sicher, aber ihr Vater würde es schon verstehen und sie unterstützen. So, wie er es immer getan hatte. In Gedanken versunken ging sie die Auffahrt zum Grundstück ihrer Eltern entlang und wunderte sich, dass der Wagen ihres Vaters unter dem Carport stand. So früh war er doch sonst nicht zu Hause. Komisch. Sie hatte gehofft, sich ihre Worte noch ein wenig zurechtlegen zu können. Aber sei es drum, sie würde schon aus dem Bauch heraus das Richtige sagen.

Caro schloss die Haustür auf und zog die Schuhe aus, hängte ihre Jacke an die Garderobe. Die Karamellfarbene, die sie selbst entworfen und genäht hatte. Sehr ausgefallen, sie wurde häufig darauf angesprochen.

Da kam ihre Mutter um die Ecke. „Caro, du bist aber heute früh dran."

„Paps auch."

„Ihm geht es nicht gut."

„Ist es was Schlimmes?" Caro merkte selbst, dass ihre Stimme schrill klang. Aber sie kannte ihren Vater nur als pflichtbewusst und strotzend vor Gesundheit. Seit sie denken konnte, hatte er keinen Tag in seiner Behörde gefehlt. Und jetzt das? Mit dumpfem Gefühl im Magen folgte sie ihrer Mutter ins Wohnzimmer und sah ihren Vater kreidebleich auf dem Sofa zusammengesunken. „Paps, was ist los mit dir?" Sie stürmte auf ihn zu, umarmte ihn. „Habt ihr einen Arzt gerufen?"

„Quatsch, nur eine kleine Schwäche, nichts Ernstes. Aber was machst du schon so früh hier?"

„Ich habe die Aufnahmeprüfung bei der HAW in Hamburg bestanden. Ab nächstem Semester werde ich dort Textildesign studieren." Caro hörte selbst, dass es trotzig klang. Sie hatte die Neuigkeiten jetzt einfach loswerden wollen, doch sie war es völlig falsch angegangen. Und offenbar zum unpassendsten Zeitpunkt.

Ihr Vater richtete sich auf. Caro bekam mit, dass ihre Mutter den Raum verließ. Unangenehme Gespräche überließ sie immer ihrem Mann, und dieses drohte ziemlich unangenehm zu werden.

„Du schmeißt dein Leben weg? Wir haben alles getan, damit du ein gutes Auskommen hast, und du haust in den Sack, um deinen Flausen zu folgen?"

Caro hatte das Gefühl, sich rechtfertigen zu müssen. Dabei war sie zweiundzwanzig und stand auf eigenen Beinen.

„Ich bin nicht undankbar und ich schmeiße mein Leben bestimmt nicht weg. Ich möchte nur etwas machen, was mir Spaß macht, anstatt in diesem sterbenslangweiligen Bürojob zu versauern. Warum kannst du das nicht verstehen?"

„Und wer soll das bezahlen? Darüber hast du wohl nicht nachgedacht, wie? Von mir kriegst du jedenfalls nichts!" Sein Ton war merklich lauter geworden. Und auch Caro riss langsam die Hutschnur. „Dann steck dir dein Geld doch sonst wohin. Ich habe jetzt eine Riesenchance bekommen und die werde ich nutzen. Ob es dir passt oder nicht, ich werde nach Hamburg gehen. Ich werde..."

Caros Vater stöhnte auf. Sein bleiches Gesicht sah plötzlich eingefallen aus. Er hielt sich das Herz, wimmerte leise.

Sofort war Caros Wut verraucht. „Paps, was ist mit dir? Um Himmels willen!" Das hatte sie im Leben nicht gewollt.

Vorsichtig half sie ihm, sich wieder zu setzen. Dann griff sie nach ihrem Handy und wählte den Notruf. Ihr Vater hatte nun für einen Protest keine Kraft mehr.

Sie sah den Vorwurf im Blick ihrer Mutter. Dem Krankenwagen sahen sie gemeinsam nach, der mit Blaulicht ins nächstgelegene Krankenhaus fuhr. Doch die Hilfe war zu spät gekommen. Nur wenige Minuten zu spät.

Die folgenden Tage lief Caro herum wie ein Zombie, ertrug nur mit einer Handvoll Beruhigungsmitteln die Beerdigung. Sie sollten noch lange ihr Begleiter werden. Niemand hatte die

Kraft, sie zu trösten, sie brauchten alle selbst Trost. Das Schweigen daheim war unerträglich. Und Caro kasteite sich mit Selbstvorwürfen. Hätte sie bloß nicht mit ihrem Paps gestritten, auf ihre Selbstverwirklichung gepocht. Dann wäre er noch am Leben!

Endlich war sie allein. Sie wusste nun, was sie zu tun hatte. Sie stand am Altkleidercontainer und öffnete ihn. Dann sah sie ihrer hinreißenden karamellfarbene Jacke nach, die vom dunklen Loch verschlungen wurde.

Ihr Platz an der HAW verfiel. Stattdessen meldete sie sich für eine Weiterbildung zur Bilanzbuchhalterin an. Als könnte sie etwas wieder gutmachen. Ihre geliebte Nähmaschine verstaubte derweil auf dem Dachboden.

Schweißgebadet wachte Caro auf. Ihr Herz raste. Ihre Wangen waren nass vor Tränen. Schon lange hatte sie nicht mehr diesen Traum gehabt. Hatte alles gefühlt, als wäre es gestern gewesen. Weil es eben kein schlechter Traum war, sondern Realität. Ihr Paps war gestorben – und sie war daran schuld! Wie hätte sie damals auch nur ahnen können, dass Glück und Unglück so dicht beieinanderlagen?

Caro lag noch lange wach, bis die Erschöpfung sie übermannte und sie endlich in einen tiefen traumlosen Schlaf fiel.

Geschäfte

Edgar griff die nächstbeste Pflanzschale, die mit Heide und Koniferenzweigen dekoriert war, und bezahlte sie. Dann wartete er die Dämmerung ab und parkte seinen günstig erstandenen Kombi in der Seitenstraße. Die meisten Besucher waren bereits gegangen, er würde seine Sache störungsfrei erledigen können. Er hatte sein Alibi-Gesteck dabei und öffnete mit der freien Hand die knarrende Friedhofspforte. Wie erwartet sah der Friedhofsgärtner nur kurz auf, dann wandte er sich wieder seiner Arbeit zu. Edgar schritt mit angemessen trauriger Miene die Grabsteine ab. Er musste nicht lange suchen, bis er die letzte Ruhestätte seiner früheren Nachbarin gefunden hatte. Die gute alte Erna hatte damals häufig auf ihn aufgepasst.

Ernas Gewissenhaftigkeit hatten ihre Kinder jedoch nicht geerbt. Sie waren damals schon nachlässig in der Grabpflege und zu knausrig für eine Grabplatte, die ihnen viel Arbeit erspart hätte. Edgar war froh, dass sich das nicht geändert hatte. Das hätte nur neue Probleme aufgeworfen. Sein Plan war also aufgegangen.

Missmutig sah er auf das Unkraut. Das könnte wirklich mal wieder gejätet werden. Er stellte seine Schale an der Seite ab und griff nach Handschuhen und Harke. Dann zog er seine Bahnen über das Grab und zupfte das lästige Gewächs heraus. Unauffällig sah er sich um, es war niemand in der Nähe. Dann maß er von der linken Umrandung zwei Fuß nach rechts und drei Fuß nach oben ab und sah sich nochmals um. Er fing an zu graben. Schweiß stand ihm auf der Stirn. Es war doch hoffentlich nicht jemand vor ihm da gewesen? Er grub weiter, immer schneller. Endlich stieß er auf etwas Hartes. Rasch befreite er die kleine Kiste von der Erde und ließ sie mit dem kostbaren Inhalt in seiner Jackentasche verschwinden. Dann schüttete er das Loch zu und harkte das Stück noch einmal über. Bis die Verwandtschaft einmal kam, würde es wieder so aussehen wie vorher. Seine Pflanzenschale stellte er auf die Stelle, an der er gegraben hatte.

„Danke fürs Aufpassen, Erna." Er wandte sich zum Gehen, es war noch Zeit bis zu seinem nächsten Termin.

Der abnehmende Mond bot wenig Sicht und die Gegend war leergeputzt, sie hatte den Trubel des Tages abgelegt. Genauso, wie sie es für ihre Geschäfte brauchten. Edgar war rechtzeitig zum verabredeten Treffpunkt im Gewerbegebiet gefahren und parkte am Anfang der Straße, die nur spärlich beleuchtet war. Das letzte Stück ging er zu Fuß. Sein Weg führte ihn über einen verlassen wirkenden Hof. Wie ihm beschrieben worden war, ging er um die Lagerhalle herum und benutzte den Hintereingang. Als er die Klinke der alten Metalltür herunterdrückte, tat sich zunächst nichts. Erst beim zweiten Versuch öffnete sie sich mit einem lauten Quietschen. Edgar trat in die schwach beleuchtete Halle ein. Sie sah aus wie eine beliebige Schrauberwerkstatt. Vier Liebhaberstücke mit Oldtimerstatus standen in mehr oder weniger fahrbaren Zustand zur Aufbereitung. Ganz hinten war ein Schweißgerät zu hören. Er ging auf den Lärm zu. Der Wind pfiff durch die kalte Halle und fast wäre er über eine Unebenheit am Boden gestolpert. Edgar rappelte sich auf und hatte das unbestimmte Gefühl, beobachtet zu werden. Die ganze Situation gefiel ihm nicht. Plötzlich trat ihm wie aus dem Nichts ein untersetzter Mann mit gegelten Haaren und Bart entgegen. Er wurde von zwei massiven Bodybuildern eskortiert. Grimmige Blicke ruhten auf ihm.

Auf einen Wink vom Chef kam der Linke auf ihn zu. Edgar ließ es geschehen, dass der Leibwächter ihn nach Waffen durchsuchte.

„Wie ist das Code-Wort?“, blaffte der Bärtige ihn an.

„895“ – Dedes Knastnummer. Edgar versuchte, den Typen einzuschätzen.

„Hast du die Diamanten?“

Wortlos griff Edgar in seine Innentasche und zog ein Kästchen hervor, reichte es ihm. Er gab die Steine an einem der Bodyguards weiter und der verschwand. Es dauerte eine Ewigkeit, bis er zurückkam. Es folgte ein leiser Wortwechsel der beiden, der zustimmend klang.

„Komm mit“, forderte der Bärtige ihn auf. Vor einem Lagerraum blieb ein Leibwächter stehen, und Edgar folgte dem Bärtigen mit dem Anderen nach drinnen.

„Die sind 80.000 wert.“ Der Bärtige grinste und bleckte die Zähne. „Wo ist der Rest?“

Edgars Instinkt sagte ihm, dass er bei dem Kerl aufpassen musste. Er war lieber sein eigener Chef, als den Lakaien abzugeben. Besser, er würde seine Geschäfte breiter aufstellen. „Untergegangen. Wo ist die Ware?“

Das Grinsen gefror. Misstrauisch sah er ihn an, minutenlang. Edgar brach der Schweiß aus, doch er hielt seinem Blick stand. Schließlich wurde das Grinsen wieder breiter. „Ganz Dedes Kumpel.“ Ein Wink, und der Leibwächter öffnete ein Paket und reichte Edgar ein Tütchen daraus. Schneeweiß und rein der Inhalt. Edgar nickte.

Ihm wurden die vereinbarten Pakete gereicht. „Und jetzt verschwinde!“

Edgar konnte gehen. Er wurde von den Bodyguards rausgebracht. Dedes Kumpel überließ nichts dem Zufall. Edgar wusste, dass er unter Beobachtung stand, bis er seinen Wagen anließ. Und er wusste, die würden ihn schnell finden, wenn er nicht die Klappe halten konnte. So müsste er erst einmal eine Weile auskommen.

Am Abgrund

Der Baulärm war unerträglich, auch die Bettdecke über ihrem Kopf schützte sie nicht davor. Caro wälzte sich unruhig auf die andere Seite, und ein Sonnenstrahl fiel ihr direkt ins Gesicht. Hatte sie Baulärm gedacht? Oh Gott, das konnte nur bedeuten, dass sie spät dran war! Schlagartig schoss Caro hoch und spürte ihren schmerzenden Schädel. Doch das war nichts gegen den Schmerz über die leere Betthälfte neben ihr. Caro schluckte ihre Enttäuschung herunter. Dafür war jetzt keine Zeit. Sie musste sich beeilen, wenn sie keinen Ärger auf der Arbeit bekommen wollte. In Windeseile stürzte sie unter die Dusche. Aber auch danach sah sie nicht wesentlich frischer aus, und das Make-up konnte nur mit Mühe die Spuren des gestrigen Abends verdecken. „Kein Alkohol mehr", schwor sie sich, als sie hektisch im Kleiderschrank nach einem halbwegs passenden Outfit wühlte. Ihre noch nassen Locken bändigte sie mit einem Zopfband. Hastig schlüpfte sie in die Schuhe und griff sich die nächstbeste Jacke vom Haken. Sie konnte es noch rechtzeitig zum Abteilungsmeeting schaffen, wenn sie Glück hatte. Zeit für ihren obligatorischen Morgenkaffee blieb jedenfalls nicht, aber ihr Adrenalinspiegel sorgte ohnehin für genug Energie. Sie stürmte hinaus.

Aber wie es eben ist, wenn man es wirklich einmal eilig hat, reihte sich ein Sonntagsfahrer an den nächsten. So kam sie trotz ihres flotten Fahrstils zu spät zum Meeting. Vielleicht konnte sie sich unauffällig in die hinterste Ecke mogeln, damit es nicht auffiel? Vorsichtig öffnete sie die Tür.

Wie erwartet war der Besprechungsraum hoffnungslos überfüllt, sodass einige bereits stehen mussten. Alle hingen an den Lippen ihres Vorgesetzten, der vorne schon begonnen hatte, den Monatsabschluss zu präsentieren. Sie hatte noch nicht überblickt, bei welchem Abschluss sie angekommen waren, aber sie wähnte sich in Sicherheit. Sie würde sich einfach dazustellen und einen interessierten Blick aufsetzen. Erleichtert schloss sie so leise wie möglich die Tür. Und fühlte plötzlich alle Augen auf sich gerichtet.

„Frau Schneider. Schön, dass Sie auch schon da sind. Nach der Besprechung möchte ich Sie in meinem Büro sprechen", donnerte die Stimme des Geschäftsführers vom anderen Ende des Raumes. Caro zuckte zusammen. Ihr brach augenblicklich der Schweiß aus und sie spürte, wie sich hektische Flecken an ihrem Hals bildeten. Aufgeregtes Getuschel. Hilfesuchend schaute Caro ihren Vorgesetzten an, der immer noch vorne stand und mit seiner Präsentation offensichtlich fortfahren wollte. Sein kalter Blick streifte sie nur kurz. Das Gemurmel legte sich zögernd. Es summte wie im Wespennest. Erst jetzt sah Caro, wessen Zahlen da vorne zu sehen waren – ihre. Ihr Herz fing an zu rasen. Aus den Augenwinkeln nahm sie ihre Kollegin Sara wahr. Sie suchte nach ihrem Blickkontakt wie nach einem Anker. Doch die schaute nur betreten weg. Dafür fing sie die mitleidigen Blicke anderer Kollegen ein. Was zum Teufel war hier bloß los?

Als das Meeting endlich zu Ende war, stürzte Caro als Erste hinaus, direkt zum Damenklo. Durchatmen, dem Getratsche entkommen. Sie sah in ihr Spiegelbild und straffte die Schultern. Auch wenn der Geschäftsführer zu cholerischen Anfällen neigte, würde er ihr kaum den Kopf abreißen können. Und wofür eigentlich? Schließlich hatte sie immer ihren Job gemacht. „So schlimm wird es schon nicht werden", tröstete sie sich und ging so tapfer wie möglich den Gang entlang zu den Chefbüros.

Die Assistentin wies mit dem Kopf zu den Besucherstühlen, ihr Blick war undurchdringlich. Man ließ sie warten. Caro fühlte sich von Minute zu Minute unbehaglicher. Endlich wurde sie vorgelassen, und sie sah sich nicht nur dem Geschäftsführer und ihrem Vorgesetzten gegenüber, sondern auch dem Leiter der Personalabteilung. Caros Herz rutschte in die Hose, als sie Platz nahm. Was folgte, registrierte sie wie durch einen Schleier. Das konnte unmöglich Realität sein, sie musste gleich wieder aufwachen.

Mit eisiger Stimme konfrontierte ihr Vorgesetzter sie mit ihren Verfehlungen. Falsche Zahlen. Zahlen, die das Unternehmen ein Vermögen kosten könnten. „Es ist nicht das erste Mal, dass Sie einen Abschluss verbockt haben. Und Ihre Unpünktlichkeit haben Sie heute vor aller Augen demonstriert."

„Sie packen sofort ihre Sachen, Frau Schneider! Sie sind für unser Unternehmen nicht mehr tragbar", blaffte der Geschäftsführer sie an, fuchtelte erbost mit dem Kündigungsschreiben vor ihrer Nase. Der Jurist schob ihr unterdessen ein weiteres Dokument hin, das sie sofort unterzeichnen sollte. Aufhebungsvertrag stand darauf. Als Caro sich mit dem Rest ihrer Würde weigerte, nahm der Jurist sie in die Mangel.

„Sie wollen sich doch wohl ersparen, dass wir gerichtlich gegen Sie und ihr mehrfach fahrlässiges Verhalten vorgehen müssen?"

Um Caro drehte sich alles, doch mit letzter Kraft erhob sie sich, griff das Kündigungsschreiben und stürmte damit hinaus. „Das kläre ich mit meinem Anwalt“, waren ihre letzten Worte.

Sara saß mit unbewegtem Gesicht an ihrem Schreibtisch, scheinbar auf ihren Bildschirm konzentriert. Sie stellte keine Fragen, als Caro schweigend ihre privaten Sachen zusammenräumte. Fast so, als hätten sie nicht mehr als zehn Jahre hervorragend zusammengearbeitet, viel miteinander gelacht, sich sogar privat getroffen. Caro konnte die ganze Situation nicht fassen und beeilte sich, ihr zu entkommen. Wortlos verließ sie das Büro. Für immer.

Wie in Trance fuhr Caro nach Hause. Es kam ihr alles so unwirklich vor. Doch das Kündigungsschreiben auf dem Beifahrersitz sprach für sich. Endlich bog sie in ihre Hofeinfahrt ein. Mit Saschas Wagen unter dem Carport hatte sie schon gar nicht mehr gerechnet. Es war noch früh am Vormittag. Eine Zeit, zu der sie beide eigentlich nur am Wochenende zu Hause waren. Wollte er sie überraschen, um seine Abwesenheit von gestern wieder gutzumachen? Sie würde seinen Trost mehr als alles andere brauchen. Caros Herz machte einen Hüpfer vor Erleichterung. Sascha wusste immer, was zu tun war. Nun würde alles gut. Sie schloss die Eingangstür auf.

Saschas Reisetasche stand im Flur, und seine Klamotten lagen achtlos herum. Das war typisch für ihn, wenn er von einer Dienstreise zurückkam.

„Hi Sascha, schön, dass du da bist!“, rief sie und versuchte, nicht verzagt zu klingen, obwohl sie sich in diesem Augenblick so fühlte. Es kam keine Antwort. Merkwürdig. Plötzlich hatte sie ein flaues Gefühl in der Magengegend. Und dann sah sie auf einmal etwas Pinkes aus Spitze auf dem Boden liegen. Da stimmte etwas ganz und gar nicht. Denn sie trug kein Pink. Ein Stringtanga?!

Ihre Nackenhaare stellten sich auf und sie stürzte mit hochrotem Gesicht ins Schlafzimmer. „Du verdammter Mistkerl!“, schrie sie wutentbrannt. Sie waren mittendrin, als Caro hereinplatzte. Dieses Bild würde sie so schnell nicht mehr aus dem Kopf bekommen. Augenblicklich stieben sie auseinander. Caro war außer sich, ihr Herz raste. Blind griff sie nach dem nächstbesten Gegenstand, den sie zu greifen bekam. Der großen Holzskulptur, die sie aus ihrem letzten gemeinsamen Urlaub mitgebracht hatten. Aufgebracht fuchtelte sie damit herum. In diesem Moment hätte sie alles kurz und klein schlagen können. „Schert euch hier raus, sofort!“

Sascha sah fürchterlich erschrocken aus. „Caro, es tut mir leid, lass dir erklären!“ Er versuchte doch tatsächlich, sie zu beschwichtigen!

Doch sie brauchte keine Erklärungen für das, was sie sah. Angriffslustig hielt sie ihm die Skulptur vor seiner Nase. „Verschwinde! Sofort! Ich will dich nie wieder sehen!“ Ihre Stimme klang auch in ihren Ohren schrill. Wie ein Racheengel stand sie vor ihnen.

Die beiden beeilten sich, ihre Sachen zusammenzusuchen. Caro registrierte, dass der ‚Flugausfall‘ deutlich schlanker war als sie selbst. Die ganze Situation kam ihr vor, als säße sie im falschen Film. Caro sah ihnen wutschnaubend zu, als sie sich anzogen, die Sachen in Saschas Tasche warfen und zur Haustür eilten.

„In einer Woche will ich wieder in mein Haus, dann bist du hier draußen“, waren Saschas letzte Worte.

Sie schlug die Haustür mit voller Wucht hinter ihnen zu und hörte noch, wie er seinen Wagen startete. Dann brachen sich ihre Tränen sintflutartig Bahn.

SOS

Caro weinte, bis sie keine Tränen mehr hatte. Langsam wandelte sich ihr Schmerz in Wut. Auf Sascha und seine Neue, auf die Firma und ihre Kollegin, auf ihre ganze Situation. Um sich Luft zu verschaffen, schlug sie auf ihr Kissen ein, bis sie erschöpft aufs Bett fiel und wie betäubt vor sich hinstarrte. Irgendwann fand sie die Kraft, ins Bad zu wanken, und wusch sich lange das Gesicht mit kaltem Wasser. Es blieb verquollen und gerötet. Sie musste einen klaren Gedanken fassen. Ihr blieb nicht viel Zeit, das Unglaubliche zu verkraften. Innerhalb eines Tages hatte sie buchstäblich alles verloren. Nun war sie job-, beziehungs- und schon bald wohnungslos – und das mit 39!

Sie ging in Gedanken ihre Möglichkeiten durch. Sie hatte sich wenig Rücklagen geschaffen, hatte sich darauf verlassen, dass ihr gut bezahlter Job sicher war. Das Geld war jedoch schnell ausgegeben, wenn man mit Saschas Lebensstil mithalten wolle. Das Haus gehörte ihm und er konnte sie tatsächlich von einem Tag auf den anderen vor die Tür setzen. Schriftlich hatten sie nichts vereinbart. Nun ärgerte sie sich über ihre eigene Naivität.

Und wo sollte sie so schnell einen Job finden? Sie musste sich beim Arbeitsamt melden, schoss es ihr durch den Kopf. Aber wollte sie wirklich wieder in die Buchhaltung? In ihr sträubte sich alles. Ebenso beim Gedanken, auch nur übergangsweise bei ihrer Familie unterzuschlüpfen. Ihr fiel der neue

Deko-Laden ein. Die Inhaberin hatte ihr sofort einen Job angeboten. Doch mit dem Verdienst im Einzelhandel würde sie sich nur schwer allein über Wasser halten können. Sie musste langfristig denken. Und was war mit ihrer Firma? Kamen die damit überhaupt durch? Verdammter Mist! Was sollte sie bloß tun? Sie dachte an Jessi. Ihre Reiberei vom Vortag war längst vergessen, und Caro brauchte jetzt dringend einen vertrauten Menschen, mit dem sie reden konnte. Jemanden, der auch in ihrer Lage einen kühlen Kopf behielt und Rat wusste.

Als sie Jessis Nummer wählte, ging nur der Anrufbeantworter dran. Ihre Gedanken waren so durcheinander, dass sie nur um Rückruf bitten konnte. Doch nichts passierte. Das sah Jessi gar nicht ähnlich! Als sie auf die Uhr sah, fiel ihr siedend heiß ein, dass Jessi mittlerweile im Flugzeug nach New York saß und kurz nach ihrer Ankunft ihren ersten Vortrag halten musste. Mutlos sank sie aufs Bett. Und jetzt? Caro überlegte angestrengt, dann rang sie sich dazu durch, bei ihrem Bruder anzurufen. Annalena würde zu Hause sein. Auch wenn sie sich entfremdet hatten, würde sie Caro jetzt nicht im Stich lassen. Nach dem dritten Klingeln wurde abgenommen: „Schneider."

Caro atmete tief ein. Das war nicht die Stimme, mit der sie gerechnet hatte.

„Ma, hi, ich bin's", stammelte sie, „ich... brauche..." Ihr brach die Stimme.

„Caro, was ist los mit dir? Bist du nicht auf der Arbeit? Ist was mit Sascha passiert?"

Caro schniefte. „Mit Sascha ist es aus, er hat eine Neue. Und die Firma hat mir gekündigt. Fristlos."

„Was, eine Neue? Das gibt sich schon wieder, Schatz. Das kommt in jeder Beziehung vor. Ihr werdet euch bestimmt wieder zusammenraufen. Und was meinst du mit gekündigt? Du bist doch immer so gewissenhaft! Wie kann das sein?"

Caro hörte Gemurmel im Hintergrund. Annalena übernahm das Ruder. „Caro, Lena hier. Ich habe gehört, was passiert ist. Du Arme. Erzähl."

„Sascha hat's echt mit seiner Neuen hier getan. Ich habe die beiden in flagranti erwischt!" Caro merkte, dass ihre Gefühle wieder hochkochten.

Annalenas Stimme klang sanft: „Caro, Sascha ist gerade nicht dein größtes Problem. Hör nicht auf Gabriele. Was genau ist in deiner Firma passiert?"

Langsam beruhigte sich Caro wieder. Und sie erzählte so genau wie möglich, was vorgefallen war. Annalena hörte zu, stellte Fragen. „Da hat man dir wirklich übel mitgespielt. Du hast hoffentlich nicht unterschrieben?"

„Nein." Caro war froh, dass sie wenigstens etwas richtig gemacht hatte in dieser ganzen Katastrophe.

„Mail mir das Kündigungsschreiben gleich mal zu. Ich frage in meiner alten Kanzlei nach. Mareike macht auch Arbeitsrecht. Sie wird dich sicher vertreten, wenn ich sie darum bitte. Du musst jetzt schnell reagieren."

Caro schwirrte der Kopf, aber sie tat, was ihre Schwägerin ihr geraten hatte. Annalena versprach, sich zu melden, soweit sie mehr wusste.

Mit ihrem Herzschmerz und ihrer Enttäuschung über Sascha würde sie aber wohl allein fertig werden müssen. Und mit ihrer Wohnsituation auch.

Ein langer Spaziergang würde ihr helfen, ihre Gedanken und Gefühle zu sortieren.

Gesammelte Werke

Regina hatte schlecht geschlafen und war wie gerädert aufgewacht. Der Wecker klingelte unerbittlich, am liebsten hätte sie ihn ausgemacht und sich noch einmal umgedreht. Doch es half nichts, ihre erste Patientin würde um 9 Uhr auf der Matte stehen. Es reichte noch für eine Dusche und den Kaffee.

Elisabeth sah überrascht von ihrer Zeitung hoch, als sie in der Küche eintrat. „Guten Morgen, Regina. Du bist aber spät dran."

„Morgen, Mutter. Ja, ich habe verschlafen. Ist wohl eine Erkältung im Anmarsch. Brauchst du noch etwas? Ich muss gleich los." Sie zwang sich zu einem Lächeln und kraulte Zazou, die zur Begrüßung an ihr hochsprang.

„Andy hat auch verschlafen. Aber wohl aus einem anderen Grund." Elisabeth lächelte, die Toleranz in Person. Jedenfalls soweit es ihren Enkelsohn betraf. Sie wussten beide, dass Andy gerne feiern ging. „Nein, Zazou und ich kommen schon zurecht."

Regina goss sich einen Kaffee ein und schenkte ihrer Mutter nach, die ihr wortlos die Tasse hinhielt. Dann trank sie den ersten Schluck. Stark und schwarz, das tat gut. Das Koffein weckte ihre Lebensgeister.

„Ich muss los. Hoffentlich steht Andy gleich auf. Nicht, dass noch ein Malheur mit Zazou passiert." Sie sah zur Hündin hinüber, die sich unschuldig auf ihrem Kissen zusammengerollt hatte. Dann ging sie mit ihrer Tasse in die Praxis nebenan. Kurze Wege waren doch sehr praktisch.

Regina trank den Kaffee an ihrem Schreibtisch weiter und versuchte, sich auf ihre Patientin vorzubereiten. Doch die gestrige Begegnung mit Edgar ließ sie einfach nicht los. Allein beim Gedanken an ihn liefen ihr Schauer über den Rücken. Sie hatte gehofft, dass er ewig im Gefängnis schmoren würde. Doch den Gefallen hatte ihr das Schicksal leider nicht getan. Nur kurz gab sie sich der Hoffnung hin, dass Edgar geblufft haben könnte. Doch so schurkisch er war, so wasserdicht waren seine Beweise immer gewesen, wenn er jemanden in die Mangel nahm. Das kannte sie noch von früher. Seine Forderung war unverschämt. Wie sollte sie so viel Geld auftreiben? Doch sie würde alles tun, damit er schnell wieder aus ihrem Leben verschwand. Sie machte sich große Sorgen um ihren Sohn. Würde Edgar ihn in etwas hereinziehen? Und konnte der alte Fall tatsächlich noch einmal aufgerollt werden? Ihre Gedanken rasten. Das Schrillen der Klingel riss sie aus ihren Gedanken. Regina straffte sich und setzte ein Lächeln auf, als sie die Tür öffnete.

Es fiel ihr schwer, sich auf ihre Patientin zu konzentrieren, immer wieder musste sie sich zusammenreißen. Die Patientin war eine mollige und redselige Frau mit chronischen Beschwerden. Regina machte sich Notizen über ihr Befinden seit der letzten Behandlung. Wie erwartet hatte die Akupunktur Linderung verschafft, sie würden sie fortsetzen. Regina zwang sich dazu, bei der Sache zu bleiben, als sie ihr die Nadeln setzte. Dann verschrieb sie ihr noch ein Mittel gegen die Schmerzen und sie vereinbarten den nächsten Termin. Nur ihre jahrelange

Erfahrung mit kranken Menschen half ihr, sich selbst zurückzunehmen. Der Patient ging immer vor.

Endlich war sie allein, sie hatte sogar noch freie Zeit. Zwei Patienten hatten kurzfristig abgesagt, eine Erkältungswelle ging gerade um. Sie seufzte, denn einerseits brauchte sie die Einnahmen, andererseits hatte sie heute sowieso keine Kraft für ihr übliches Pensum. Am liebsten hätte sie sich wieder ins Bett gelegt, doch ihr Pragmatismus siegte.

Sorgen und Grübeleien konnte man am besten mit Fakten begegnen. Regina öffnete die Kellertür und machte Licht an. Die kühle LED-Lampe leuchtete die steile Treppe aus. Mit Unbehagen stieg sie hinab und die Kälte des Kellers umfing sie. Einen Kellerraum hatten sie für alte Unterlagen und Sachen reserviert, die sie nicht ständig brauchten. Sie öffnete den Schrank. Dann zog sie den hintersten Aktenordner hervor. Das Bild von Andy im Fluchtauto fiel ihr entgegen, sie hatte es in der Eile nur lose hereingelegt. Erneut verursachte der Anblick ihr Schwindel und ihre Nackenhaare stellten sich auf. Mit zitternden Händen legte sie es auf den klapprigen Tisch und setzte sich. Dann öffnete sie den Ordner und blätterte ihn durch.

Der Fall vor knapp acht Jahren hatte Aufsehen erregt. Ein spektakulärer Diamantenraub auf ein Juweliergeschäft in der Landeshauptstadt. Zwei Schwerverletzte. Die Beute wurde auf 300.000 Euro geschätzt und wurde nie gefunden. Der Täter wurde gefasst, weitere Mittäter konnten damals nicht festgestellt werden.

Elisabeth hatte alles gesammelt und ihr die Unterlagen zur Aufbewahrung gegeben. Es war ihre Art, mit der Situation fertigzuwerden. Danach durfte Edgars Name in ihrer Gegenwart nie wieder erwähnt werden. Sie hatten sich bis heute daran gehalten.

Das Akribische hatte sie von ihrer Mutter. Jeder Zeitungsartikel, jeder Gerichtsbericht waren nach Datum geordnet, kategorisiert und fein säuberlich abgeheftet. Endlich fand Regina, wonach sie suchte. Die Kopie von Edgars Urteil. Sie las es durch, Wort für Wort. Danach blätterte sie die Artikel durch. Fand nichts. Zu keiner Zeit in der Ermittlung war von einem zweiten Täter die Rede gewesen. Konnte das Foto vielleicht doch gefakt sein? Sie betrachtete es eindringlich. Es zeigte eindeutig den Innenraum von Edgars altem Opel Manta, und war sogar mit Datum und Uhrzeit versehen. Mit der Tatzeit. Warum hatte Edgar bloß acht Jahre geschwiegen? Um sie jetzt auszunehmen wie eine Weihnachtsgans?

Zazou bellte. Regina hörte, wie sie oben in der Wohnung hektisch herumlief. Andy war herübergekommen und rief hinunter: „Mutter, bist du im Keller?"

Schnell klappte Regina den Ordner zu und verstaute ihn an seinem Ort ganz hinten im Schrank.

„Ich komme schon. Ich musste nur etwas runterbringen."

„Oma sagte, du fühlst dich nicht wohl?"

Er war feinfühliger als andere Männer Mitte zwanzig. Keiner Fliege konnte er etwas zuleide tun. Von wegen Diamantenräuber. Oder? Regina ärgerte sich, weil das Misstrauen gesät war.

„Nur leicht angeschlagen. Aber ich habe etwas Zeit, mich zu erholen, zwei Patienten haben heute Vormittag abgesagt."

„Dann sollst du dich heute wohl mal richtig ausruhen. Herr Gerlich kann heute Nachmittag auch nicht, ihn hat die Grippe erwischt. Er hat eben angerufen, als du im Termin warst."

Regina atmete hörbar aus. Heute war wirklich der Wurm drin! Sie hoffte, dass ihre Gedanken bei der ungewohnten Auszeit nicht Slalom fahren würden.

„Ich gehe mit Zazou raus, es wird höchste Zeit. Hoffentlich benimmt sie sich heute wenigstens. Die letzten Spaziergänge waren einfach nur anstrengend."

Regina nickte mitfühlend. Sie beneidete ihn nicht. Zazou hatte alle Eigenschaften, die man Terriern nachsagte. Doch die Gassigänge waren nun mal Andys Aufgabe. Er erfüllte sie ohne große Leidenschaft. Aber Elisabeth hing sehr an ihrem Hund, und sie konnte nicht mehr selbst mit ihr gehen.

„Wo ist Mutter?"

„Sie telefoniert oben mit einer Freundin."

Das konnte dauern. Dann hatte sie nun alle Zeit der Welt für sich.

„Bis nachher", rief sie Andy hinterher und hörte, wie Zazou schon nach den ersten Metern Rabatz machte. Sie musste unwillkürlich lächeln.

Regina atmete tief durch. Andy wirkte entspannt und gut gelaunt wie immer. Unmöglich, dass Edgar ihm auch aufgelauert hatte. Und wenn doch? Hatte er ihm etwas zugesteckt? Sie verbat sich den Gedanken, in Andys Wohnung zu gehen und seine Taschen zu durchsuchen. Das war damals nötig gewesen, vor acht Jahren. Aber er war doch losgekommen von dem Stoff, schon lange.

Regina dachte über Andys Verhalten nach. Konnte er die ganzen Jahre zu seiner Beteiligung an der Tat geschwiegen haben? Vielleicht hatte er es einfach nur vertuschen wollen? Sein Vater war damals schwer erkrankt und Andy hatte die Reaktion seiner Oma gegenüber Edgar mitbekommen. Welche

andere Möglichkeit hätte er gehabt, als alles in sich hineinzufressen?
Sie griff nach ihrem Handy und googelte alles, was sie zu Raubüberfällen und Verjährung finden konnte. Ihr Herz wurde schwer, als sie von einer Frist von zwanzig Jahren las. Der Raubüberfall war acht Jahre her. Andy war damals gerade volljährig gewesen und hatte erst kurz zuvor seinen Führerschein gemacht. Darauf zu spekulieren, dass bei ihm noch das Jugendstrafrecht angewandt würde, wäre unklug. Und sie kannte ihren Stiefbruder. Der machte keine halben Sachen. Und er war mental stärker als ihr Sohn. So langsam dämmerte ihr, dass sie wohl besser auf Edgars Forderung eingehen sollte.

Regina tat das Einzige, was ihr einfiel, um dieser maßlosen Forderung nachzukommen. Sie griff zum Telefon und wählte die Nummer ihrer Bank. Sie ließ sich zur Kreditabteilung durchstellen und fand einen Berater, der auch eine telefonische Beratung durchführte. Das Gespräch war jedoch vernichtend. Sie sah das hungrige Beratergesicht geradezu vor sich. Höflich und aalglatt teilte er ihr mit: „Frau Berger-Janssen, es tut mir leid, aber wir können Ihnen aktuell keinen Kredit ausstellen. Und schon gar nicht in der genannten Höhe. Wenn sie ihren Hauskredit bei uns hätten, dann könnten wir über eine Hypothek sprechen. Aber so sehe ich keine Möglichkeit. Nein, auch in einem persönlichen Gespräch werden wir zu keinem anderen Ergebnis kommen."

Regina erstarrte, doch sie blieb höflich und beherrscht. Als sie aufgelegt hatte, stand ihr Entschluss fest: Sie würde sich eine andere Hausbank suchen müssen. Eine, die ihr kurzfristig viel Geld zur Verfügung stellen würde.

Abstand

Caro fuhr mit dem Wagen herum und überlegte, wo sie nur wenigen Menschen begegnen würde. Ihr fiel der Kanal ein. Da konnte man gut spazieren gehen und für sich sein. Und Wasser hatte sie schon immer beruhigt. In ein, zwei Stunden Auszeit würde sie zumindest wieder funktionieren, vielleicht auch einer Lösung der ganzen Misere näherkommen.

Sie steuerte den Parkplatz an und stellte ihren Wagen ab. Der Platz war menschenleer. Sie klappte die Sonnenblende herunter und warf einen letzten Blick in den Spiegel. Ihr Gesicht war nicht mehr verquollen.

Caro überquerte den Parkplatz und trat auf den geteerten Weg am Kanal. Die Herbstsonne wärmte ihr Gesicht und tat ihrer Seele gut. Sie schritt zügig aus und merkte, wie sie langsam innerlich ruhiger wurde. Sie hört ein Schnattern und sah zur Böschung. Enten hatten sich an einer unbefestigten Stelle versammelt und sie schaute ihnen zu, wie sie sich um ihr Fressen und den besten Platz kabbelten. Ein alter Kahn fuhr vorbei, voll beladen mit Containern. Wald umsäumte beide Seiten des Kanals. Es war idyllisch hier und ließ sie ein stückweit vergessen, was geschehen war.

Ein junger Mann mit einem kleinen silbergrauen Hund kam ihr entgegen, der heftig an der Leine zog.

„Sie tut nichts", lachte er beschwichtigend, als würde er einen Rottweiler ausführen. Ein ansteckendes Lachen, Caro lächelte zurück.

„Ich auch nicht", grinste sie und bückte sich, um die Kleine zu streicheln.

„Vorsicht, sie ist leider nicht sehr umgänglich", warnte er sie vor. Doch da hatte sich die kleine Hündin bereits an Caro geschmiegt und ließ sich ihr weiches Fell kraulen.

„Keine Sorge, Hunde lieben mich", gab sie zurück.

„Das hat Zazou noch nie bei einem Fremden gemacht. Du musst wohl etwas Besonderes an dir haben."

Er war ihr auf Anhieb sympathisch. Seine blaugrauen Augen blitzten sie verschmitzt an, und auch wenn sein Dreitagebart ihn etwas älter wirken ließ, schätzte sie ihn deutlich jünger als sich ein.

Bei diesem Kompliment musste Caro lachen. „Vielen Dank! Mach's gut, Zazou." Sie kraulte der Hündin zum Abschied den Kopf, dann gingen sie beide wieder ihres Weges.

Caro war noch nicht weit gekommen, als sie ein wildes Kläffen hörte. Gefolgt vom aufgebrachten Schimpfen des Herrchens. Sie drehte sich um und sah, dass Zazou sich aus ihrem Halfter herausgewunden hatte. Sie stürmte auf die Enten zu, die sie selbst eben an der Böschung beobachtet hatte. Das Rufen ihres Herrchens half nichts, denn bei der Terrierdame ging der Jagdtrieb durch. Die Hündin folgte den aufgescheuchten Enten ins Wasser und schwamm ihnen unerschrocken hinterher, geradewegs in Caros Richtung. Die Enten waren jedoch in ihrem Element und sie sah, wie die Hündin schnell erlahmte. Mittlerweile war sie fast auf ihrer Höhe angelangt. Sie strampelte tapfer, doch sie wurde von der Strömung in die Mitte des Kanals gezogen. Der Mann lief in ihre Richtung, doch er war zu weit entfernt. Die Kleine hatte den Kopf schon unter Wasser und konnte nicht mehr.

Oh nein, sie wird ertrinken! Ohne nachzudenken, sprang sie ins Wasser.

Das Wasser war eiskalt und nahm ihr fast den Atem. Ihre vollgesogene Kleidung drohte, sie hinabzuziehen. Doch Caro hatte nur Augen für die kleine Hündin, die sie retten musste. Sie schwamm zu ihr hinüber, so schnell sie konnte. Zazous Körper war nun vollständig unter Wasser.

„Bitte Kleines, halt durch“, flehte Caro. Endlich gelangte sie zu ihr. Sie griff behutsam nach dem erschlafften Körper. Mit der rechten Hand griff sie unter Zazous Brust und hielt ihren Kopf aus dem Wasser. Mit dem verbliebenen Arm und kräftigen Beinbewegungen schwamm sie zum Kanalrand. Ignorierte ihre eigene Erschöpfung. Es kam ihr wie eine Ewigkeit vor, aber endlich kam sie an.

Zazous Besitzer hatte sich am Rand so weit wie möglich nach vorne gerobbt und griff nach der Hündin. Mit letzter Kraft hielt Caro sie hoch und er bekam ihren Nacken zu fassen.

Geschafft! Doch sie fühlte sich wie ausgeknockt. Es fiel ihr unendlich schwer, überhaupt noch den Kopf über Wasser zu halten und selbst das Atmen strengte sie an. Die Kälte griff nach ihr, sie war kaum noch imstande, sich zu bewegen.

„Schnell, gib mir deine Hand!“, rief der Mann ihr vom Kanalrand zu. Seine Stimme kam ihr ganz weit weg vor. Nochmals rief er nach ihr. Mit letzter Willenskraft hob sie eine Hand in die Höhe. Er hatte sich noch weiter vorgerobbt und ergriff nun ihr linkes Handgelenk.

„Und jetzt die andere Hand“, forderte er sie auf. Caro fuchtelte in der Luft, bis er auch ihr rechtes Handgelenk erwischte. Er war viel kräftiger, als es den Anschein gehabt hatte. Sie merkte, dass er sie hochzog. Spürte seine Hand um ihre Seite. Sie schürfte sich die Haut und ihre Klamotten am rauen Beton auf, aber Hauptsache, sie war wieder an Land.

Vollkommen erschöpft blieben sie beide kurz liegen, nach Atem keuchend. Die Hündin lief aufgeregt um sie herum und stupste sie an. Ihr Interesse an Entenjagd war vorerst gestillt.

Dann erhob sich der Mann und half ihr, sich aufzurichten. Er legte seine Jacke um ihre zitternden Schultern. „Tausend Dank für Zazous Rettung, du völlig Verrückte. Ohne Hund hätte ich mich gar nicht nach Hause getraut. Ich rufe jetzt erst einmal den Krankenwagen.“

„Nein, kein Krankenwagen“, protestierte Caro. Die Erinnerung kam zurück. Sie hatte eine Woche, um ihr Wohnproblem zu lösen. Für einen Krankenhausaufenthalt fehlte ihr schlicht die Zeit.

„Okay, aber nur unter der Bedingung, dass ich meine Mutter erreiche. Vielleicht haben wir Glück, sie hat heute ein wenig Leerlauf. Dann soll sie entscheiden“, gab er sich geschlagen, „Sie ist Heilpraktikerin und gelernte Krankenschwester. Und ich bin übrigens Andy.“

„Caro“, brachte sie mit schlotternden Zähnen heraus. Andy sprach in sein Handy und schon wenige Minuten später raste ein Wagen den Fußweg entlang, jenseits von Tempo 30. Eine hochgewachsene Frau mittleren Alters mit braunen halblangen Locken stieg aus.

„Geht es Ihnen gut? Haben Sie Schmerzen?“

Caro schüttelte den Kopf. Das Reden fiel ihr schwer und sie konnte das Zittern ihres Körpers nicht stoppen.

Besorgt sah die Frau sie an.

„Ich rufe den Krankenwagen. Das kann ich so nicht verantworten."

Caro brachte ihre ganze Willenskraft auf und sah ihr entschlossen ins Gesicht. Es kam heftiger, als sie es beabsichtigt hatte: „Nein. Auf keinen Fall gehe ich ins Krankenhaus!"

Hoffnungsschimmer

Mutter und Sohn sahen sich an, irritiert und ein wenig fassungslos.

„Ich hab's auch schon versucht, aber sie ist starrsinnig." Er zuckte mit den Schultern.

„Wir werden sehen", gab die Frau energisch zurück. Sie sah Caro an, als überlegte sie, was zu tun wäre. „Ich kann Sie zunächst bei mir versorgen, wir wohnen ganz in der Nähe. Sie müssen aber schnell aus den nassen Sachen raus. Und Ihre Schürfwunden werde ich verarzten. Können Sie aufstehen?"

Caro nickte erleichtert und half mit, so gut es ging, während Andy und seine Mutter sie stützten. Kurz darauf saßen sie im Wagen der Frau und fuhren die zwei Querstraßen zu ihrem Resthof, gingen in das Haupthaus hinein.

„Schön ist es hier!", entfuhr es Caro, die die freigelegten Balken bewunderte, „Das war sicher eine Menge Arbeit."

Die stolze Hausbesitzerin lächelte. „Das stimmt. Wir haben alles selbst restauriert. Ich bin übrigens Regina."

„Ich bin Caro." Schon bald fand sie sich in trockenen, bequemen Sachen wieder. Sie war in eine Decke eingepackt und saß auf dem Sofa im Wohnzimmer, eine Tasse heißer Tee stand für sie bereit.

Regina hatte es sich nicht nehmen lassen, Puls und Herzfrequenz zu messen. „Es ist alles in Ordnung", stellte sie beruhigt fest.

Caro genoss es, umsorgt zu werden. Langsam kehrte die Wärme in ihren Körper zurück. Die Hündin spielte zusätzlich Wärmflasche und wich nicht von ihrer Seite, nachdem sie Andys Föhnprozedur geduldig ertragen hatte.

Plötzlich war ein Surren zu hören, das Caro nicht einordnen konnte. Die Terrierhündin konnte das umso mehr, denn sie sprang aufgeregt von ihrem Schoß herunter und eilte in den Flur. Caro hörte begeistertes Winseln und Hochspringen, dann ein raues Lachen.

„Zazou, mein Liebling, so kann dein Frauchen doch nicht aufstehen."

Andy grinste und stand auf, um nach dem Rechten zu sehen.

„Das ist meine Mutter", erklärte Regina, „Zazou gehört eigentlich ihr, aber sie kann sie nicht mehr richtig versorgen. Und sich selbst eigentlich auch nicht mehr. Daher wohnt sie oben bei uns. Mit dem Treppenlift klappt es gut."

„Was höre ich da, Sie haben meine Hündin gerettet?" Die alte Dame blieb im Türrahmen stehen, gestützt auf ihren Gehstock, und sah Caro direkt an. Sie war eine aristokratische Erscheinung, ihre grauen Locken umrahmten ihr Gesicht. Sie klang resolut und wirkte sehr präsent, trotz ihrer körperlichen Schwäche. Und Andy hatte sie offenbar bestens informiert, was geschehen war.

Die kleine Terrierdame zwängte sich an ihrem Frauchen vorbei und sprang sofort zurück auf Caros Schoß.

Wieder erklang das raue Lachen. „Ich bin Ihnen wohl zu Dank verpflichtet." Als Caro sich aufrichten wollte, winkte sie ab und kam auf sie zu. „Bleiben Sie ruhig sitzen, Sie müssen sich jetzt erholen. Ich bin Elisabeth Janssen, Andys Großmutter. Er hat mir von ihrer verrückten Rettungsaktion erzählt.

Kein Wunder, dass Zazou an Ihnen klebt." Die Linke auf den Stock gestützt, reichte sie ihr die Hand. Ihr Händedruck war fest.

„Angenehm, Caro Schneider." Sie war ein wenig verdattert. So viel Lob und Fürsorge tat wahrlich gut.

Elisabeth setzte sich auf den noch freien Sessel. „Erzählen Sie mir alles nochmals ganz genau aus Ihrer Sicht, meine Liebe. Ich kann gar nicht glauben, dass jemand etwas so Heroisches macht."

Und Caro erzählte. Von der ersten Begegnung mit Andy und Zazou, wie die Hündin ausgebüxt war, wie sie bemerkt hatte, dass Zazous Kräfte immer schwächer wurden, weil sie mit den Enten nicht mithalten konnte. Und dass sie einfach gesprungen war, um die Hündin zu retten. Dann Andys Einsatz, der sie beide aus dem Kanal gezogen hatte.

Mittlerweile kam es ihr selbst ganz unwirklich vor. Was tat sie nur immer für Dinge, ohne darüber nachzudenken?

„Sie sind eine ganz unglaubliche Frau! Zazou sieht das offenbar genauso." Die Hündin hatte sich mittlerweile auf den Rücken gerollt und ließ sich ihr weiches Bäuchlein kraulen. „Ich würde Ihnen gerne das ‚Du' anbieten. Die Retterin meiner Hündin zu siezen, kommt mir so unpassend vor."

„Gerne. Das freut mich sehr", nahm Caro das Angebot herzlich an.

„Das hat gerade beides Premiere, Caro", grinste Andy, „Zazous und Elisabeths Sympathie zeitgleich zu gewinnen, und das in dieser Geschwindigkeit! Das hat noch keiner geschafft."

Elisabeth drückte Andys Hand. Die beiden verstanden sich gut, das spürte Caro.

„Warum habt ihr Caro nicht ins Krankenhaus gebracht?" Die Frage klang bestimmt und war eindeutig in Richtung

Regina gemünzt. Caro sah von einer zur anderen. Die beiden waren so grundverschieden, dass es sicher häufiger mal zu Reibereien kam.

„Sie wollte unter keinen Umständen dorthin." Regina drehte sich zu ihr um. „Aber jetzt mal im Ernst, Caro. Welchen Grund hast du wirklich, dich so sehr gegen eine vernünftige ärztliche Versorgung zu sträuben? Ich habe hier alles getan, was mir möglich ist. Und soweit ich feststellen kann, ist auch alles in Ordnung. Puls, Herzfrequenz, all das passt. Aber mit einer Unterkühlung ist trotzdem nicht zu spaßen."

Caro schüttelte vehement den Kopf. „Nein, das geht nicht. Auf keinen Fall." Sie sah in die Runde. Die Gesichter waren wohlwollend, aber ein wenig irritiert. Sie merkte, dass sie sich erklären musste, auch wenn ihr ihre Situation peinlich war.

„Mein Freund, nein, Ex-Freund, hat mir eine Woche Zeit gegeben, um aus unserem, ..." Sie stockte, korrigierte sich, „... nein, aus seinem Haus auszuziehen. Und ich habe von meiner Firma gerade die Kündigung erhalten. Deshalb bin ich am Kanal spazieren gegangen, um den Kopf freizukriegen und nach einer Lösung zu suchen. Ich kann nicht in ein Krankenhaus gehen und nach der Entlassung obdachlos sein."

Plötzlich herrschte betretenes Schweigen. Regina und Andy warfen sich unsichere Blicke zu. War sie zu offen gewesen?

Elisabeth fand als Erste die Worte wieder. „Na, du hast was durchgemacht! Es tut mir so leid!" Caro nickte beklommen. „Ja, deshalb habe ich keine Zeit zu verlieren." Sie setzte die Hündin vorsichtig ab und erhob sich. Der Tee tat seine Wirkung. „Kann ich die Toilette benutzen?"

Als sie wiederkam, eröffnete ihr Elisabeth: „Du hast deine Gesundheit aufs Spiel gesetzt, um unsere Zazou zu retten. Wir werden ganz sicher nicht zulassen, dass sich deine Lage dadurch noch weiter verschlechtert." Sie räusperte sich und sah ihre Tochter auffordernd an, bis diese nickte. „Wir haben vielleicht eine Lösung für dein Problem. Und es käme uns offen gestanden finanziell auch entgegen, wenn wir uns einig werden."

Inzwischen hatte Zazou wieder ihren Platz auf Caros Schoß eingenommen. Überrascht und ein wenig unsicher sah sie von Elisabeth zu Regina. Die stimmte dem zu. „Wir haben noch ein Nebengebäude, das momentan leer steht. Es steht dort zwar noch ganz schön viel Gerümpel herum, aber das können wir schnell entsorgen." Sie sah ihren Sohn an, der nickte zustimmend. „Den Wohnbereich musst du sicher renovieren, aber wenn du die Arbeit nicht scheust, kann ich dir das Häuschen gerne zu einem günstigen Preis vermieten."

Caro glaubte, sich verhört zu haben. Das fühlte sich an wie im Traum. „Wirklich?", fragte sie ungläubig. „Aber was willst du dafür haben?"

„Wären 550 Euro Kaltmiete okay?"

Caro schluckte. Sie rechnete im Kopf durch. Für ein ganzes Haus war das sicherlich mehr als gerechtfertigt. Doch durch ihre Kündigung und die schmerzhafte Trennung war sie unsicher, wie es mit ihr weitergehen sollte. Würde sie das Geld überhaupt zusammenkriegen können?

„Falls du Zazou und mich noch mit betreust, kann man das sicher noch gegenrechnen." Elisabeth schmunzelte. Sie konnte Caros Zögern offenbar einordnen und wollte es ihr so leicht wie möglich machen, sich für ihr Angebot zu entscheiden. „Meine beiden sind nämlich der Meinung, ich bräuchte eine

Betreuung. Aber die letzte Frau, die sie mir vor die Nase gesetzt haben, hat es nicht lange mit mir ausgehalten. Ich bin nämlich etwas schwierig, musst du wissen. Und ich mag keine Menschen, die Tiere nicht mögen. Genau wie Zazou. Kannst du es dir mit uns vorstellen?" Ihre Offenheit war entwaffnend.

Nun starrten Regina und Andy sie an. „Echt Oma, das fändest du okay?"

„Mit Zazous Retterin werde ich bestens klarkommen. Und Zazou auch, wie man sieht."

Die Kleine gab von Caros Schoß leise Schnarchtöne von sich. Das war wirklich Antwort genug.

Caro lächelte, überglücklich. Alles fügte sich doch noch zum Besten, fast als hätte es jemand so eingefädelt. „Klar kann ich mir das vorstellen, Elisabeth! Und einen Hund habe ich mir schon immer gewünscht. Die Teilzeitbetreuung ist dann ja ein guter Einstieg. Ich würde mir das Haus gerne ansehen, sobald es möglich ist."

„Für die Betreuung von zwei so harten Brocken wie Zazou und mir würde ich an deiner Stelle allerdings auf 500 Euro Warmmiete runterhandeln", zwinkerte Elisabeth ihr zu.

Caro nahm den Blickkontakt zwischen Regina und ihrer Mutter wahr. Er sprach Bände.

„Die Aufgaben mit uns sind aber überschaubar, denn Regina kocht für mich mittags mit. Beim Frühstück und Abendbrot brauche ich selten Unterstützung, aber ich habe gerne mal nette Gesellschaft. Und dreimal am Tag muss meine Zazou raus. Ein besseres Angebot bekommst du nirgends."

Elisabeth schien einen Narren an ihr gefressen zu haben. Caro war genauso sprachlos wie Regina und Andy.

„Trink erstmal deinen Tee aus, Caro, und dann gehen wir rüber und schauen es uns an. Du sollst ja nicht die Katze im Sack kaufen“, schlug Regina vor.

„Dann könnte ich ja wirklich komplett neu anfangen, auch mit dem Job!“, platzte es aus Caro heraus.

„Was hast du denn vor?“, fragte Elisabeth.

„Ich werde mich mit einem Nähladen selbstständig machen. Das ist schon lange mein Traum“, kam es wie aus der Pistole geschossen heraus. Caro war selbst überrascht, wie klar sie plötzlich wusste, was sie wirklich wollte. Und es sich schon so lange versagte. Doch bei den Möglichkeiten, die sich ihr plötzlich boten, schien es ihr, als wäre nun alles erreichbar. Wie Grenzerfahrungen einen doch wachrütteln konnten!

Die vier sahen sich an und fingen an zu lachen. Das war so richtig aus der Seele gesprochen. „Es gibt keine Zufälle, Caro. Wir sollten uns offenbar begegnen.“

„Bevor du es dir drüben anschaust, muss ich dich aber vorwarnen. Also krieg keinen Schreck von dem Krempel, der da herumsteht. Das räume ich mit ein paar Kumpels bis zum Wochenende aus. Wenn es okay für dich ist, Mutter?“ Andy sah Regina fragend an. Der „Krempel“ schien für sie Bedeutung zu haben.

„Das ist okay. Wir können die Sachen ja nicht ewig aufheben. Es ist noch viel von meinem verstorbenen Mann dort. Davon trennt man sich einfach schwer. Aber es bringt ja auch nichts, alles ewig aufzuheben. Aber auch deine alten Sachen sind noch da, Mutter. Das musst du natürlich entscheiden.“

„Weg damit“, beschloss diese energisch. Es wurde Zeit, die Vergangenheit loszulassen.

„Wollen wir dann rüber schauen?“, lud Regina Caro ein.

Das Nebengebäude war weiß getüncht und die dunklen Balken waren außen freigelegt. Es war ein wenig nach hinten gelegen, sodass Caro ihre Ruhe haben würde, wenn sie wollte. Als sie hinter Regina hineinging, folgte ihr Zazou wie ein Schatten. Caro erkundete das Gebäude, das sich in einen vorderen Ausstellungsraum und einer Wohneinheit unterteilte. Der große, lichtdurchflutete Raum im vorderen Teil würde ihr als Näh- und Verkaufsraum dienen. Und den kleinen Abstellraum würde sie als Lager für ihre Stoffe nutzen. Die Sachen, die herumstanden, dachte sie sich einfach weg. Sie hatte bereits genau vor Augen, wie alles fertig aussehen würde. „Im Ausstellungsraum ist Platz für weitere Tische. Hier könnte ich sogar Nähunterricht geben.“ Dann ging sie durch den Wohnbereich. Die Zwei-Zimmer-Wohneinheit hatte eine weiß lackierte Holzdecke. Sie juchzte, als sie im Bad die freistehende Badewanne auf Löwenfüßen sah. „Und die Wohnung ist ein Traum. Das ist genau richtig für mich. Wohnzimmer, Küche, Schlafzimmer und hier passt ein kleiner Schreibtisch für die Büroarbeiten hin.“ Caro war begeistert.

Regina grinste über ihren Elan. „Dann werden wir uns also einig?“

„Klar, auf jeden Fall. Was meinst du, wann kann ich hier einziehen?“

„Du kannst sofort den Schlüssel haben, wenn dich das ganze Gerümpel nicht stört. Ich hole ihn aus meinem Büro. Andy ist schnell mit seinen Jungs. Das wird in spätestens zwei Tagen erledigt sein. Morgen können wir dann das Vertragliche regeln.“

Caro stimmte zu und folgte Regina. Sie fand nicht das erste Mal, dass Tiere zu retten die beste Idee war, die man haben konnte.

In Reginas Büro nahm sie überglücklich den Schlüssel entgegen. „Dann kann ich ja heute noch den Baumarkt stürmen und schon mal alles Nötige zum Renovieren besorgen. Anschließend hole ich meine Sachen bei meinem Ex ab und habe ich auch in der Hinsicht keinen Stress mehr."

„Ein bisschen Schonung würde dir aber noch guttun", gab Regina zu bedenken. Nur, um sich im selben Atemzug selbst auf die Schippe zu nehmen. „Sieh mir mein Bemuttern nach. Einmal Krankenschwester, immer Krankenschwester. Aus der Rolle kommt man auch dann nicht raus, wenn man den Job längst an den Nagel gehängt hat."

Sie gingen zu den anderen beiden, und Zazou folgte Caro weiterhin auf Schritt und Tritt.

„Schön, dass du bald drüben wohnst", waren sie sich einig. Dem hatte Caro nichts entgegenzusetzen.

Als sie zwei Stunden später Farbeimer und Pinsel, Tapetenrollen und Kleister in ihrem neuen Zuhause abstellte, räumte Andy mit einem Kumpel bereits aus. „Das ist Ben, ein Bandkollege. Und das ist Caro, die Hunderetterin und neue Mieterin", stellte er sie einander vor.

„Hi! Na, es wird ja auch Zeit, dass das Haus wieder genutzt wird. Wenn du am Wochenende jemanden zum Renovieren brauchst, sag Andy Bescheid. Wir kommen vorbei."

Sie sah Ben an. Er hatte blonde Locken, ein breites Kreuz und war größer als Andy. Er sah aus, als könne er richtig anpacken. Sie stimmte sofort zu und versprach zum Abschied, sich zu melden.

Caro sprang vor Freude durch die Wohnung. Sie war ganz kribbelig vor Aufregung. Wie gut plötzlich alles lief!

Doch das Gefühl sollte nicht lange anhalten. Als sie vor Saschas Haus stand, um ihre Sachen zu holen, drehte sich ihr der Magen um. Hoffentlich kommt der jetzt nicht mit seiner Neuen vorbei, schoss es ihr durch den Kopf. Sie musste schleunigst alle ihre Sachen rausbekommen, sonst würde sie gefühlsmäßig weiter Achterbahn fahren. Und das tat ihrem neu gewonnenen Elan gar nicht gut. Sie packte ihren Kombi bis zum Bersten voll. Vielleicht würde mit der nächsten Fahrt schon alles reingehen? Hier würde sie jedenfalls kein Auge mehr zu machen, auch wenn sie noch einige Tage hätte bleiben können.

Ihr Handy klingelte. Caro griff ins Seitenfach und war froh, dass sie bei dem ganzen Gepäck noch drankam.

„Hier ist Mareike Schmidtke, Anwaltskanzlei Schmidtke und Körner", meldete sich die Frau am anderen Ende der Leitung. Annalenas ehemalige Chefin. Sie hatten sich vor längerer Zeit einmal kennengelernt. Frau Schmidtke hatte gute Nachrichten für sie: „Ich werde Ihren Fall übernehmen, Frau Schneider. Lena hat sich mächtig für Sie ins Zeug gelegt. Die Unterlagen, die sie uns zugesendet haben, sind vollständig. Damit wird ihre ehemalige Firma vor Gericht nicht durchkommen. Die werden auf Zeit spielen, also rechnen Sie besser damit, dass es länger dauern wird. Aber das bekommen wir alles schon hin."

„Danke Frau Schmidtke. Es freut mich sehr, dass Sie meinen Fall übernehmen. Und auch für Ihre Einschätzung. Was ist von meiner Seite noch zu tun?"

Sie verabredeten, wie sie weiter vorgehen würden, und Caro wusste, dass sie in guten Händen war.

Gerade hatte sie aufgelegt, da klingelt es erneut. Die Stimme am anderen Ende klang dumpf und doch vertraut.

„Jessi!“, rief Caro begeistert. „Ich hoffe, es ist alles gut bei dir gelaufen? Du hast keine Ahnung, was sich hier alles getan hat.“

„Ziemlich anstrengend war es, ja, aber meine Vorträge liefen viel besser als gedacht. Jetzt gehe ich gleich auf ein Netzwerktreffen. Ich habe hier schon viele neue Kontakte geknüpft. Aber erzähl du besser mal. Hast du dein ganzes Leben auf dem Kopf gestellt?“

„So kann man es auch ausdrücken. Du wirst Augen machen“, lachte Caro, und dann begann sie, alles haarklein zu erzählen. Angefangen von ihrer Entlassung aus der Firma, der Trennung von Sascha und wie sie zu ihrem neuen Zuhause und damit auf die Idee gekommen war, sich selbstständig zu machen. „Ich werde jetzt Tag und Nacht nähen.“

Am anderen Ende der Leitung war es still. Das war nicht sehr typisch für ihre Freundin. Endlich fand Jessi die Worte wieder. „Alle Achtung, Caro! Lässt man dich mal einen Tag allein, krempelst du gleich dein ganzes Leben auf links um. Das nenne ich mal konsequent. Und dabei hatte ich ja nur vorgeschlagen, dass du deine Nähmaschine mal wieder auspackst.“ Jessis eben noch flapsiger Ton wurde ernst. Sie kannten sich so gut. „Und mach dir bloß keine Gedanken um diesen Mistkerl! Er hatte dich wirklich nicht verdient! Ach Mensch Caro, ich wünschte, ich wäre jetzt bei dir. Ich komme so schnell wie möglich zurück, versprochen.“

Caro musste lachen, obwohl sie einen Kloß im Hals hatte. „Ich versuche, Sascha zu verdrängen. Manchmal klappt es sogar, aber nicht gerade vor seiner Haustür. Aber der Rest läuft dafür gerade ziemlich gut.“

„Du legst ein Tempo vor! Beeindruckend! Was sagtest du, wo du jetzt wohnst? Marienbüttel?“ Jessi ließ sich die Adresse durchgeben.

„Ja, du wirst stauen. Ich habe hier ländliche Idylle pur.“

Als sie aufgelegt hatten, atmete Caro tief durch. Sie beschloss, erst einmal von Saschas Haus wegzufahren, und parkte vor ihrem neuen Zuhause. Dann rief sie ihre Familie an. Sie sollten die Neuigkeiten schließlich nicht über Annalenas Austausch mit ihrer alten Chefin erfahren.

„Du hast was gemacht?“ Ihre Mutter klang vollkommen irritiert. „Ich hoffe, du reitest dich nicht weiter ins Unglück.“,

„Solch eine spontane Aktion ist wieder einmal typisch Caro“, kam es lachend von Patrick aus dem Hintergrund und Annalena stimmte dem zu. Während Caro ihre neue Adresse nannte, hörte sie, dass ihre Schwägerin die Zwillinge beruhigte. Ihre Tante käme sie wie verabredet bald besuchen.

Caro hätte sich mehr Rückhalt von ihrer Familie gewünscht und war ein wenig enttäuscht über ihr Verhalten. Doch sie selbst hatte keinen Zweifel, dass sie es schaffen würde. Nun galt es, die Ärmel hochzukrempeln und ihr neuen Heim wohnlich zu gestalten. Eine Menge Arbeit lag vor ihr.

Störfaktor

Was war das bloß gestern für ein Tag! Regina musste schmunzeln, als sie das Geschirr aus dem Geschirrspüler räumte. Sie freute sich auf ihre nette Mieterin. Und sie staunte über die Geschwindigkeit, mit der Caro zu Werke ging. Aber sie konnte verstehen, dass sie gleich in ihrem neuen Zuhause schlafen wollte, egal wie es dort noch aussah. Heute wollte sie die restlichen Sachen von ihrem Ex holen.

Wie schnell sich die Dinge doch gewandelt hatten, überlegte Regina. Noch gestern früh hatte sie daran gedacht, dass es gerade finanziell eng war, sobald ihr die Patienten wegbrachen. Ganz zu schweigen von Edgars unverschämten Forderungen. Weitere Gedanken an ihn verdrängte sie schnell, es reichte, dass er sie um den Schlaf brachte. Ihr Mutter lehnte trotz ihrer Pflegestufe eine Betreuung ab, und die verwöhnte Terrierdame war kaum zu händeln. Es hatte einzig und allein jemanden wie Caro gebraucht, die einfach so in ihr Leben reingeplatzt war. Oder besser reingesprungen. Einige Probleme hatten sich auf einen Schlag gelöst. Der Deal mit ihr war für beide Seiten einfach perfekt. Dass Elisabeth einen Narren an Caro gefressen hatte und sie sich nur von ihrer besten Seite zeigte, und auch Zazou der neuen Mieterin überall hin folgte, machte alles plötzlich so leicht.

Regina summte beim Aufräumen vor sich hin, fest entschlossen, sich auf das Positive zu konzentrieren. Nachdem ihre Küche blitzblank war, setzte sie Teewasser auf. Sie überflog in Gedanken die Termine, die heute noch anstanden. Gerade goss sie das heiße Wasser in die Tasse, als sie draußen eine Bewegung wahrnahm. War Caro schon zurück? Sie schnappte sich ihre Jacke und ging hinaus. Vielleicht brauchte sie noch Hilfe.

„Hast du das Geld schon zusammen?“ Die altbekannte Stimme kam wie aus dem Nichts.

Regina fuhr vor Schreck zusammen. „Was zum Teufel willst du schon wieder hier?“

„Das ist keine Antwort auf meine Frage.“ Er grinste hämisch und kaute mit offenem Mund auf seinem Kaugummi herum. Dabei wusste er genau, dass sehr sie das hasste.

„Ich habe doch gesagt, dass ich das klären muss. Bei meiner Hausbank habe ich es schon versucht, die hatte sich geweigert. Ich werde die Bank wechseln müssen, das geht nicht von heute auf morgen. Ich brauche viel mehr Zeit dafür.“

Seine Miene verfinsterte sich mit einem Schlag. Sein Blick war so eisig, dass es sie fröstelte.

„Du hältst mich hin.“

Sein aggressiver Unterton ließ ihr Schauer über den Rücken laufen. „Nein, verdammt. Ich sagte doch schon, dass so etwas dauert. Eine neue Bank muss mich auch erst als zuverlässige Kundin erleben, bevor ich mit einem Kredit in dieser Höhe ankommen kann.“

„Dann halt dich mal ran. Sonst werde ich richtig ungemütlich.“ Er trat einen Schritt auf sie zu, sie wich zurück. Sie bekam sofort Kopfschmerzen von seinem aufdringlichen Aftershave.

„Einen schönen Schuppen hast du da. Hatte ich gar nicht mehr auf dem Schirm. Das bringt mich auf `ne Idee. Ich hab‘

da ein paar Sachen zum Unterstellen. Bei dir wäre es unverfänglich."

In Regina zog sich alles zusammen vor Entsetzen. Wo wollte er sie noch mit reinziehen? „Den habe ich gerade vermietet, daraus wird nichts. Das Geld kriegst du so bald wie möglich. Wie gesagt, ich muss eine Bank finden, die es mir gibt."

Er zog den Rotz hoch und spuckte vor ihr aus. „Gib's zu, du willst mich nur verarschen. Hast wohl den Ernst der Lage nicht kapiert."

„Doch, natürlich", beschwichtigte sie ihn. „Aber du musst jetzt gehen. Meine neue Mieterin sollte dich besser nicht sehen, und Andy kommt auch bald nach Hause."

„Wenn ich gehen soll, musst du mir schon ein bisschen entgegenkommen, Regina. Wenn du mir schon den Schuppen nicht rausrückst und ich auf mein Geld warten muss." Und als würde es ihm gerade erst einfallen: „Ach ja, Andy. Nimmt der noch Speed?"

„Bitte, hör auf, meinen Jungen da reinzuziehen." Ihre Stimme brach. „Warte hier. Ich hole was."

Sie wandte sich ab und ging mit schnellen Schritten ins Haus, schloss vorsichtshalber die Haustür, damit er ihr nicht folgen konnte.

In Windeseile öffnete Regina eine Schublade im Schlafzimmer und schloss eine Geldkassette auf. Dann zog sie ein Bündel Geldscheine hervor. Ihre allerletzte Reserve. Doch Andy war wichtiger.

Sie kam zurück und hielt ihm das Bündel hin. „Hier, nimm das. Den Rest müssen wir telefonisch klären. Gib mir mindestens zwei Monaten."

Gierig griff er nach den Scheinen und steckte sie sich in die Jackentasche. „Du wirst mich vermissen."

Regina erschrak selbst über den gurgelnden Laut, den sie von sich gab. Sie hasst ihn mit jeder Faser ihrer Seele.

„Schließlich bist du noch immer allein. Wie lange ist dein Alter jetzt unter der Erde? Ein paar Jahre? Ich hatte es in der Zeitung gelesen. War Zufall, Zeitungsspende für die Knastis." Er bleckte die Zähne. „Muss ganz schön einsam sein." Er machte eine kurze Pause und lächelte sie dann süffisant an. „Wir hatten auch schöne Zeiten zusammen. Erinnerst du dich?"

Er wusste, wie er sie zum Rasen brachte. Denn ihm war klar, dass es von ihrer Seite damals nicht freiwillig war.

„Verschwinde, du Schwein! Ich war noch minderjährig! Du warst mein Bruder." Das letzte Wort spie sie förmlich aus.

„Stiefbruder." Sein hämisches Grinsen nahm diabolische Züge an. Als er sich endlich zum Gehen abwandte, rutschte ihr das Herz endgültig in die Hose.

Denn inzwischen hatte Caro auf dem Hof geparkt. Sie hatte sich mit dem halben Kofferrauminhalt bepackt und steuerte ihr neues Zuhause an. Sie konnte kaum darüber hinwegsehen.

„Hi, es waren doch noch mehr Sachen, als ich gedacht habe. Aber jetzt habe ich alles mitbenommen."

„Verschwinde endlich", zischte sie Edgar zu, „das ist in deinem eigenen Interesse. Sonst wird das nichts mit dem Geld."

Er zwinkerte ihr zu und schlenderte betont langsam vom Grundstück.

Regina rief Caro zu: „Glückwunsch. Brauchst du noch Hilfe?"

„Nein danke, das kriege ich schon hin", kam es bestens gelaunt zurück.

Regina sah, dass Edgar auf Caros Höhe angekommen war. Sie hörte ihren Gruß. Viel sehen konnte sie bei ihrem Gepäck nicht.

Regina winkte Caro nach. „Dann noch viel Erfolg beim Einräumen. Bis später.“ Erst als sie die Haustür schloss, merkte sie, dass sie am ganzen Körper zitterte.

Nachgetreten

Der Wind pfiff so unangenehm um die Häuser, dass Edgar den Kragen seiner Jacke hochschlagen musste. Die Straße war menschenleer und nur einzelne Straßenlaternen flackerten auf. Doch selbst bei diesem Licht konnte man sehen, dass es nicht die beste Wohngegend war. Einige Häuser waren bereits vom Verfall gezeichnet. Nur aus wenigen Fenstern erglomm Licht. Edgar stierte im Vorbeigehen hinein. Sah einen alten Mann im Unterhemd vor der Glotze beim Bier. Eine Frau lief im Bademantel und mit Kippe im Mund durch den Raum. Das Bild wiederholte sich. Hier stellte man keine überflüssigen Fragen. Hier ließ man sich in Ruhe, weil man mit dem eigenen Überleben genug zu tun hatte. Ein idealer Platz für seine Geschäfte.

Der Mann stand im Eingang des Hauses und versuchte vergeblich, sich bei dem Wind eine Zigarette anzuzünden. Er gab den Versuch auf, als er Edgar auf sich zukommen sah, steckte die Fluppe wieder ein. „Willste es dir noch ansehen?“, fragte er, die Form wahrend.

Edgar nickte knapp.

Sie gingen hinein. Es war ein typisches Einfamilienhaus aus den 50er-Jahren. Langer schmaler Flur, kleine gedrungene Räume, unterkellert, Ölheizung. „Willste die Möbel übernehmen?“

„Lass alles so, wie es ist. Hier.“ Edgar griff in seine Jackentasche und holte das Bündel Scheine heraus, das Regina ihm zuvor gegeben hatte. Der Mann griff gierig danach. „Kaution und Miete für sechs Monate. Zähl nach.“

Das tat er. „Passt. Hier, musste noch unterschreiben.“ Er hielt ihm den Mietvertrag hin. Endlich wechselte der Schlüssel den Besitzer. Eine knappe Verabschiedung, dann war der Mann verschwunden. Edgar konnte endlich Gas geben. Es war genügend Platz für ein kleines Labor und jede Menge Lagerfläche für die unkritische Ware. Wie praktisch, dass er sein eigenes Geld dabei nicht anrühren musste. Mitleidslos dachte er an Regina. Sie war sein Geldeselchen. Da war bestimmt noch mehr zu holen. Für ihren Bubi würde die alles tun. Praktisch.

Sein Handy klingelte. Unterdrückte Nummer. Es gab nur einen, den er jetzt sprechen wollte. „Ja, was gibt`s?“

„Die Ware ist eingetroffen. Packstation 3. Der Bote bringt sie gerade.“

Dann war die Leitung tot. Edgar wusste, was zu tun war, schwang sich in seine Karre. Eine Menge Arbeit wartete auf ihn.

Erfolge musste man feiern, fand er und konnte so gleich zwei Fliegen mit einer Klappe schlagen. Gerade brummten die Geschäfte nur so, da konnte er endlich mit seiner Vergangenheit aufräumen. Alles hatte seine Zeit. Beim Gedanken an das unverhoffte Wiedersehen hätte er wiehern können vor Lachen. Die Überraschung war ganz auf seiner Seite. Die werden Augen machen!

Er stieß die Tür zum Bierschuppen auf und Musik aus den Achtzigern dröhnte ihm entgegen. Nur ein einsamer Trinker saß noch vor seinem Bier und stierte vor sich hin.

„Ein letzter Absacker. Wir schließen gleich." Die Bedienung hatte sich schon wieder abgewandt.

Edgar schlenderte zur Theke und setzte sich auf den Barhocker. „Zapf mir mal ein Klares."

Die Bardame sah auf. Mann, war die fett geworden! Sie zögerte kurz, dann kam sie um die Theke herum, umarmte ihn. „Du bist es wirklich?"

„Siehst gut aus, Fanny! Wo ist Boris?"

Sie ließ ihn sofort los und trat einen Schritt zurück. Ihr Lächeln erstarb. „Was willst du von ihm?" Ihre Stimme bebte.

„Fanny-Schätzchen, bleib cool." Er tätschelte ihre Wange und hatte sie gleich wieder eingelullt. „Wir wollen auf die guten alten Zeiten anstoßen. So ganz unter uns. Es gibt viel zu bereden."

Fanny verstand seinen Wink sofort und nickte. Energisch griff sie dem Stammkunden unter dem Arm und zog ihn hoch, begleitete den Protestierenden zur Tür hinaus. Er hatte keine Chance gegen ihre zupackenden Arme.

„Komm morgen wieder. Dann gibt's ein Bier aufs Haus. Jetzt schlaf erst mal deinen Rausch aus."

Er stürzte fast auf dem Bürgersteig, als sie ihn losließ. Dann fiel die Tür hinter ihm ins Schloss. Fanny drehte den Schlüssel zweimal um.

„Ich zapf dir erst mal eins und dann schau ich nach meinem Bruder."

Über sein Bierglas hinweg sah er ihr nach. Es lief alles wie geschmiert. Er befestigte sein kleines Geschenk vom Schwarzmarkt unter dem Tresen und stellte die Zeitschaltuhr ein. Er war gerade fertig geworden, als Boris auf ihn zutrat.

„Hey Alter, schön dich wiederzusehen. War doch fast wie gestern gewesen.“ Er klopfte ihm auf die Schulter. „Ey Fanny, mach uns noch ‘n Bier.“

Edgar betrachtete seinen ehemaligen Weggefährten. Dieser Verräter! Er roch seine Angst regelrecht, auch wenn er noch so sehr versuchte, sich nichts anmerken zu lassen. „Mensch Boris, altes Haus. Hast ordentlich Haare gelassen.“ Sie lachten, umarmten sich. Tranken ihr Bier zusammen, wie früher.

„Wir müssen noch mal los. Hab‘ da was in der Pipeline, das dich auch interessieren könnte. Wir kommen später wieder, Fanny.“

„Was ist es denn? Fanny kannste ruhig mit einweihen, die hält dicht.“ Misstrauisch sah Boris ihn an.

„Edgar will uns noch ‘ne Chance geben, Boris. Nun mach schon, spring mit auf. Wir können das Geld gut gebrauchen“.

Sie gingen durch die Hintertür hinaus und stiegen in Boris Wagen, fuhren die Landstraße entlang durch die Nacht. Früher hatten sie sich viel zu erzählen gehabt, doch jetzt schwiegen sie. Nach einer Weile schien es Boris nicht mehr auszuhalten. „Jetzt sag schon, worum geht es. Kannste mir doch sagen.“ Sein verkrampfter Versuch, locker zu wirken, war einfach lächerlich. Er war schon früher ein schlechter Schauspieler.

„Halt hier an.“

Als er nicht sofort reagierte, zog Edgar die Handbremse bis zum Anschlag. „Sag mal, spinnst du?! Jetzt stehen wir hier mitten auf den Schienen!“ Sein Protest erstarb, als er die Pistole zwischen seinen Rippen spürte. Die Angst traf ihn wie ein Schlag. „Bitte, Edgar! Es war ein verdammter Fehler! Das Geld für die Belohnung – wir brauchten das damals. Fanny hatte mich dusselig gequatscht. Und es waren doch nur die paar Jahre bei dir im Knast."

Wie er wimmerte, erbärmlich! Edgar holte mit der freien Hand die aufgezogene Spritze aus seiner Jackentasche und rammte sie ihm wortlos in den Unterarm.

„Nein!", rief Boris entsetzt. „Was war das? Warum..." Weiter kam er nicht. Das Gift wirkte schnell, lähmte seinen gesamten Körper. In seine Augen stand die nackte Angst geschrieben.

Edgar hatte genug von dieser Ratte. Höhnisch sah er ihn an. „Chill mal, Kumpel!" Sein raues Lachen erklang. Er sah auf die Uhr. „Es ist fünf vor eins. In drei Minuten kommt der Zug nach Hannover. Du verstehst sicher, dass ich dich jetzt allein lasse." Er öffnete die Beifahrertür und schwang sich aus dem Wagen. „Deine Kneipe dürfte übrigens inzwischen abgebrannt sein. Verzweiflungstat. Mord mit anschließendem Selbstmord. Ihr seid ja finanziell recht klamm, hab' ich gehört."

Keine Reaktion und keine Regung aus dem Fahrzeuginneren. Sein Chemie-Experiment war ein voller Erfolg.

Das Kurvenquietschen kündigte den herannahenden Zug an. Edgar schlug die Wagentür zu und sprang eilig von den Gleisen. Dann lief er die Straße entlang, bis er außer Reichweite war, und überließ Boris seinem Schicksal.

Wendung

Caro war sofort hellwach und voller Elan, als der Wecker klingelte. Es war Samstag 7 Uhr, kurze Zeit später stand sie schon unter der Dusche. Das war nicht gerade ihre übliche Aufstehzeit, aber sie hatte heute einiges vor. Sie war überrascht gewesen, wie Andy mit seinen Jungs in Nullkommanichts das Nebengebäude ausgeräumt hatte. Ob sie tatsächlich heute früh zum Renovieren kommen würden? Vorsichtshalber bereitete sie zwei Thermoskannen Kaffee vor und holte belegte Brötchen vom Bäcker. Als sie wiederkam, standen Andy und Ben bereits vor ihrer Tür.

„Kann‘s losgehen?“ Andy grinste sie an. „Ich habe Verstärkung mitgebracht. Ben ist vom Fach.“

„Schön, dass du auch dabei bist!“

Ben hob den Daumen. „Na klar, war doch so besprochen.“ Er zeigte auf die Brötchentüte. „Und bei der guten Handwerkerversorgung kannst du richtig punkten, da kommen wir auch wieder.“ Er stieß Andy an und der nickte.

Caro schloss die Tür auf und erklärte den beiden kurz, welche Zimmer sie streichen und welche sie tapezieren wollte. Sie arbeiteten Hand in Hand zusammen und kamen gut voran. Zum Glück war Ben Maler und Lackierer. Er gab klare Anweisungen, um effektiv vorzugehen.

„Zeit für eine Pause.“ Sie bestellten Pizza beim Lieferservice im Ort und Andy holte Getränke herüber. „Jetzt haben wir fast

Bergfest!", staunte Caro und biss herzhaft in ihre Pizza Margherita. Sie war froh, dass die Küche im neuen Zuhause brauchbar war und sie einige ausrangierte Möbelstücke von Regina übernehmen konnte. Das musste erst einmal reichen.

Sie wollten sich gerade wieder aufraffen, weiterzuarbeiten, als es klopfte.

„Hallo, wird hier auch gearbeitet?" Jessi tauchte im Türrahmen auf, in alter Jeans und Shirt, die langen blonden Haare zum Zopf gebunden.

„Das gibt´s doch gar nicht!" Caro stieß einen Freudenschrei aus und sprang auf. „Ich habe noch gar nicht mit dir gerechnet!" Die Freundinnen fielen sich in die Arme.

„Was dachtest du denn? Dass ich irgendwelche schnöden Netzwerker in New York treffe, während du dein ganzes Leben hier umkrempelst?" Sie sah sich um. „Schön geräumig hast du es hier. Auch wenn es am Ende der Welt ist."

Caro stellte sie einander vor. Dann führte sie Jessi durch ihr neues Zuhause, während Andy und Ben schon mit dem Streichen begannen.

Es war fast Mitternacht, als sie mit dem Renovieren fertig wurden. „Boah, bin ich platt! Jetzt eine Dusche und dann nur noch pennen."

„Macht's gut, Mädels!" Andy und Ben zogen ab.

„Ich kann dir zwar nur eine Matratze anbieten, aber du kannst hier übernachten", schlug Caro vor. „Dann köpfe ich noch einen Prosecco für uns." Nach einer Weile hatten sich die beiden Frauen wieder wachgequatscht. Sie hatten schließlich viel erlebt in der kurzen Zeit, und sich viel zu erzählen. Es flossen Tränen und es wurde viel gelacht.

„Weine Sascha bloß nicht zu viele Tränen hinterher. Du gehst es richtig an und schaust nach vorne."

„Es bleibt mir gerade auch nichts anderes übrig. Aber zumindest hier läuft es wie geflutscht.“

„Nette Jungs. Und richtig reingehauen haben die auch!“ Und frotzelnd setzte sie hinterher: „Da könntest du dich schnell trösten.“

Caro gluckste auf und schmiss das Kopfkissen nach ihr, dass sie gerade bezogen hatte. „Du spinnst ja, Jessi! Andy ist mehr als zehn Jahre jünger als ich.“

Eine Kissenschlacht später waren die beiden so weit, dass sie dringend Schlaf brauchten.

„Das ist ja wie früher“, kicherte Jessi. Caros Schlafanzug war ihr zu kurz und zu weit. Auch daran hatte sich nichts geändert. Sie teilten den letzten Schluck Prosecco auf, bevor jede ihre Matratze bezog. „Auf dich und deine Pläne, Caro. Ich bin so stolz auf dich!“

Sie wachten am nächsten Tag erst gegen Mittag auf. Andy hatte sie mit Sonntagsbrötchen versorgt, die an der Türklinke hingen, und er winkte ihnen über den Hof zu. Caro winkte gut gelaunt zurück.

„Und, was hast du heute vor?“, fragte Jessi, als sie beim späten Frühstück saßen. „Geht‘s gleich an die Nähmaschine oder zum Abhängen aufs Sofa?“

Caro schüttelte den Kopf. „Mit dem Nähen starte ich morgen. Das ist noch früh genug. Nein, heute ist Familienzeit, dazu werde ich in den nächsten Wochen ja kaum kommen. Max und Nele lassen doch keine Ruhe, bis ich mir nicht ihre Kaninchen angeschaut habe. Die Gelegenheit ist heute günstig: Ma ist unterwegs und kann mich nicht mit Fragen löchern, und Annalena und Patrick freuen sich über einen Babysitter.“

„Dann viel Spaß mit den Kids“, wünschte Jessi und machte sich auf dem Heimweg.

Caro wollte vor der Doppelhaushälfte von Annalena und Patrick parken, doch der Parkplatz war schon besetzt. Also stellte sie sich in die Auffahrt ihrer Mutter nebenan. Als sie den Weg entlang zum Nachbarhaus ging, sah sie, wie eine rothaarige schlanke Frau ihren kleinen Jungen ins Auto verfrachtete. Er musste im Alter von Max und Nele sein, und es passte ihm offenbar ganz und gar nicht, abgeholt zu werden. Wütend rief sie ihrem Sohn zu: „Lukas, mach jetzt bloß keine Szene! Ich habe gesagt, zwei Stunden und keine Minute länger. Darüber gibt es keine Diskussion.“ Sie knallte die Fahrertür zu, bevor sie abrauschte. Caro sah ihr verdattert nach, der Junge tat ihr leid.

Als sie bei ihrem Bruder klingelte, öffnete Nele die Tür. „Tante Caro, endlich!“ Sie schmiss sich ihr in die Arme.

„Nele, wie schön. Wo ist denn Max?“

„Er schmollt. Sein bester Freund wurde abgeholt. Dabei waren wir mitten am Spielen. Seine Mutter ist echt blöd.“

Annalena trat in den Flur. „Sag nicht sowas, Nele. Sie hat es gerade nicht so leicht“, wies sie ihre Tochter zurecht. Und zu Caro: „Schwierige Trennung, sie ist ein bisschen angeschlagen.“ Nele schwirrte ab, um auf ihrem Drachen Sturmpfeil zu Hicks, alias Max, zu reiten. Kopfschüttelnd wandte sich Annalena Caro zu. „Ganz unrecht hat sie ja nicht. Aber erstmal schön, dass du da bist. Wir müssen leider auch gleich los. Sorry, dass du heute deine ganze Tanten-Kompetenz auffahren musst. Max ist ziemlich frustriert.“

Caro nickt verständnisvoll. „Ich habe die Mutter gerade gesehen.“ Sie rollte mit den Augen und Annalena lachte. Sie war heute richtig locker, musste Caro zugeben. „Kein Problem, Lena, das schaffen wir hier schon. Habt viel Spaß!“

Als Annalena und Patrick abgefahren waren, ging sie zu den Kids. „Wollen wir zusammen die Kaninchen füttern?“ Nachdem Caro die Kaninchen gestreichelt und mit den Zwillingen ausgiebig gefüttert hatte, taute Max langsam wieder auf. Etliche Spiele später saßen sie mit einer riesigen Portion Popcorn auf dem Sofa und kuschelten mit Caro. Natürlich durften sie ihre Lieblingsserie sehen, und Max bot ihr ganz Gentleman von seinem Popcorn an.

„Tante Caro?“, flüsterte Nele, als Max bereits eingeschlafen war.

„Was ist, mein Schatz?“

„Mama meinte, du bist jetzt selbstständig und musst ganz viel arbeiten?“

Caro hörte die Sorgen ihrer kleinen Nichte heraus. Würde die geliebte Tante noch Zeit für sie haben?

„Das stimmt, Nele, am Anfang muss ich richtig reinhauen. Aber wenn es läuft, werden wir uns wieder ganz viel sehen.“

„Versprochen?“

„Großes Ehrenwort, versprochen.“

„Dann bete ich darum, dass das gleich ganz dolle gut läuft mit deinem Laden.“

Kurz darauf war auch sie im Traumland angekommen.

Caro war gerührt. Was waren das nur für tolle Kids! Vorsichtig trug sie die beiden in ihre Betten und deckte sie zu. Kurz blieb sie im Türrahmen stehen. Es gab ihr einen kleinen Stich, als sie den Zwillingen beim Schlafen zusah. Für sie selbst standen erst einmal andere Themen an.

Als Annalena und Patrick kurz darauf nach Hause kamen, verabschiedete sie sich schon bald darauf. Auf sie wartete ab morgen ein straffes Programm.

Die nächsten Wochen vergingen im Nu. Caro konnte selbst kaum glauben, wie positiv sich ihr Leben verändert hatte. Sie war bei Sascha ausgezogen, obwohl sie immer gedacht hatte, ohne ihn nicht leben zu können. Sie hatte sich in ihrem neuen Zuhause gut eingelebt. Ihren Wohnbereich hatte sie gemütlich eingerichtet, und auch der Verkaufsraum nahm immer mehr Formen an. Sie wurde von Annalenas ehemaliger Chefin rechtlich bestens beraten. Sie hatte darauf gedrängt, Einspruch gegen die Kündigung zu erheben. Um den Rest wollte sie sich dann kümmern. So konnte sie sich mit ganzer Kraft auf ihre Zukunft konzentrieren. Wann hatte sie jemals so viel gearbeitet? Die Nähmaschine ratterte oft bis spät in der Nacht, so dass sie mittlerweile viele schöne Taschen und Accessoires anbieten konnte. Sie war glücklich, denn sie arbeitete nun ganz für sich selbst und ihren Traum vom eigenen Nähladen. Sogar die Nachbarn kamen inzwischen schon gerne vorbei, um sich ihre Werke anzusehen.

Der Verkauf ließ allerdings zu wünschen übrig. Noch gelang es Caro, ihr leeres Bankkonto zu ignorieren. Irgendwann würde die alte Firma endlich eine Abfindung zahlen, wie ihre Anwältin ihr versicherte. Dann wäre mehr Geld da für weitere Stoffe. Und für die Miete, die sie Regina noch schuldete. Sie musste auf die Tube drücken mit dem Nähen, wenn sie für die bevorstehenden Weihnachtsmärkte gut ausgestattet sein wollte.

Caro sah auf die Uhr. Höchste Zeit, bei Elisabeth vorbeizuschauen und mit Zazou eine Runde zu gehen. Die Nachmittagssonne blendete sie, als sie den Hof überquerte. Aus Andys

Keller erklang ein Song von Ed Sheeran. „Und das probieren wir jetzt. Hast du geübt?"

Andy hatte eine Engelsgeduld mit den Kids und sie liebten ihn dafür. „Na klar", kam es ganz selbstbewusst zurück. „Ich will schließlich mal genauso berühmt werden."

Die folgenden Töne ließen erahnen, dass der Junge dafür noch ein wenig üben musste. Caro grinste in sich hinein, als sie an der Tür zum Hauptgebäude klopfte, die nur angelehnt war. Die Hündin lief ihr gleich entgegen.

„Hallo Elisabeth! Ich schnappe mir mal Zazou, das Wetter ist einfach zu schön."

Zazou ließ sich erst einmal ausgiebig von ihr kraulen.

„Hast du noch Zeit für einen Kaffee?" Elisabeth sah sie kritisch an. „Du hast schon wieder die halbe Nacht durchgearbeitet, stimmt's?"

Caro nickte und nahm die Tasse entgegen. Schwarz mit einem Schuss Milch, so wie sie ihn liebte. „Klar, von nichts kommt nichts."

Das war ganz nach Elisabeths Geschmack. „Aber vergiss nicht, mehr Werbung zu machen. Und so eine Webseite oder wie das heißt, das musst du auch noch haben."

„Du bist wirklich gut informiert. Und hast auch recht damit." Sie seufzte. „Aber zu diesem Marketingkram kann ich mich gerade nicht aufraffen. Lieber will ich die ganze Zeit nähen." Nach einem kurzen Plausch machte die kleine Hündin wieder auf sich aufmerksam und Caro legte ihr die Leine um.

„Ich ruhe mich ein wenig aus. Lass Zazou dann einfach in die Wohnung, wenn du kommst. Regina will heute früher Feierabend machen."

Caro winkte und sah, wie sie in den Treppenlift stieg.

Sie öffnete die Eingangstür und wollte sie hinter sich zu ziehen, als Zazou sich aus dem Halfter wandt und ärgerlich kläffend auf einen Mann zustürmte.

„Zazou!“, rief sie ärgerlich hinterher, doch die Hundedame hörte nicht auf sie und machte wie üblich ihr eigenes Ding. So niedlich, wie sie aussah, so peinlich konnte sie sich benehmen. Caro erwischte sie gerade noch, bevor sie sich an der Jeans des Mannes festbeißen konnte. Sie nahm die sich windende Hündin auf den Arm.

„Entschuldigung, ich hoffe, Sie haben sich nicht zu sehr erschreckt? Ich kann nicht einmal sagen, dass sie das sonst nicht macht.“ Caro sah zu ihm hoch, direkt in ein paar samtbraunen Augen. Es traf sie wie ein Schlag. Magenkribbeln wie mit fünfzehn. Was war bloß los mit ihr? Sie atmete tief aus und konnte dennoch nicht verhindern, dass ihr Herz einen Extraschlag machte.

„Alles gut, er wird ja auf dem Schild vorne am Zaun angekündigt. Obwohl ich zugeben muss, dass ich mit einem größeren Hund gerechnet hatte.“ Er reichte ihr die Hand. Eine Berührung wie ein Funkenflug. Caro sah sein verschmitztes Lächeln, die dunkelbraunen Haare – und war wie elektrisiert.

„Zazou macht ihre Größe wett.“ Caro wunderte sich, dass sie überhaupt einen Ton herausbekam.

„Ich bin Moritz, mein Sohn spielt seit Kurzem bei Andy Gitarre. Ich bin ein bisschen spät dran.“

„Ich bin Caro“, sagte sie. Erst jetzt bemerkte sie, dass sie noch immer seine Hand hielt, und ließ sie los.

Reiß dich zusammen, schalt sie sich.

Zazou schien die Chemie zwischen ihnen zu spüren und war schon viel weniger feindselig. Mit dem letzten Rest an Misstrauen schnüffelte sie an Moritz Ärmel, dann beruhigte sie sich schließlich.

„Dein Sohn will Musiker werden, da kann eine Extra-Übung sicher nicht schaden."

Moritz lachte. „Stimmt. Das ist Lukas' großer Traum. Aber wer weiß schon, was einmal wird." Er sah zur Tür, aus der Andy und sein Junge gerade herauskamen, dann drehte er sich noch einmal zu ihr um. „Vielleicht sieht man sich bald wieder?" Mit strahlendem Lächeln sah er sie an.

Caro nickte. „Morgen?"

Sie fluchte innerlich und biss sich auf die Zunge. Um die Unnahbare zu spielen, war sie wirklich hoffnungslos unbegabt.

„Morgen 19 Uhr, wenn du italienisches Essen magst. Ein Freund von mir hat im Nachbarort ein Restaurant eröffnet. Da muss ich hin."

„Sehr gerne." Sie tauschten Nummern aus und Caro winkte zum Abschied, versuchte, gelassen zu wirken. Sie machte sich keine Illusionen darüber, dass es ihr gelang. Ein ausgiebiger Spaziergang am Kanal würde ihre überdrehte Gefühlswelt schon wieder in Ordnung bringen. Das Leben war verwirrend, aber es fing gerade wieder an, schön zu werden.

Herzensdinge

Caro war früh aufgewacht und den ganzen Tag schon packte sie eine innere Unruhe. Sie ertappte sich dabei, dass sie beim Nähen vor sich hin summte. Sie platzte vor Ideen für ihre Entwürfe, und ihre gute Laune war ansteckend. „Guten Morgen zusammen!“, schmetterte sie Regina, Andy und Elisabeth entgegen, die noch beim Frühstückskaffee zusammensaßen. Alles schien plötzlich so leicht zu sein. Zazou wurde ganz zappelig und hüpfte an ihr hoch, um endlich ihre Streicheleinheiten zu bekommen.

„Willst du auch noch einen Kaffee?“, fragte Regina, und Caro nickte. „Was für ein schönes Wetter! Ich werde gleich mit Zazou zum Kanal gehen.“ Als hätte die Hündin ihre Worte verstanden, kam sie mit ihrer Leine im Maul auf sie zu.

Elisabeth sah sie an und schmunzelte. Dann traf sie direkt ins Schwarze: „Man könnte glatt meinen, du bist verliebt.“

Caros spürte, wie ihre Wangen schlagartig glühten, und sie verschluckte sich fürchterlich an ihrem Kaffee. War das so offensichtlich? Es folgten neugierige Blicke. Andy grinste. Er hatte eine Ahnung, um wen es ging.

„Es ist erstmal nur ein Treffen. Mal schauen, was draus wird.“ Caro versuchte, leichthin zu klingen. Mehr wollte sie sich selbst nicht eingestehen, ihr letzter Herzschmerz war schließlich gerade erst verdaut. Komisch, dass sie seit ihrer Begegnung mit Moritz gestern gar nicht mehr an Sascha gedacht hatte. Schnell trank sie ihren Kaffee aus, um der Situation zu entkommen. Sie leinte die Terrierdame an und verabschiedete sich. Ihr Strahlen von einem Ohr zum anderen bekam sie dennoch nicht mehr aus ihrem Gesicht.

Eine gute Stunde später kam sie vom Spaziergang zurück. Es hatte ihr gutgetan und sie geerdet. Sie würde das Treffen einfach auf sich zukommen lassen.

„Ich bin zurück!“, rief sie ins Haus.

Die Hündin sprang die Treppe voran, Caro folgte ihr. Blitzschnell flitzte Zazou ins Wohnzimmer. Als Caro den Kopf durch die Tür steckte, saß sie schon auf ihrer Sofadecke, angekuschelt an ihr Frauchen. „Alles okay? Brauchst du noch etwas?“

Die alte Dame saß auf dem Sofa und strickte, eine Tasse Tee stand dampfend auf dem Couchtisch. „Bei mir ist alles in Ordnung, danke Liebes. Aber es tut mir leid wegen vorhin. Ich konnte wieder einmal meinen Mund nicht halten. Ich hoffe, ich habe dich nicht allzu sehr in Verlegenheit gebracht?“ Sie hatte tatsächlich ein schlechtes Gewissen.

„Schon gut, ich benehme mich wirklich gerade wie eine Fünfzehnjährige.“ Caro lachte. „Aber ein bisschen träumen muss man sich noch erlauben.“

„Unbedingt. Du bist doch noch jung. Und es geht aufwärts bei dir, in jeder Hinsicht. Das hast du auch wirklich mehr als verdient. Trinkst du noch einen Tee mit mir?“

Während sich Caro eine Tasse einschenkte und süßer Heidelbeer-Duft den Raum erfüllte, hakte Elisabeth nach:

„Hast du schon einmal über einen Hofverkauf nachgedacht? Du musst unbedingt bekannter werden, damit du mehr verkaufst.“

Caro staunte. „Woran du alles denkst! Du wärst bestimmt eine gute Unternehmerin gewesen."

„Da liegst du gar nicht verkehrt", schmunzelte Elisabeth, „Ich hatte früher einen ‚Tante Emma'-Laden. Sowas gibt es heute leider nicht mehr. Und da denkt man immer ans Geschäft. Das bekomme ich auf meine alten Tage nicht mehr raus", lächelte sie.

„Die Idee mit dem Hofverkauf ist wirklich gut. Der erste Advent wäre ideal dafür. Meinst du, Regina stimmt dem zu?" Caro wusste, dass sie zu viel Trubel am Wochenende in ihrer Nähe nicht leiden mochte.

„Mit einem guten Konzept ist sie bestimmt dabei. Frag sie doch einfach."

Caro war im Schaffensrausch und gönnte sich nur eine kurze Unterbrechung, um mit der Hündin eine frühe Abendrunde zu gehen. Dann betrachtete sie ihr Werk: ein Utensilo, eine Kulturtasche und eine wunderschöne praktische Handtasche. Das konnte sich sehen lassen. Sie sah auf die Uhr und erschrak. Fast 18 Uhr! Der Tag war verflogen. Schnell sprang sie unter der Dusche und probierte ihren halben Kleiderschrank durch. Dann entschied sie sich für ein auberginefarbenes Strickkleid zu hohen Stiefeln. Sie bändigte die Locken mit einem Haarband, zog die Lippen nach und betrachtete sich im Spiegel. Ja, ganz passabel. Doch ein wenig Selbstzweifel schwangen bei ihr mit. Es war ihr erstes Date nach mehr als fünf Jahren Beziehung. Wie gut, dass für weitere Grübeleien keine Zeit mehr blieb. Es klingelte bereits.

„Hi", begrüßte er sie und sah sie bewundernd an, „Du siehst umwerfend aus!"

„Hi. Und danke!“ Caro strahlte bei dem Kompliment. Spätestens jetzt waren ihre Selbstzweifel verschwunden „Wir können auch gleich los.“ Sie schnappte sich Handtasche und Mantel von der Garderobe. Eilig überlegte sie, ob sie ihn hätte hereinbitten sollen. Sie war wirklich ein bisschen aus der Übung gekommen mit dem Dating. Mit einem schnellen Seitenblick stellte sie fest, dass er sogar noch besser aussah, als sie ihn in Erinnerung hatte. Lässig und trotzdem schick in Jeans, Hemd und schwarzer Lederjacke.

„Gerne“, sagte er grinsend. „Stefano erwartet uns schon.“ Er hielt ihr die Beifahrertür seines Audi Avant auf. Über Lukas‘ Gitarrenkünste kamen sie während der Fahrt schnell ins Gespräch. Das ‚Trattoria Milano‘ war nur zehn Autominuten entfernt und die Eröffnung war offenbar ein voller Erfolg: Das Lokal war rappelvoll. „Edel“, nickte Caro anerkennend, als sie über das schwarzweiße Fischgrätenparkett zu ihrem Tisch gingen. „Da hat jemand einen guten Geschmack.“ Die gekalkten Ziegelmauern, die leise italienische Musik ließen Urlaubsstimmung aufkommen. Und es roch köstlich. Stefano ließ es sich trotz des vollen Hauses nicht nehmen, sie herzlich mit Küsschen zu begrüßen und ihnen bei der Weinauswahl zu helfen. Er richtete viele Grüße von seiner Frau Francesca aus der Küche aus. Bruschetta und Aperitif gab es auf Kosten des Hauses. Wie aus einem Mund entschieden sich Caro und Moritz für ‚Pasta Pescatore á la Milanese‘.

„Derselbe Geschmack ist immer ein gutes Zeichen“, schmunzelte der Chef des Hauses augenzwinkernd.

„Er ist ein alter Schulfreund von mir. Seine Eltern kommen aus Italien“, erklärte Moritz, als sich Stefano wieder seinen anderen Gästen widmete. „Er war eine Weile in der Heimat und hat sich nach seiner Rückkehr mit seiner Frau den Traum vom eigenen Restaurant erfüllt."

„Das macht er wirklich mit Herzblut, man merkt ihm das so richtig an. Und du? Arbeitest du auch in der Gastro?"

„Nein", lachte Moritz, „dafür bin ich hoffnungslos unbegabt. Ich bin freiberuflicher Fotograf und Webdesigner. Und du?"

„Tja, bis vor Kurzem war ich noch Buchhalterin bei einer Zulieferfirma. Aber jetzt baue ich mir ein eigenes Nähbusiness auf."

„Am Anfang ist es hart mit der Selbstständigkeit, aber wenn man erst mal seinen Kundenstamm hat, will man die Unabhängigkeit um nichts in der Welt eintauschen." Er erhob sein Glas und sah ihr tief in die Augen. „Auf deinen Erfolg, Caro." Ihr Herz machte einen freudigen Hüpfer. Und es war nicht der Letzte an diesem Abend.

Sie hatten beide viel Spaß und entdeckten so viele Gemeinsamkeiten. Es war fast zu schön, um wahr zu sein. Beide liebten italienisches Essen, und sie hatten ein Faible für Öko-Thriller. Von Elsberg bis Schätzing hatten sie alle Bücher gelesen.

„Die Vorstellung vom Blackout war wirklich beängstigend."

„Das stimmt. Ich habe seit dem Buch tatsächlich immer einen kleinen Notvorrat." Er schenkte ihr Wein nach. „Was mir wirklich zu denken gegeben hat, war ‚Der Schwarm'."

„Ja, ein beeindruckendes Buch." Sie nahm einen Schluck vom Pinot Grigio. „Wir Menschen nehmen uns einfach zu wichtig. Was, wenn die Natur irgendwann zurückschlägt?"

Natur und Nachhaltigkeit waren für beide ein Riesenthema, das merkten sie schnell. Doch die Themen gingen ihnen nicht aus. Als Moritz gestand, dass er Auswanderungsserien zum Entspannen sah, platzte Caro heraus:

„Und wohin würdest du gerne auswandern?“

„Nach Kanada“, kam es wie aus der Pistole geschossen. Ob Ost- oder Westküste, entschied dann Caro.

„Ganz klar Toronto“, sagte sie bestimmt, „Die Stadt ist unglaublich faszinierend. Und der Algonquin Park ist ein Traum.“

„Na, dann hättest du bestimmt nichts gegen ein Wochenendhaus am Lake Ontario“, gab Moritz zurück, und sie lachten, bekamen gar nicht mit, dass sie mittlerweile die einzigen Gäste waren.

Stefano und Francesca gesellten sich zu ihnen. „Der Grappa geht aufs Haus“, bestimmte er.

„Auf euren Erfolg! Ihr habt euch wirklich selbst übertroffen!“ Moritz klopfte seinem alten Freund auf die Schulter.

„Auf den Erfolg – und auf die Liebe“, ergänzte er, mit Blick auf seine Gäste.

Darauf stießen sie an, einen besseren Toast konnte es kaum geben. Den zweiten Grappa mussten sie bedauernd ablehnen, die Vernunft siegte. Es ging für beiden am nächsten Tag früh raus.

Die Rückfahrt verlief viel zu schnell. Im Radio lief „Never Giving Up“, als Moritz vor ihrem Zuhause anhielt. „Ein gutes Motto“, grinste er und begleitete sie noch zur Tür. „Ich werde es zu meinem Lebensmotto machen.“

„Das ist schon vergeben“, erklärte sie ihm schmunzelnd. „Das lebe ich gerade jeden Tag.“ Als sie seinen enttäuschten Blick sah, lachte sie auf. „Aber ich teile es mit dir.“

Der Abschiedskuss schmeckte wie eine Extra-Portion Tartufo bianco.

„Schlaf gut“, flüsterte er zärtlich. Sie hätte in seinen samtbraunen Augen versinken können.

In den kommenden Tagen schwebte Caro auf Wolke sieben. Sie war überschwänglicher Laune und völlig in ihrer Traumwelt versunken.

„Dich hat‘s wohl komplett erwischt“, kommentierte Jessi. Caro wusste, dass sie es ihr von Herzen gönnte, auch wenn sie selbst schon länger kein Date mehr gehabt hatte. Auch Elisabeth lag ein Spruch auf den Lippen, als Caro ihr summend das saubere Geschirr in den Geschirrspüler räumte. Doch sie hielt sich diesmal zurück, freute sich im Stillen für sie.

Caro sehnte das nächste Wiedersehen herbei. Wenn eine Nachricht von Moritz kam, war ihr Tag gerettet. Die guten Ideen für ihre Nähprojekte flogen ihr nur so zu. Sie hatten sich zwar nicht konkret verabredet, was Caro ein wenig wunderte. Aber sie mussten ja nichts überstürzen. Lukas hatte bald wieder seine Gitarrenstunde bei Andy. Sie würde es so einrichten, dass sie Zazou abholte, wenn Lukas‘ Stunde zu Ende war.

Als sie über den Hof ging, hörte sie gleich, dass der Kleine musikalische Fortschritte gemacht hatte, und grinst in sich hinein. Zazou war aufgeregt wie immer, wenn es nach draußen ging. Caro warf noch einen kritischen Blick im Garderobenspiegel. Sie hatte leichtes Make-up aufgelegt und war für eine einen Spaziergang in der Natur vielleicht etwas zu schick angezogen. Ihr Herz schlug ein wenig schneller, als sie hinausging.

Moritz freute sich sichtlich, sie wiederzusehen, als er auf dem Hof auf seinen Sohn wartete. Spontan begleiteten die beiden Caro und Zazou auf ihrer Runde. Lukas lockten sie mit einem Gang zur Schleuse und er durfte die Hündin allein ausführen. Da Zazou Kinder sehr liebte, wie sie die meisten Erwachsenen nicht leiden konnte, war Caro guter Dinge, dass es gutgehen würde.

Sie hatten die Strecke am Kanal ganz für sich. Es fühlte sich fast an wie ein Familienausflug. Sie erzählten sich von ihren Träumen, von ihren Kindheitserinnerungen und blieben bei ihren aktuellen Projekten hängen.

„Ich würde gerne einen Weihnachtsmarkt bei uns auf dem Hof machen und schöne weihnachtliche Wohnaccessoires und Geschenkideen anbieten. Ich hoffe, Regina hat nichts dagegen."

„Das klingt toll und wäre die richtige Atmosphäre dafür", stimmte Moritz zu. „Dann drücke ich dir die Daumen!" Und er erzählte, dass er gerade einen Fotografie-Kurs kreierte. „Ich möchte nicht nur schöne Bilder machen, sondern die Menschen begeistern, sich selbst auszuprobieren."

Caro war begeistert von der Idee. Da kam Lukas ganz aufgeregt mit Zazou zu ihnen gelaufen.

„Papa, schau mal, das Schiff! Wie passiert denn da?"

Moritz musste seinem Sohn genau erklären, wie das Containerschiff mit Hilfe der Schleuse große Höhenunterschiede überwand.

„Boah, so viel Unterschied – wie ein Haus!" Fasziniert sah er weiter zu.

„Du kannst wirklich gut erklären", meine Caro anerkennend. Und fing ein Lächeln von ihm ein.

Sie sahen dem Kahn noch hinterher, der seinen Weg auf dem Kanal fortsetzen konnte und machten sich kurz darauf auf dem Heimweg. Es dämmerte langsam. Lukas lief mit Zazou wieder voran und es fühlte sich richtig an, als Moritz ihre Hand nahm. Doch als der Junge sich zu ihnen umdrehte, ließ Moritz Caros Hand abrupt los. Ihr zog sich der Magen zusammen vor Enttäuschung.

„Hab‘ ich eh schon gesehen“, kommentierte Lukas. „Aber sag Mama nichts davon, sie wird sonst wieder ganz traurig.“ Dann lief er umso schneller voran, und die Hündin folgte ihm.

Schlagartig hatte sich die Stimmung zwischen ihnen verändert. Abgekühlt. Caro blieb stehen und sah ihn fragend an. Sie hatte angenommen, dass Moritz frei war, dass er sein Privatleben geklärt hatte.

„Willst du vielleicht darüber reden? Was sollte ich wissen?“, fragte sie ernst. Sie hatte Angst vor dem, was nun kam.

Er druckste ein wenig herum, dann sah er ihr ins Gesicht. „Ich hätte es dir gleich erzählen sollen. Eileen, Lukas‘ Mama, und ich sind noch verheiratet. Auch wenn es längst vorbei ist und ich mittlerweile ausgezogen bin, weigert sie sich, über eine Scheidung auch nur nachzudenken.“ Er wandte den Blick ab.

Caro schluckte. Plötzlich fiel ihr die schlanke Rothaarige letztens vor dem Haus von Annalena und Patrick ein, die ihren Sohn so abrupt abgeholt hatte. Sie erinnerte sich, dass Max Spielfreund auch Lukas hieß, und seine Eltern in einer Trennungsphase waren. Das konnte kein Zufall sein. Ängstlich suchte sie Moritz‘ Blick. „Was heißt das konkret für uns?“

Er traute sich kaum, ihr in die Augen zu sehen. Schweigen. Er rang mit sich. „Ich würde dir gerne etwas anderes sagen, Caro. Ich mag dich nämlich sehr. Aber ich weiß nicht, was wird.“ Sie hörte Traurigkeit in seiner Stimme. „Eileen kommt mit der Trennung nicht zurecht. Und sie ist Lukas‘ Mama.“

Caros Herz wurde schwer, sie hatte genug gehört. Sie musste sich schützen. Gerade hatte sie Sascha vergessen können, und schon stolperte sie in das nächste Gefühlschaos hinein.

„Dann sollten wir uns besser für eine Weile nicht sehen, bis du alles geklärt hast.“ Sie sah ihm fest in die Augen. Sie beide wussten, dass es vorbei war, bevor es mit ihnen richtig angefangen hatte.

Schweigend gingen sie nebeneinanderher. Caro fühlte sich wie taub, als sie zu Hause ankamen. Sie schaffte es gerade noch, die Fassung zu wahren und ihnen nachzuwinken, als Moritz und Lukas ins Auto eingestiegen waren und abfuhren.

Schnell setzte sie Zazou bei Elisabeth ab und schob einen Auftrag vor, um nicht reden zu müssen. Sie wollte nur noch allein sein. Verdammt, sie hatte einfach kein Glück mit Männern! Kurz überlegte sie, ob sie ihren Kummer mit Wein begießen oder sich in die Arbeit stürzen sollte. Sie entschied sich für Letzteres. Schließlich konnte sie nicht ihr ganzes Leben an den Nagel hängen, nur weil es in der Liebe einfach nicht klappen wollte.

Es war weit nach Mitternacht, als sie ihre Nähmaschine endlich ausmachte und das Licht löschte. Erschöpft fiel sie in einen traumlosen Schlaf.

Als sie am kommenden Morgen etwas früher als sonst bei Elisabeth vorbeischaute, kam sie offenbar im ungünstigsten Moment.

„Ja, bist du noch bei Trost, so viel Geld für einen Wochenendtrip hinzulegen?! Geld wächst bei uns ja auch auf dem Baum, dass wir es so mit vollen Händen ausgeben!“ Reginas Sarkasmus war ätzend. Ihre Stimme klang scharf und erheblich lauter als sonst.

„Echt kein Grund, dass du mich hier anschreist! Es sollte eine Überraschung für dich sein! Dann lass ich’s halt bleiben und storniere das Ganze wieder. Schön blöd, dass ich mir 'nen Kopf mache!" Andys Lautstärke stand dem in nichts nach. „Ach, übrigens, wenn wir schon mal Tacheles reden: Meinst du ich krieg's nicht mit, dass du in meinen Taschen rumgeschnüffelt hast? Dafür hab' ich dir den Schlüssel zu meiner Wohnung bestimmt nicht gegeben. Das machst du nie wieder, sonst bin ich weg hier aus diesem Kaff! Ich sag's dir zum letzten Mal: Ich nehme nichts mehr! Schon seit 8 Jahren nicht." So außer sich hatte Caro ihn noch nie erlebt. Dann hörte sie eine Tür zuschlagen. Wie peinlich, sie hätte sich am liebsten in Luft aufgelöst. Vielleicht konnte sie unbemerkt verschwinden und später noch einmal wiederkommen. Doch Caro hatte die Rechnung ohne Zazou gemacht, die von dem Streit ganz verschreckt war und schwanzwedelnd auf sie zulief, wie um bei ihr Schutz zu suchen.

Regina bemerkte Caro und sah sie kühl an. Ihr musste klar sein, dass sie jedes Wort mitbekommen hatte.

„Guten Morgen", murmelte Caro verlegen.

„Morgen", kam es unwirsch zurück. „Caro, wir müssen reden."

Caro nickte, doch ihr Mut sank. Geld war auch bei ihr ein leidiges Thema. Siedend heiß fiel ihr ein, dass sie bislang noch keine Miete gezahlt hatte.

„Regina, ich weiß, dass ich mit der Miete im Rückstand bin. Es tut mir wirklich sehr leid. Aber der Laden läuft leider nicht so, wie ich es mir gedacht habe. Ich möchte zum 1. Advent einen Hofverkauf machen und hoffe, du bist einverstanden. Er wird mir hoffentlich Einnahmen bringen, und dann bekommt du das Geld so schnell wie möglich. Versprochen!"

„Das will ich auch hoffen. Ich bin dir schon mit der Miethöhe entgegengekommen und du musstest noch nicht einmal

Kaution zahlen. Trotzdem bist du zwei Monate im Rückstand. Ich kann es mir nicht länger leisten, auf die Zahlung zu verzichten. Egal, wie sehr ich deine Situation auch nachvollziehen kann.“ Ihr Zorn war verraucht, doch die Drohung, dass sie bald wieder gehen musste, schwang mit. Regina würde sie so nicht länger bei sich wohnen lassen können, das war Caro glasklar.

„Ich erwarte noch die Abfindung von meiner alten Firma. Meine Anwältin rechnet damit, dass ich das Geld bald bekommen werde. Dann habe ich das Geld für die Miete.“

Skeptisch sah Regina sie an. „Dein Wort in Gottes Ohr, Caro.“ Dann wandte sie sich ab, ihr nächster Patient wartete bereits.

Nachgedacht

Die laute Dunstabzugshaube surrte. Andy war vollkommen darin vertieft, das Gemüse zu schneiden. Es zischte und das Fett spritzte, er drehte schnell die Schnitzel in der Pfanne um. Gerade noch rechtzeitig! Er war ein wenig aus der Übung gekommen. Kein Wunder, seit seine Freundin und er sich getrennt hatten, hatte er sich ein bisschen zu sehr von seiner Mutter verwöhnen und bekochen lassen. Zu viel Nähe tat einfach nicht gut, das hatten sie ja gemerkt. Andy war immer noch sauer, als er an den Streit dachte. Wie konnte sie nur so blöd reagieren? Die Karten hatte er zwar stornieren können, aber es tat ihm leid, dass sie sich selbst um jeden Spaß brachte. Energisch warf er die Paprika zu den Zwiebeln in die Pfanne und rührte um. Er suchte nach den Gewürzen. Wo zum Teufel hatte er das Currypulver hingetan? Endlich hatte er es gefunden und angelte danach. Ihr Klopfen am Türrahmen erschreckte ihn so sehr, dass er es fallen ließ. Die Dose rollte den Küchenboden entlang in ihre Richtung. Sie hob sie auf und reichte sie ihm.

„Tut mir leid, dass ich hier reinplatze. Du hattest auf mein Klingeln nicht reagiert.“ Sie lächelte versöhnlich. „Ich wollte mich entschuldigen, ich habe nicht richtig reagiert. Tut mir leid, du hattest es gut gemeint.“

Andy sah seine Mutter direkt an. Eigentlich war er noch sauer auf sie, aber er konnte ihr einfach nicht lange böse sein.

„In Ordnung, Entschuldigung angenommen. Die Karten bin ich übrigens losgeworden. Aber ich habe jetzt kein Geschenk zu deinem Geburtstag." Bedauernd zuckte er mit den Schultern.

„Hauptsache du bist da, das reicht." Ein lautes Zischen vom Herd. „Dein Essen!"

Andy eilte hin und versuchte zu retten, was zu retten war. Die Panade konnte er vergessen und das Gemüse war mit Sicherheit nicht mehr so bissfest, wie er es liebte. Aber der Familienfrieden war eindeutig wichtiger. „Was ist, willst du zur Abwechslung mal bei mir mitessen?"

„Gerne." Sie lächelte und verstand das Friedensangebot, setzte sich am Küchentisch, nachdem sie sich einen weiteren Teller und Besteck geholt hatte.

Andy servierte das Essen, was Regina ein Lächeln ins Gesicht zauberte, und sie aßen zunächst schweigend. Keiner von ihnen mochte Belanglosigkeiten, wenn noch etwas im Raum stand. Und das tat es, dafür kannte er seine Mutter zu gut. Sie mussten nachwürzen, und er reichte ihr das Salz, bevor sie danach fragte. Sie mussten losprusten.

Andy räumte nach dem Essen das Geschirr in die Spülmaschine.

„Danke." Regina räusperte sich. „Ich glaube, ich war einfach auf Streit aus. Es ist jetzt genau acht Jahre her seitdem."

Jetzt war es raus. Er hatte es geahnt. Andy drehte sich um und nahm seine Mutter in den Arm. „Es ist vorbei."

Sie nickte beklommen. „Ja, du hast Recht. Ich muss versuchen, mich davon zu befreien." Sie erhob sich. „Danke", sagte sie nochmals. Lächelnd. Und Andy wusste, dass nicht nur das Essen gemeint war.

Er brachte sie noch zur Haustür und sah ihr nachdenklich nach. Irgendetwas schien sie zu bedrücken, sie hatte doch auch in den letzten Jahren nicht so überreagiert. Als er in seine leere Wohnung zurückkehrte, waren die Erinnerungen plötzlich wieder da. Alle. Und sie nahmen ihm den Atem. Sein Herz raste so sehr, dass es sich wie ein Infarkt anfühlte. Doch er wusste es besser. Er musste sich setzen, zwang sich dazu, sich auf seinen Atem zu konzentrieren, um die inneren Bilder auszuhalten. Es fühlte sich an, als wäre es gestern gewesen. Er mit Edgar in dessen alten Opel in Hannover. Sie hatten etwas abseits geparkt. Dass es um den Juwelier ging, hatte er zu dem Zeitpunkt nicht geahnt. „Du musst sofort losfahren, wenn ich einsteige. Das kriegst du schon hin. Bekommst auch eine Extra-Line zur Belohnung."

Sein Onkel wusste, wie er ihn kriegen konnte. Als Fahranfänger nicht um den Wagenschlüssel betteln zu müssen, war schon cool, und für Speed hätte er damals fast alles getan.

Er hatte nicht so schnell mit seinem Onkel gerechnet, doch er schaltete, als dieser die Wagentür aufriss. „Fahr los, schnell!"

Andy wunderte sich über ein Blitzlicht, wie von einem Fotoapparat. Doch er kam nicht dazu, Edgar zu fragen. Die Polizeisirenen jaulten auf, und Andy drückte das Gaspedal durch. Trotz seiner fehlenden Fahrpraxis war er ein guter Autofahrer. Es war wie im Actionfilm. „Verdammt, worum geht's denn?", zischte er ihn an.

„Halt dort an", befahl er ihm.

„Was? Du spinnst wohl. Wie soll ich denn nach Hause kommen?"

„Da stehen Fahrräder. Knack eins auf. Und jetzt raus!" Sein Ton verbat jeden Widerspruch.

Gerade noch rechtzeitig war Andy aus dem Auto gesprungen. Edgar war in Windeseile auf die Fahrerseite gerutscht. Andy sah noch, wie er seinen Abstand zu den Bullen vergrößerte. Erst später würde er erfahren, dass Edgar das Auto in der Leine versenkt hatte. Laut Edgars Aussage mit den gesamten erbeuteten Juwelen. Sie sollten nicht wieder auftauchen.

Seine Gedanken sprangen zeitlich hin und her. Das kannte er schon von seinen letzten Panikattacken. Er versuchte, ruhig zu atmen, während die inneren Bilder vor seinen Augen tanzten.

Die Fahrt mit dem Rad nach Hause. Andy erinnerte sich, dass er in Windeseile das Schloss geknackt hatte. Bereits beim zweiten Versuch hatte es geklappt. Fast vier lange Stunden war er in der Nacht gefahren. Er hatte kein Handy mitnehmen dürfen, das hatte Edgar verboten. Und er traute sich nicht, beleuchtete Straßen zu benutzen. Er trat in die Pedale und musste die ganze Zeit voller Grausen daran denken, dass er sich gerade in die größte Scheiße seines Lebens reingeritten hatte. Er schwor sich, dass er nie wieder mit dem Gesetz in Konflikt geraten wollte. Und für immer von den Drogen lassen würde, sollte er das hier nur unbeschadet überstehen. Er hätte umfallen können vor Erschöpfung, als er endlich zu Hause angekommen war. Das Rad warf er in einem nahen gelegenen Graben und ging die letzten Meter zu Fuß, während sein Atem noch immer raste. Seinen Haustürschlüssel holte er aus dem Versteck unter der Fußmatte hervor. Auf Zehenspitzen schlich er durchs Haus, um seine schlafenden Eltern nicht zu wecken. Wie ein Stein fiel er ins Bett. Er erinnerte sich noch, dass er am nächsten Tag so elend aussah, dass sein Vater sich weigerte, ihn in die Schule zu lassen. „Ein Infekt, Junge. Du siehst ja blasser aus als ich nach meiner Behandlung.“

Diese Nacht hatte Andy verändert. Seine Freunde erkannten ihn nicht wieder. Drogen mied er wie der Teufel das Weihwasser und war so gesetzeskonform, dass einige Kumpel ihn später einen Spielverderber nennen sollten.

Doch Andy hielt sich an das Versprechen, das er sich in dieser Nacht vor acht Jahren selbst gegeben hatte. Und hielt über alles andere die Klappe. Ja, er war sogar richtig gut darin, zu verdrängen, dass er überhaupt dabei gewesen war.

Nur Edgar war damals verurteilt worden. Der Opel war auf ihn zugelassen und Freunde hatten sein Versteck verraten. Andy wunderte sich bis heute, warum er ihn nicht mit reingezogen hatte, das sah ihm gar nicht ähnlich. Andy atmete tief durch, der Panikanfall war vorbei. Er griff nach seiner Gitarre und stimmte sie routiniert, bevor er begann, alte Rockklassiker zu spielen. Andy tauchte vollkommen ab in die Musik. Sie war noch immer das beste Mittel gegen aufkommende düstere Gedanken.

Leben in Aufruhr

„Schön, dass wir es endlich wieder geschafft haben!“ Jessi sprudelte nur so vor Energie und bestellte zwei Latte mit Hafermilch bei der Kellnerin. Sie saßen in Café Zeit, ihrem Lieblingscafé seit Jahren. Caro merkte, dass Jessi vor Neugierde platzte, aber sie riss sich zusammen. „Wie geht es dir, erzähl. Was macht dein Business, und vor allem, was macht die Liebe?“

„Beides ist gerade mau“, kam es einsilbig von Caro zurück.

„Was habe ich denn jetzt nicht mitbekommen? Ich dachte, mit Moritz läuft es bestens?“ Jessi zog die Augenbrauen hoch.

„Das würde es auch, aber seine Frau blockt die Scheidung ab, obwohl sie längst getrennt sind. Ich will da nicht zwischengeraten. Und ich will noch weniger Schuld daran sein, dass ein Kind unter dieser Situation leidet.“

„Sein Sohn. Lukas? Das klingt wirklich verzwickt. Aber ich bin mir sicher, dass es für euch einen Weg gibt, und dass ihr den gemeinsam findet. Du hast so von ihm geschwärmt und warst begeistert, dass ihr so viele Gemeinsamkeiten habt. Und man merkt dir an, dass du total verliebt bist.“ Sie musterte Caro aufmerksam. Doch Caro war mit den Gedanken woanders und starrte in die Passage, schien etwas zu fixieren.

„Caro?“

„Das glaub ich jetzt nicht!“

Nun sah Jessi, was Caro gesehen hatte. Ein attraktiver dunkelhaariger Mann ging Arm in Arm mit einer schlanken rothaarigen Frau die Fußgängerzone entlang. In der jeweils anderen Hand trugen sie volle Einkaufstüten. Ihre Gesichter strahlten und sie schienen sich gut zu amüsieren. Der Junge lief vorweg. Sie gingen an ihnen vorbei, ohne sie zu bemerken, und steuerten das nächste Geschäft an. Wie eine richtige Bilderbuch-Familie.

„War er das?“

Caro nickte. „Das sieht nicht gerade aus wie ein Paar, das sich auseinandergelebt hat, oder?“ Ihre Stimme brach, sie schluckte die aufkommenden Tränen herunter.

„Männer!“ Jessi nahm Caro tröstend in den Arm. Die Lust auf einen Kaffeeplausch war ihnen vergangen. Und so blieb der Latte unangerührt stehen, als sie kurz darauf aufbrachen.

„Wir fahren erstmal zu mir“, beschloss Jessi, die Caro jetzt nicht allein lassen wollte.

Einige Zeit und viele tröstende Worte später hatte Caro sich so weit gefangen, dass sie den Weg nach Hause antreten wollte.

Sie standen im Flur und Jessi drückte sie zum Abschied. „Lass dich nicht unterkriegen!“

Gerade als sie die Haustür öffnen wollte, klingelte es an der Tür. Als die Freundin öffnete, strahlte sie über das ganze Gesicht. Ein sportlicher blonder Mann stand vor ihnen.

„Hi Jessi! Du hast unsere Verabredung doch wohl nicht vergessen?“, schmunzelte er.

Überrascht sah Caro von einem zum anderen.

„Das ist Tim“, stellte Jessi ihn vor. „Er ist neu ins Haus gezogen und hat sich ständig Sachen zum Renovieren bei mir ausgeborgt. Dafür will er mich heute bekochen. Und das ist Caro, meinte älteste und beste Freundin.“

„Tja, die Sache mit dem Ausleihen ist meine erfolgreichste Masche bei den Frauen“, zwinkerte er ihnen zu.

Als die beiden sich ansahen, merkte Caro sofort, wie die Funken flogen. Dafür kannte sie ihre Freundin lange genug. Auch wenn Jessi das rigoros abstreiten würde, es knisterte merklich zwischen ihnen. Hoffentlich würde er dranzubleiben, wenn Jessi wieder ihren üblichen Rückzug antrat. Sie freute sich für die Freundin und wollte sie nicht länger von ihrem Date abhalten.

„Schön, dich kennengelernt zu haben. Habt einen tollen Abend, ich muss jetzt los.“ Es gelang ihr, einen gut gelaunten Ton anzuschlagen. Sie umarmte Jessi zum Abschied.

Als sie in ihrem Wagen saß, holte sie das Gefühl der Einsamkeit schnell wieder ein. Ihre Gedanken kreisten. Was könnte ihr Trost spenden? Ein leckeres Essen wäre schön, aber in ihrem Kühlschrank herrschte gähnende Leere. Als Caro an ihrem ‚alten‘ REWE-Markt vorbeifuhr, beschloss sie spontan, dort einzukaufen.

Es war schon 20 Uhr. Für diese Uhrzeit war der Markt noch gut besucht. Gezielt steuerte sie die Sachen an, die sie für ihr Abendessen brauchte. Feldsalat, Tagliatelle, Lachs, einen Grauburgunder. Sie würde es sich heute so richtig gut gehen lassen. Schon zum zweiten Mal stieß sie beinahe mit einem Typen zusammen, der ihr irgendwie bekannt vorkam. Oder lag es an seinem penetranten Aftershave? Sie hasste Moschusduft. Egal, das war nicht wichtig. Es fehlte nur noch ihr Lieblingsjoghurt. Eigentlich war es immer Saschas und ihr Lieblingsjoghurt gewesen, doch als sie noch zusammen waren, hatte sie meistens keinen mehr abbekommen. Sascha. Ob er auch noch an sie dachte? Sie unterbrach ihren Gedankenstrom, denn er steuerte in die falsche Richtung. Diese Grübeleien brachten sie nicht weiter. Sie war nicht mehr mit Sascha zusammen und musste das akzeptieren. Basta! Dafür würde sie sich heute Abend gleich zwei Joghurts gönnen. Denn zumindest aß ihr nun niemand mehr etwas weg.

Sie steuerte auf das Kühlregal zu, zeitgleich mit einer anderen Frau. Und die hatte auch noch die Frechheit, ihr fast die Glastür ins Gesicht zu schlagen. Nur um ihr dann die ganze Palette ihres Lieblingsjoghurts vor der Nase wegzuschnappen und in ihren Einkaufswagen zu packen. Caro starrte in das leere Regal. Ihr Lieblingsjoghurt war komplett aufgekauft!

Da drehte die Frau sich zu ihr um und grinste sie hämisch an. „Schon blöd, wenn man das Nachsehen hat."

Moment mal, das war doch die Frau mit dem pinken Stringtanga! Das hatte ihr gerade noch gefehlt! „Das ist ja wohl eine Frechheit!", zischte sie ihrer Nebenbuhlerin kopfschüttelnd nach.

„Hallo Caro! Du auch hier? Tja, ist halt mein Lieblingsjoghurt, aber das weißt du ja." Sascha hatte sich zu seiner neuen Freundin gesellt, und wandte sich ihr zu. Seelenruhig setzten die beiden ihre Einkäufe fort, während sich um Caro die Welt zu drehen schien. Was für ein beschissener Tag! Der Appetit war ihr komplett vergangen, und sie wollte nur noch nach Hause. Vollkommen genervt ließ Caro ihren halbvollen Einkaufswagen einfach stehen und eilte aus dem Laden. Hierher würde sie ohnehin nicht mehr wiederkommen.

Mit quietschenden Reifen fuhr Caro vom Parkplatz. Sie kochte innerlich vor Wut und Frust und zwang ihre Konzentration mühsam auf den Verkehr. Erst als sie zu Hause vor der Tür parkte, hatte sie sich wieder im Griff. Sie war froh, als sie die

Tür hinter sich zu machen konnte. Endlich allein. Frustriert zappte sie durch das Fernsehprogramm und blieb bei einer anspruchslosen Soap hängen. Es würde sie zumindest abzulenken. Sie fand noch eine angefangene Packung Cracker, die sie mehr aus Langeweile aß, und schenkte sich von der offenen Flasche Rotwein ein. Irgendwann fielen ihr die Augen zu und sie schlief auf dem Sofa ein.

Es klingelte und hörte einfach nicht auf. Und es war mitten in der Nacht. Caro tastete im Dunkeln nach ihrem Handy.

Endlich bekam sie es zu fassen und sah aufs Display. Sascha? Was zum Teufel wollte der jetzt noch von ihr? Sie zögerte, ob sie den Anruf annehmen sollte. Als sie es tat, bereute sie es sogleich.

„Hast du etwas in den Joghurt gemischt?“, blaffte ihr Ex-Freund sie an. Eine Begrüßung schenkte er sich.

Nun war sie nicht nur wach, sondern richtig wütend. „Sag mal spinnst du? Das geht jetzt echt zu weit!“

„Tu mal nicht so unschuldig!“, kam es zurück. Er war nicht weniger wütend. „Du warst schließlich auch vorhin im Laden, sogar am Kühlregal. Leila hatte den Joghurt gegessen. Und dann musste ich sie mit einer Lebensmittelvergiftung ins Krankenhaus bringen.“

„Du hast echt einen Knall. Es waren jede Menge anderer Leute im Markt. Ich lege jetzt auf, so einen Quatsch hör ich mir nicht an!“ Sie schaltete ihr Handy ganz aus. Was für eine unverschämte Unterstellung! Sie konnte sich gar nicht mehr einkriegen. Was hatte sie damit zu tun?

Doch dann realisierte sie, worum es eigentlich ging. Es hatte gewiss nicht die Falsche getroffen, und sie musste sich die aufkommende Schadenfreude verkneifen. Aber ein anderer

Gedanke stieg in ihr hoch, der sie erschreckte. Denn plötzlich wurde ihr klar, dass es auch sie hätte treffen können. Dann würde sie jetzt mit einer Lebensmittelvergiftung im Krankenhaus liegen. Sie war nur verschont geblieben, weil die Andere den Hals nicht voll bekommen hatte.

Bei diesem Gedanken war an Schlaf nicht mehr zu denken, und Caro setzte sich an ihre Nähmaschine. Wenn nichts mehr half, dann konnte nur noch Arbeit sie ablenken. Erst in den frühen Morgenstunden war sie müde genug, um es mit dem Schlaf nochmals aufzunehmen. Sie musste ausgeruht sein, denn sie hatte herausfordernde Wochen voller Arbeit vor sich.

Weiteres Standbein

Edgars Augen sahen bereits die Dollarzeichen, als er beobachtete, dass eine Frau die gesamte Joghurtpalette in den Einkaufswagen gepackt hatte. Sie würde es bereuen, das wusste er schon jetzt. Doch das war ihm egal, denn sein Plan würde endlich aufgehen. Schon morgen würde er seine neue Einnahmequelle testen. Mal schauen, was die so einbrachte, er musste sich breit aufstellen, bis die Geschäfte ins Laufen kamen.

Die blöde Tussi, die bei Regina wohnte, quatschte die Frau voll. Waren sich wohl nicht grün, die Weiber, und der Typ von der Frau mischte sich ein, soweit er das zwischen den Regalen erkennen konnte. Na, sei's drum. Hauptsache, den Joghurt aß jemand vor Verfallsdatum, damit sein Plan aufging.

Edgar hatte genug gesehen, morgen würde Phase 2 beginnen. Es wurde bald spannend.

Er sah die freie Kasse, an der ein junger Mann saß und ging darauf zu. Schnell zog er noch ein paar Fluppen und bezahlte die wenigen Einkäufe bar. Ein kurzes Nicken zum Kassierer. Guter Mann, der Kevin, ausbaufähig. Er wusste, was jetzt zu tun war. Edgar würde nicht auffallen, würde selbst von der Überwachungskamera verschwinden, ganz so, als wäre er nie dagewesen. Kevin hatte mehr auf dem Kasten, als man ihm auf den ersten Blick zutrauen würde. Man musste es nur aus den Menschen herauskitzeln. Unauffällig ging er zum Ausgang, stieg in seinen Wagen. Er sah noch im Rückspiegel diese Mieterin, richtig, Caro hieß die, herauseilen. Ohne Einkäufe. Unwichtig, die Alte würde schon noch den Weg frei machen für seine nächste Geschäftsidee. Jetzt erst mal volle Kraft aufs aktuelle Geschäft, denn da kam langsam Bewegung rein.

Der nächste Tag begann vor Sonnenaufgang mit einem starken Espresso und einer Zigarette. Trotzdem ein guter Start, fand Edgar, der sich die Handschuhe überstreifte. Dann holte er das Boulevardblatt aus der Tüte. Er hatte die Zeitschrift einige Tage zuvor an der Tanke gekauft. Es war nicht weiter aufgefallen, dass er noch die Einweghandschuhe trug, als er dem Tankwart einen Schein hinlegte. So konnte er sicher sein, dass jede Menge Fingerabdrücke auf der Zeitschrift drauf waren – nur nicht seine eigenen. Er begann mit dem Ausschneiden und Aufkleben. Etwas, das er zuletzt im Kindergarten gemacht hatte. Also schon ein paar Tage her. Er kam sich ein wenig lächerlich vor, aber er wusste, hier durfte es keine Fehler geben. Null Spuren unterschied die Profis von den Amateuren.

Nach einer Weile betrachtete er sein Werk. Geil! Die Summe trieb ihm ein breites Grinsen ins Gesicht. KEINE POLIZEI. Diese Aufforderung verstand selbst der Blödeste. Und hoffentlich auch der Filialleiter, der sie bald erhalten würde. Die Sache sollte klappen. Da konnte der kleine Kevin mal zeigen, was in ihm steckte. Er bot ihm immerhin anständig Asche für seinen Job.

Edgar riss die Verpackung auf und zog einen Umschlag heraus. Dann schob er das Blatt hinein und verschloss ihn.

Die Adresse des Filialleiters hatte Kevin ihm gesteckt. Kein Hund und nur eine schwach glimmende Außenbeleuchtung, das wusste Edgar bereits. Die Welt stand still und selbst die

Zeitungsausträger lagen noch in ihren Betten, als Edgar den Briefkasten des Empfängers füllte. Nun galt es abzuwarten.

„Was mache ich, wenn er doch die Bullen gerufen hat?" Edgar hörte nackte Angst aus Kevins Stimme.

„Das haben wir doch besprochen. Musst nur die Nerven behalten. Du bist halt zufällig dort, wolltest deine Kumpels treffen und einen trinken, aber die sind nicht aufgetaucht."

Edgar bezweifelte, dass man Kevin glauben würde. Solche Zufälle gab es nicht. Aber den Jungen schien es zu beruhigen. „Nu' mach schon, wirst sehen, das klappt."

Edgar sah ihm nach, wie er zu seinem Versteck lief, dann fuhr er zum Haus des Filialleiters. Parkte etwas abseits, so dass er gut sehen, aber nicht gesehen wurde. Hoffentlich behielt Kevin die Nerven. Die Geldsumme war bereits für weitere Geschäfte eingeplant. Vielleicht war die Sache hier ausbaufähig?

Er sah, wie Kevins Chef das Haus verließ. Leichenblass stieg er ins Auto. Aber er hatte die Kiste mit dem Geld dabei, wie gefordert. Jetzt musste er abwarten.

Gedanklich verfolgte Edgar seine unfreiwilligen Mitspieler. Jetzt müsste der Filialleiter am Kanal sein. Müsste die Geldkiste mit Rückholband den vereinbarten Mülleimer herunterlassen und verschwinden.

Als der kurz darauf mit ängstlichem Gesichtsausdruck wieder vor seinem Haus parkte, wusste Edgar: Es lief alles nach Plan. Mit seinem Prepaid-Handy wählte er die Nummer und ließ es dreimal klingeln wie vereinbart. Kevins Startsignal.

Er wartete noch kurz, dann fuhr er in Richtung Kanal, zum vereinbarten Treffpunkt.

Kevin kam wie von Sinnen angelaufen, stoppte erst, als er seinen Wagen sah. Der musste noch viel lernen.

Die Beifahrertür öffnete sich, er stieg ein, hechelnd, mit breitem Grinsen. Es hatte geklappt!

Edgar fuhr zu einem nahe gelegenen Waldstück. Hier zählte er die Beute.

30.000 Ocken. Was für ein geiler Start! „Gut gemacht!“ Er nickte Kevin anerkennend zu und zählte ihm 3000 ab, seinen Anteil. Kevin griff zu und steckte sich die Scheine in seiner Hosentasche. „Man sieht sich.“

„Wenn du für den nächsten Deal bereit bist.“

„Ich könnte sofort durchstarten.“

„Ja, aber die nächsten Wochen machst du erstmal schön deinen Aushilfsjob weiter. Soll ja nichts auffallen.“

Kevin trollte sich.

Edgar sah ihm nach, bevor er losfuhr. Der Junge hatte seine Sache gut gemacht, keine Frage. Für den nächsten Deal konnte er ihn fest einplanen, und eine Weile würde er ihm noch alles brav abliefern. Doch wenn er etwas sieben Meilen gegen den Wind riechen konnte, war es die Gier nach Geld. Nach noch mehr Geld. Das verdarb den Charakter, er musste vorbeugen.

So sehr er darauf geachtet hatte, dass seine Fingerabdrücke nirgends auftauchten, so wenig hatte er auf Kevins Abdrücke geachtet. Wenn es hart auf hart kam, wäre die Beweislage klar. Doch solange ihm der Junge nützlich war, sollte es nicht so weit kommen. Edgar wusste, wo am Kanal die versteckten Kameras standen. Er hatte gelernt, dass ein zusätzliches Druckmittel nicht schaden konnte, seine Interessen durchzusetzen.

Wenn es dicke kommt...

Die Nähmaschine ratterte ununterbrochen, die Arbeit half ihr über ihre Sorgen hinweg. Schon wieder war ein Kosmetiktäschchen fertig geworden. Sie hatte sich angewöhnt, von jeder Ware mehrere Teile in verschiedenen Farben zu nähen. So konnte sie Zeit einsparen, auch beim Zuschneiden. Caro betrachtete nun die Nähte ihres neuen Werkes kritisch. Es war perfekt. Auch für ihre Ansprüche. Jetzt kamen die Tischläufer dran. Sie rollte einen schönen weihnachtlichen Stoff in Leinenoptik auf dem Tisch aus. Vielleicht könnte sie noch dazu passende Platz-Sets nähen, überlegte sie sich. Das würde auch schnell gehen, mittlerweile saß jeder Handgriff ihrer Arbeit. Sie war froh, dass Regina dem Hofverkauf zum 1. Advent zugestimmt hatte. Und sie hatte kurzfristig noch auf zwei Weihnachtsmärkten einen Stand bekommen. Elisabeth kannte die Organisatorinnen und hatte sich für sie eingesetzt. Doch dafür brauchte sie einen prall gefüllten Stand. So würde das Geld für die Miete und alles Weitere hoffentlich bald sprudeln.

Caro war so vertieft ins Zuschneiden der Stoffe, dass sie das Klingeln fast überhörte. Beim Blick auf das Display wurde ihr Mund ganz trocken. Die Büttler Nachrichten. Sie hatte schon zweimal versucht, einen Interviewtermin zu bekommen, um über ihren Nähladen zu berichten, aber man war bislang nicht interessiert gewesen. Und jetzt der unerwartete Rückruf! Sie atmete tief durch und nahm schnell noch einen Schluck Wasser, um überhaupt einen Ton herauszubekommen.

„Schneider."

„Na endlich geht mal jemand ran. Gruber hier. Büttler Nachrichten. Sie haben angeben, dass sie eine gute Story für den Lokalteil haben?" Die Stimme klang laut und bestimmt.

Caro gab sich so selbstbewusst wie möglich. „Aber ja, das hatte ich ihrer Kollegin schon erzählt. Mir ist es ganz wichtig, andere potenzielle Gründer zu ermutigen." Oh Gott, was erzählte sie da nur für geschwollenes Zeug!

„Gut. Was halten Sie vom 25. November? 15 Uhr? Da habe ich noch einen Termin frei."

Caro sah in ihrem Kalender nach. Der Termin war zwei Tage vor ihrem Hofverkauf. Das konnte nur ein gutes Omen sein.

„Okay. Wo wollen wir uns treffen?"

„Bei Ihnen. Ein Blick hinter die Kulissen einer Jungunternehmerin ist für die Leserinnen und Leser ja besonders interessant. Das machen wir richtig authentisch. Sie erleben ihren ganz normalen Tag, und ich spiele Mäuschen."

Der Mann klang nicht gerade so, wie man sich ein Mäuschen vorstellen würde. Caro schluckte und sah sich um. Sie war sich nicht sicher, ob sie ihre Räumlichkeiten so schnell für die Presse vorzeigbar bekommen würde. Nun musste sie doppelt Gas geben. Nur widerstrebend sagte sie den Termin zu.

Nach diesem Telefonat brauchte sie dringend frische Luft. Und Zazou brauchte ganz sicher eine Gassi-Runde. Sie schnappte sich einen Stapel Flyer vom Sideboard, die endlich verteilt werden mussten, und steckte sie in die Umhängetasche. Es wurde Zeit, Werbung für ihren Hofmarkt zu machen. Die

Spaziergänge würden in den nächsten Tagen durch den Ort gehen anstatt ihrer üblichen Runde am Kanal.

Die Zeit bis zum Interviewtermin schien zu rasen. Heute sollte es sein. Als Caro Zazou nach der Gassi-Runde vorbeibrachte, fragte Elisabeth mitfühlend: „Und, bist du schon nervös?" Sie reichte ihr eine Tasse Kaffee, was Caro nicht ablehnen konnte. „Das bin ich, und wie! Man bekommt nicht jeden Tag die Chance auf einen Interviewtermin."

„Ich bin stolz auf dich, Caro. Du wirst das schon schaukeln. Sei einfach ganz du selbst. Und wir denken hier an dich."

Der Beruhigungsversuch verfehlte seine Wirkung nicht. Es tat gut, dass Elisabeth an sie glaubte, obwohl sie bislang noch keine Verkaufserfolge vorweisen konnte.

„Ich muss rüber. Herr Gruber wird bald vor der Tür stehen. Puh, ich hoffe, dass ich gut rüberkomme." Caro stürzte den restlichen Kaffee herunter und stellte die Tasse in den Geschirrspüler.

„Da bin ich mir sicher. Wir drücken dir die Daumen. Oder Pfoten."

Und Zazou bellte zur Bestätigung.

Caro lief schon zum wiederholten Mal ihre Räume ab. Stellte noch Dinge in den Schrank, damit es aufgeräumter aussah, wedelte nicht vorhandene Staubflusen weg, bis sie halbwegs zufrieden war. Herr Gruber hatte um maximale Authentizität seiner Interviewpartnerin gebeten. Er wollte nicht bloß ein Interview, sondern auch Bilder von ihr und ihrem Geschäft machen. Sie wünschte, sie hätte sich vorher genau überlegt, ob sie das auch wollte. Hoffentlich verstanden sie und der Journalist unter dem Begriff „Authentizität" dasselbe. Sie empfand das gleiche Magengrummeln wie bei der Zusage des Termins. Aber sie hatte so sehr für ein Interview gekämpft, dass sie sich doch gar nicht anders hätte entscheiden können. Nach dem Erscheinen des Artikels würden ihre Verkäufe hoffentlich so richtig angekurbelt.

Es klingelte bereits zehn Minuten vor der vereinbarten Zeit. Na, der war aber überpünktlich! Als Caro die Tür öffnete, stand ihr ein bulliger Mann gegenüber, der sich unwirsch mit „Gruber“ vorstellte. Auf seinen Schultern hatte er eine riesige Kamera geschultert. Sie bat ihn herein und bot ihm an, sich zu setzen. „Möchten Sie auch einen Kaffee?“, fragte sie freundlich. Doch der Journalist winkte nur ab. Er wolle keinen Kaffee, und sitzen wolle er auch nicht, sondern erst einmal die Bilder machen. Er war so, wie Caro ihn sich nach ihrem Telefonat vorgestellt hatte: grob und poltrig. Er scheuchte sie für die Fotos in ihrer eigenen Wohnung hin und her. Posieren vor der Nähmaschine, Bilder in den Geschäftsräumen und von ihren Auslagen, das volle Programm. Und auch ganz privat wollte er sie auf ihrer Wohnzimmercouch zeigen. Seine Anforderungen machten Caro richtig nervös.

Als er endlich im Wohnzimmer ihr gegenüber Platz nahm, klappte er sofort die Hülle seines Tablets auf und tippte seine Notizen hinein, ohne sie weiter zu beachten. Caro rutschte unbehaglich auf ihrem Sofa hin und her.

Endlich nahm er sie wieder wahr. „Sie hatten sich als Jungunternehmerin ausgegeben. Mmh.“ Er sah sie ein wenig abschätzig an. Caro entging nicht, dass er „jung“ besonders betonte. „Nun haben Sie ja Einblicke gegeben, wo sie wohnen und arbeiten. Doch mich interessiert besonders das Wie. Was zeichnet sie denn als Unternehmerin aus?“ Seine Stimme klang provozierend, laut und dominant.

„Jungunternehmerin nennt man es doch wohl, wenn man neu durchstartet, egal in welchem Alter“, antwortete Caro spitz, doch dann riss sie sich zusammen. Sie wollte nicht als empfindlich gelten. „Ich bin sehr vielseitig und nähe, seit ich das erste Mal einen Faden einfädeln konnte. Mein eigener Laden ist ein großer Jugendtraum, den ich mir nun erfüllt habe.“ Caro fiel es schwer, sich ihre Antipathie gegenüber diesem Mann nicht anmerken zu lassen.

Diese schien jedoch auf Gegenseitigkeit zu beruhen. „Ihre Arbeiten sind aber sehr konventionell. Ist es das, was ihre Kundinnen und Kunden nachfragen?“

„Das will ich doch wohl hoffen. Übermorgen habe ich meinen ersten Hofverkauf, der mit Sicherheit ein Erfolg sein wird.“ Bewusst überhörte sie seine kritische Bemerkung. Positiv denken, sagte sie sich, dann wird schon alles gut.

„Aha. Und mit wie vielen Mitarbeitern wollen Sie nun die Welt retten?“

Caro lachte aus Verlegenheit. Sie fühlte sich wie im falschen Film. „Ich starte erst einmal allein, das Geschäftsrisiko ist gerade am Anfang sehr groß. Und die Welt werde ich kaum retten. Aber meinen bescheidenen Beitrag kann ich mit nachhaltigen Produkten beisteuern.“ Plötzlich fiel ihr selbst auf, dass sie ihre eigenen hehren Ziele nicht ganz umsetzte. Denn ihr Angebot bestand aus Standard-Stoffen, von denen sie glaubte, dass sie diese verkaufen würde.

Das war ihm auch aufgefallen. „Aha. Bislang habe ich noch keine nachhaltigen Materialien bei Ihnen gesehen“, kam es wie aus der Pistole geschossen, als hätte er nur nach einem Aufhänger gesucht. Dann sprach er laut, was er eintippte. „Will auf die Nachhaltigkeitsschiene mit aufspringen." Er tippte weiter, dann sah er sie an. „Angemeldet sind Sie ja wohl wenigstens?"

„Ähm, ja."

Er runzelte die Stirn. „Und was ist mit einem Businessplan? Können Sie ein Gründerseminar empfehlen, wo sie doch so viele Tipps weitergeben wollten?"

„Nein, ähm, ja, zum Teil. Ist geplant." Verflixt, sie redete sich um Kopf und Kragen. Caro konnte nicht verhindern, dass sie unsicher und durcheinander wirkte. Worauf hatte sie sich da bloß eingelassen? Das ganze Interview entpuppte sich langsam als Spießrutenlauf.

Der Journalist sah nicht mehr auf. Er schrieb und ließ Caro an seinem vernichtenden Urteil teilhaben: „Konzeptlos und naiv startet die nicht mehr ganz junge ‚Jungunternehmerin' in ihr Business, um auf der Nachhaltigkeitswelle mitzuschwimmen und unseren Seniorinnen mit ihren altbackenen Taschen und Läufern das Geld aus der Tasche zu ziehen..."

„Jetzt reicht's aber. Ich denke, Sie gehen jetzt besser. Sofort!" Caro merkte, dass sie laut wurde. Aber das musste sie sich nun wirklich nicht bieten lassen!

„Ja, ich denke auch, dass es reicht. Das geht übrigens noch heute an die Redaktion. Und wenn ich mir eine persönliche Bemerkung erlauben darf", er wartete ihre Reaktion erst gar nicht ab, „sollte man eine Stümperin wie Sie gar nicht erst auf die Menschheit loslassen." Er erhob sich, packte seelenruhig sein Tablet ein und schulterte seine Kamera. Wortlos ging er zur Tür. Weitere Höflichkeiten waren nicht mehr erforderlich.

Unter Caro schien der Boden zu schwanken. Erst jetzt erkannte sie, was die Veröffentlichung solcher Zeilen, die er ihr gerade angekündigt hatte, für sie bedeuteten würde. Sie wäre ruiniert!

„Hey, warten Sie! Das können Sie so nicht veröffentlichen! Das ist geschäftsschädigend!“ Sie lief hinter ihm her.

Er lachte nur höhnisch. Dann verstaute er seine Ausrüstung und stieg in sein Auto ein. Seelenruhig.

Das war zu viel für Caro, sie rastete aus: „Wenn Sie den Artikel bringen, werden sie ihr blaues Wunder erleben!“

Doch er hörte sie schon nicht mehr. Dafür sah Caro, wie im Nachbarhaus jemand die Gardine zuschob. Wie unendlich peinlich war das denn? Sie hätte im Erdboden versinken können. Eilig ging sie ins Haus und wusste erst einmal gar nicht, wo sie mit ihren Emotionen hinsollte. Sie hatte ihr gesamtes restliches Geld und ihr ganzes Herzblut in dieses Unternehmen gesteckt. Und nun wollte dieser Journalist ihren mühseligen Neuanfang mit einem einzigen Artikel platt machen! Wieso bloß hatte sie auf dieses entsetzliche Interview gedrängt? Caro hoffte inständig, dass die Veröffentlichung erst nach dem Hofverkauf erscheinen würde, damit sie wenigstens einige Kunden gewinnen konnte. Die Chancen standen eigentlich gut dafür, und Caro beruhigte sich ein wenig. Lokale Nachrichten hatten schließlich nicht die größte Priorität.

Ihre Hoffnung bestätigte sich nicht. Elisabeth hatten den Artikel bereits gelesen und reichte ihr wortlos die Tageszeitung, als Caro am nächsten Morgen nach dem Rechten sah, um Zazou abzuholen. Andy und Regina schliefen an diesem Samstag noch. Elisabeths mitfühlender Blick ließ Caro Böses ahnen.

Sie las die ersten Zeilen und die Worte verschwammen vor ihren Augen. Es fühlte sich an wie ein Schlag in die Magenkuhle. Bereits die Überschrift reichte, um sie zu vernichten. Sie musste sich setzen.

„Nein“, flüsterte sie benommen. Alles Blut schien aus ihrem Gesicht gewichen zu sein, sodass Elisabeth ihr wortlos ein Glas Wasser hinstellte. Caro brauchte mehrere Anläufe, um sich bis zum Ende des Artikels zu konzentrieren. Vollkommen entsetzt sah sie schließlich auf. Elisabeth umarmte sie kurz und etwas ungelenk. „Der Artikel ist eine einzige Unverschämtheit. Das ist wirklich das Letzte, was du jetzt gebrauchen kannst.“

„Nach diesem Artikel kann ich einpacken.“

Nun sah die Ältere ihr fest in die Augen. „Nein, so darfst du nicht denken. Du willst dich doch von diesem Klatschblatt-Niveau nicht unterkriegen lassen?“

„Und was ist mit dem Hofverkauf morgen? Die Anzeige dafür steht auf der nächsten Seite der Zeitung. Dazu habe ich Massen an Flyer im ganzen Ort verteilt. Jetzt wird doch keiner mehr kommen.“

Caro dachte an die unzähligen Nächte, die sie durchgearbeitet hatte, um die schönen Taschen, Utensilos und Deko-Artikel zu nähen. Und dann dachte sie einen Schritt weiter. Wie sollte sie Regina dazu bewegen, noch länger auf ihr Geld zu warten?

„Es mag ja sein, dass sich der eine oder andere von diesem Geschreibsel beeinflussen lässt. Aber mit ungerechtfertigter Kritik musst du umgehen lernen, Caro. Das gehört leider dazu. Gott sei Dank vergessen die Leute schnell. Und die Menschen hier sind neugierig, wenn es etwas Neues gibt. Also zieh deine Sache durch. Du hast doch auch gar keine andere Wahl.“

Caro nickte tapfer. „Ich werde es versuchen.“

Elisabeth sah sie fest an. „Das tust du. Glaub an dich. Dann werden die anderen irgendwann nachziehen. Manchmal dauert es ein bisschen länger, als einem lieb ist. Aber das Ganze wird dich umso stärker machen.“

Zwei Stunden später fuhren Andy und Ben mit ihrem Anhänger auf den Hof. Auf die beiden war Verlass.

„Morgen Caro. Wir dachten, wir fangen noch vormittags mit dem Aufbau an, dann kommen wir nicht in Zeitnot."

Caro begrüßte die beiden. Es war unter null Grad, aber immerhin windstill. Sie würden sich warm arbeiten müssen.

Routiniert banden Andy und Ben die Plane ab und hoben die Holzwände der Verkaufsstände herunter. Ben holte seinen Akkuschrauber heraus und Caro konnte nur staunen, wie systematisch die beiden vorgingen. Jeder Handgriff saß, sie mussten sich nicht einmal abstimmen. Sie arbeiteten, als wären sie vom Messebau. Ben hatte für sie zwei Buden und einen Glühweinstand aus seiner Verwandtschaft zusammengeliehen, die auch häufig auf Märkten verkaufte.

Caro war sicher, dass sie durch Elisabeth von dem Artikel wussten, doch sie waren zu rücksichtsvoll, um hierüber auch nur ein Wort zu verlieren. Sie packte mit an, wo sie unterstützen konnte, und war froh, dass die beiden die Unterhaltung allein bestritten.

Am Nachmittag standen die Buden und sie betrachteten ihr Werk. „Sieht doch richtig nach was aus", meinte Ben. Caro lud sie zu sich ein. Alle waren durchgefroren und hatten mächtig Hunger. „Zeit für eine Stärkung. Wie sieht es mit Pizza aus?"

Andy zückte sein Handy. „Dasselbe wie beim letzten Mal?" Sie nickten zustimmend. Während Andy bestellte, holte Caro Getränke.

„Auf deinen Erfolg morgen!", sprach Ben einen Toast aus und sie stießen an.

Andy stieß sie aufmunternd an. „Und lass dich bloß nicht unterkriegen. Du schaffst das!"

Caro war so vertieft in ihre Arbeit, dass sie vom Klingeln ihres Handys aufschreckte. Es war Moritz. Sie verspürte Bauchgrummeln, aber sie konnte nicht unterdrücken, dass ihr Herz einen Hüpfer machte. „Hi.“ Ihre Stimme klang gepresst.

„Hallo Caro. Brauchst du noch Hilfe für morgen?“

Schweigen. „Es ist alles aufgebaut.“

„Alles klar. Ich wollte mit Lukas vorbeikommen.“

„Ähm… Ja, super.“ Sie merkte, dass es lahm klang.

„Was ist denn los?“ Moritz schien ein wenig verwirrt. Tat er bloß so arglos?

„Ich habe euch in der Stadt gesehen.“ Sie schluckte, setzte nach. „Es sah nicht gerade nach Rosenkrieg aus.“

Er stöhnte auf. „Mensch Caro, was musst du von mir denken! Es ist nicht so, wie es für dich ausgesehen haben muss. Lukas brauchte neue Wintersachen und war ganz aufgeregt, weil er sich ein Geschenk aussuchen durfte. Er hatte uns mit seiner Euphorie angesteckt.“

„Aha.“ Sie blieb skeptisch.

„Du bist enttäuscht“, stellte er fest.

„Ja, verdammt! Das bin ich!“ Es brach einfach aus ihr heraus.

Ein langes Schweigen folgte.

„Darf ich trotzdem morgen kommen? Als Freund? Ich würde dich gerne wiedersehen.“

Caro überlegte. Auch sie wollte Moritz wiedersehen, aber unter anderen Vorzeichen. Sie rang mit sich. Konnte das gutgehen? Eine bloße Freundschaft trotz Gefühle? Sie durfte sich nur keinen Illusionen hingeben, solange nichts geklärt war. „Also gut. Als Freund“, stimmte sie zögernd zu.

„Dann bis morgen.“

Vor Aufregung konnte sie kaum schlafen und stand am nächsten Tag schon früh auf, um alles vorzubereiten. Sie sah aus dem Fenster. Es hatte geschneit und die Welt sah aus wie mit einer weißen Decke überzogen. Zu ihrem Glück schien auch die Sonne und es versprach ein freundlicher Tag zu werden. Es wurde Zeit, alles herauszustellen. Lebkuchen, Glühwein und Punsch würden sie stärken und gegen die Kälte von innen wärmen. Zum Glück hatten sie die Stände abgedeckt, so dass die restlichen Handgriffe schnell gingen. Caro legte Tischdecken in den beiden Verkaufsständen aus, damit ihre Taschen und Deko-Artikel gut zur Geltung kamen, dann holte sie ihre Verkaufsware.

Sie hatte ihren kleinen Adventsmarkt für 10 Uhr angesetzt, denn die meisten Älteren im Ort standen früh auf. Und ebenso die Familien. Denn die Kids liebten es, auf dem Seilbahnhügel des nahe gelegenen Spielplatzes zu rodeln. Caro bot Kinderpunsch und Glühwein zum Aufwärmen an. Und vielleicht würden die Mütter eine schicke Tasche für sich in ihren Auslagen finden. Oder Weihnachtsläufer, Hussen und Kissenbezüge, von denen konnte man schließlich nie genug haben.

Als um 11 Uhr die Kirchglocken zum Ende des Gottesdienstes läuteten und auch keine Kirchgänger vorbeischauten, wuchs Caros Nervosität. Sie war so froh, als Jessi auftauchte, um zu helfen. Sie gossen sich Glühwein ein, denn die Kälte kroch ihnen vom Herumstehen bereits in die Knochen.

„Hoffentlich taucht hier überhaupt noch jemand auf. Ich hatte den Markt bis 16 Uhr angesetzt." Caro biss frustriert in ihren Lebkuchen.

„Stimmt, wir brauchen Unterstützung beim Glühwein trinken."

Caro lächelte ein bisschen gequält und riss sich zusammen.

Kurz darauf kam Regina zu ihnen und brachte Schmalzbrote vorbei. Sie hatte sogar an eine vegetarische Version gedacht. Langsam, aber sicher füllte sich der Hof mit bekannten Gesichtern.

„Diese vegetarischen Schmalzbrote kann man mittlerweile echt essen", kommentierte Moritz, der mit Lukas vorbeigekommen war.

„Gib's zu, sie schmecken sogar besser!" Caro versuchte, mit einem Lächeln das Gefühl der Beklommenheit zwischen ihnen zu überspielen. Sie war noch immer nicht sicher, ob es rein freundschaftlich mit ihnen klappen konnte. Aber auch ihm schien es schwerzufallen.

Elisabeth saß in einem Gartenstuhl, den Andy ihr aufgestellt hatte und war dick in Decken eingewickelt. Zazou lag zusammengerollt auf ihrem Schoß und sah dem Treiben zu. Sie schien zu spüren, was von ihr erwartet wurde und zeigte sich ausnahmsweise von ihrer besten Seite. Andy hatte Ben geschrieben und der brachte noch zwei Freundinnen mit. Auch Patrick und Annalena waren mit den Zwillingen vorbeigekommen, um sie zu unterstützen. Sie ließen von Gabriele grüßen, die ausgerechnet an diesem Wochenende mit ihren Freundinnen auf einem Städtetrip war.

Für Max und Nele war es ein Spaß. Endlich sahen sie ihre geliebte Tante wieder, und sie konnten länger mit Lukas spielen als sonst. Die Kids tobten über den Hof und Zazou war schnell mit von der Partie. Schließlich musste sie heute ein großes Rudel betreuen.

„Du musst dich wohl jetzt eher am Glühwein wärmen", lachte Andy und brachte seiner Oma ein Glas.

Caro machte ihre Unterstützer miteinander bekannt, und schon bald sah sie Regina angeregt im Gespräch mit Patrick.

„Lassen Sie uns für nächste Woche einen Termin ausmachen, dann können wir alles Weitere besprechen", hörte sie Patrick sagen. Sie gesellte sich zu ihnen und reichte ihnen Glühwein. „Patrick, du bist doch am Wochenende wohl nicht auf Kundenfang?", zog sie ihren Bruder auf, während sie Regina zuzwinkerte.

„Jederzeit bereit, du kennst mich doch", gab er zurück, als er sein Glas entgegennahm.

Erst am Nachmittag, als Elisabeth mit Zazou längst nach oben gegangen war, kamen die ersten Kundinnen. Sie sahen sich die Ausstellungsstücke an, zunächst noch ein wenig skeptisch.

„Ich kann sie ihnen auch in anderen Farben nähen, wenn Sie das möchten. Oder mit ihren Namen besticken. Schauen Sie sich ganz in Ruhe um." Caro hoffte sehr, dass die beiden Frauen etwas kauften.

Die beiden fassten alles an und prüfen kritisch. „Ganz ordentlich verarbeitet. Aber Sie sind auch ganz schön hochpreisig", meinte eine der beiden.

„Ich glaube, ich werde meine alte Nähmaschine mal wieder aktivieren, da bekommt man wieder richtig Lust zu nähen", gab die andere zurück. Die beiden Besucherinnen nickten Caro knapp zu und tauschten noch ein paar Worte mit Regina aus, bevor sie gingen. Gekauft hatten sie nichts, aber dafür hatten sie sich umso großzügiger mit dem kostenlosen Glühwein und Gebäck versorgt.

„Das ist noch echte Handarbeit. Und die hier kommt nicht von indischen Kindern", konnte sich Jessi nicht verkneifen, was die beiden Frauen jedoch unkommentiert stehenließen. Caro sah die Freundin an.

„Na, ist doch wahr. Du hast dir solche Mühe gegeben. Das kann man doch nicht auf sich sitzen lassen!“

Ihre Freundin nahm die fehlende Kundschaft fast persönlicher, als sie es selbst tat.

Kurz darauf kamen ein paar weitere Familien vorbei. Zumindest kauften sie ein paar Tischläufer und Kissenbezüge. Doch die Einnahmen waren einfach zu wenig, da musste Caro nicht einmal ihre Kasse durchzählen. Sie war frustriert und traute sich kaum, in Reginas Richtung zu sehen. Die ganze Arbeit war umsonst gewesen, und ihr graute vor weiteren Gesprächen über die Mietzahlungen.

Es war mittlerweile fast 17 Uhr, als die verbliebenen Gäste beim Einräumen mit anpackten. Jessi koordinierte alles und auch die Kids waren motiviert dabei. Sie hatte längst gemerkt, dass Caro dazu keine Kraft mehr hatte. Lustlos und frustriert räumte sie ihre schönen Artikel wieder ein.

„Die beiden Verkaufsstände bauen wir morgen ab, Caro, und der Glühweinstand kann noch bis zum nächsten Wochenende stehen bleiben“, sagte Ben zum Abschied.

„Prima, dann geben wir Glühwein und Punsch für die abholenden Eltern aus“, schlug Andy vor. „Vielleicht kannst du da noch ein wenig auf deine Ware aufmerksam machen?“

Nichts lag Caro ferner, doch sie nickte müde. „Vielen Dank, dass ihr so angepackt habt!“

„Ich muss auch los.“ Jessi drückte die Freundin. „Nimm es nicht so schwer, vielleicht musst du dir noch eine andere Verkaufsstrategie überlegen. Lass uns telefonieren.“

Als Caro Zazou abholte, um mit ihr den Abendgang zu machen, nahm Regina sie zur Seite. „Caro, ich weiß, dass du hart arbeitest und alles tust, damit es mit deinem Laden klappt", begann sie das Gespräch. Caro sah sie an und wartete auf das ‚aber', das nun unausweichlich kommen musste.

„Das heute war ganz und gar nicht deine Schuld. Der Artikel hat vieles kaputt gemacht. Das haben mir einige Leute persönlich zugesteckt. Man macht es neuen Dorfbewohnern auch nicht leicht, hier anzukommen." Ernst sah sie ihre Mieterin an. Sie wären Freundinnen, wenn nicht Caros Mietrückstand zwischen ihnen stünde. Caro schwieg unglücklich, was hätte sie dazu sagen sollen?

Regina fuhr fort. „Ich kann deine Lage absolut verstehen, aber ich kann dich hier nicht auf Dauer wohnen lassen, wenn du nicht zahlst. Ich brauche die Mieteinnahmen, sonst kommen wir selbst nicht über die Runden." Es war ihr anzumerken, dass auch ihr das Gespräch unangenehm war.

Caro schluckte und sah ihr in die Augen. „Ich weiß, Regina, es war ja auch so vereinbart. Es tut mir leid, dass ich das Geld für die Miete noch immer nicht zusammen habe. Bitte gib mir noch die Chance, das Weihnachtsgeschäft mitzunehmen."

„Ich setze dich bestimmt nicht vor Weihnachten vor die Tür." Regina seufzte. „Aber bis Jahresende muss das Geld für zweieinhalb Monate auf den Tisch."

Caro nickte. „Das schaffe ich", versprach sie. Ihre Stimme klang fester, als sie sich momentan fühlte. Sie hatte keine Ahnung, woher sie das Geld nehmen sollte.

... dann geht noch was

Beim ersten Läuten hatte Caro sich einfach die Bettdecke über den Kopf gezogen, doch nun klingelte es Sturm. Wer mochte das um Himmels willen sein? Ein Blick auf die Uhr zeigte ihr, dass es nach acht Uhr war. Eigentlich war es noch viel zu früh für einen Montagmorgen, wenn man sich seine Zeit frei einteilen konnte und das Wochenende ein furchtbarer Flop gewesen war. „Ja doch, ich komme ja schon!", rief sie energisch in Richtung Haustür und warf sich schnell ein paar Klamotten über. Dann öffnete sie – und sah sich verdutzt zwei Polizeibeamten gegenüber.

„Kriminalhauptkommissarin Jäger, Kriminalkommissar Ziegler. Wir würden Sie gerne befragen." Die Dienstausweise im Scheckkartenformat wurden ihr unter die Nase gehalten. Caro las das Wort ‚Polizei' und sah Lichtbild und niedersächsisches Wappen darauf. Doch sie fühlte sich viel zu sehr überrumpelt, um die Marken ernsthaft zu prüfen.

Die Frau war groß, trug ihre roten Haare zu einem Bob, der ihre harten Gesichtszüge betonte. Sie war ihr sofort unsympathisch. Und das schien auf Gegenseitigkeit zu beruhen. Ihr Partner dagegen wirkte freundlich und bodenständig. Irgendwie kam er ihr bekannt vor, doch sie konnte ihn nicht zuordnen.

„Ist etwas Schlimmes passiert?" Caro blickte die beiden Beamten entsetzt an und warf dann einen kurzen Blick in ihren Ausstellungsraum. Sie hatte gestern nach dem misslungenen

Hofverkauf keine Kraft mehr gehabt zum Aufräumen, und ihre neuen Näharbeiten hatte sie auch herumliegen lassen. Die Polizisten würde sie für einen ausgemachten Messie halten, wenn sie sie hereinließe. Sie versuchte abzublocken. „So richtig passt es gerade nicht."

„Wir können Sie auch gerne aufs Polizeirevier vorladen, wenn Ihnen das lieber ist", kam es kühl und zackig von der Kriminalhauptkommissarin zurück. Damit waren die Fronten geklärt.

Das war nun wirklich das Letzte, was Caro wollte. „Nein, ist schon gut, kommen Sie herein." Sie machte die Tür auf. Dann packte sie schnell die Stoffe von den Stühlen, damit die Beamten sich setzen konnten. „Entschuldigen Sie, ich hatte hier gestern einen Adventsmarkt und habe die Nacht noch durchgearbeitet", versuchte Caro das Chaos um sie herum zu erklären. Sie ärgerte sich über sich selbst, dass sie sich für Nichtigkeiten entschuldigte. Schließlich waren die Beamten unangekündigt erschienen. „Worum geht es noch gleich?"

Die Polizeibeamten nahmen Platz. „Der Markt war hoffentlich angemeldet", ätzte die Kommissarin. Offenbar wollte sie Caro verunsichern, was ihr auch gelang. Der abfällige Blick, den sie ihrem Kollegen zuwarf, sprach Bände, und Caro fühlte sich während des darauffolgenden Schweigens zunehmend unwohler.

Plötzlich fiel ihr ein, wo sie den Kommissar schon einmal gesehen hatte: Er war Jessis Nachbar. Doch er erinnerte sich scheinbar nicht an ihre kurze Begegnung. Oder tat er nur so?

„Die Fragen stelle ich." Der Ton hätte nicht schneidender sein können, und er verfehlte seine Wirkung nicht. Caro klappte den Mund wieder zu.

„Wo waren Sie von Donnerstagabend bis heute?"

Caro sah unsicher von einem zum anderen. „Hören Sie, das ist jetzt sehr unkonkret. Was genau wollen Sie denn wissen?"

Jetzt schaltete sich Kriminalkommissar Ziegler ein. „Frau Schneider, erzählen Sie uns bitte, wo genau Sie sich die letzten Tage aufgehalten haben." Es klang freundlich, als wollte er die angriffslustige Haltung seiner Chefin ausgleichen. Guter Cop – böser Cop, aber es funktionierte. Caro war sofort bereit, mit ihm zu reden.

„Okay, gut. Ich versuche alles zusammen zu bekommen. Am Donnerstag habe ich den ganzen Tag hier gearbeitet. Abends war ich in der City und anschließend einkaufen bei einem REWE-Markt im nördlichen Ringgebiet." Zwar sah Caro wenig Sinn darin, ihr vollkommen unspektakuläres Leben zu erklären. Aber sie war zu froh, dass offenbar keinem Angehörigen etwas passiert war. Denn das hätte man ihr doch sicher anders überbracht.

„Sie meinen dort, wo sie Ihren Einkaufswagen einfach stehengelassen hatten?", warf Frau Jäger ein.

Das wussten sie also? Aber das war ja nicht strafbar, also was sollte das? „Ja, das stimmt. Ich bin dort auf meinen Ex-Freund und seine neue Freundin getroffen. Solche Begegnungen sind ja nie schön. Mir war dann schlicht der Appetit vergangen. Mein Ex hatte mich später am Abend angerufen und informiert, dass seine neue Freundin eine Lebensmittelvergiftung hatte. Von einem Produkt aus dem besagten Supermarkt. Er hat mit wilden und völlig haltlosen Beschuldigungen um sich geworfen. Geht es Ihnen darum?"

„Erzählen Sie weiter."

„Okay, nachdem ich den Supermarkt ohne Einkäufe verlassen hatte, bin ich gleich nach Hause gefahren. Denn der Abend war für mich gelaufen, wie Sie sich vielleicht denken können. Am Freitag habe ich dann viel gearbeitet. Und ich hatte später ein Interviewtermin mit den Büttler Nachrichten." Es war ihr peinlich, darüber zu sprechen.

„Aha, mit den Büttler Nachrichten. Worum ging es? Wie ist der Artikel ausgefallen? Und wer war der Redakteur?"

Caro wurde rot vor Scham. Wenn sie schon alles wussten, warum fragten sie dann? Als sie aufsah, bemerkte sie, dass Herr Ziegler alles notierte.

Sie musste dieses unangenehme Gespräch so schnell wie möglich hinter sich bringen. „Mit Herrn Gruber fand das Interview statt. Es ging um meine Neueröffnung. Und ich war ganz und gar nicht zufrieden mit dem Artikel, aber sie kennen ihn ja offenbar bereits."

„Und dann?", kam es von ihrem Partner.

„Ich hatte der Zeitung ein Interview angeboten, um über meinen neuen Laden zu sprechen. Es fand hier statt." Sie konnte die hochgezogene Augenbraue der Kriminalhauptkommissarin nicht ausblenden. „Ob sie es glauben oder nicht, habe ich sonst aufgeräumt. Na, jedenfalls sollten das Gespräch und vor allem die Bildaufnahmen total authentisch rüberkommen. Das Ganze ging so bis vier Uhr. Es war eine blöde Idee von mir gewesen, denn das Interview ging komplett nach hinten los. Herr Gruber hat mich vollkommen falsch interpretiert und das auch im Artikel geschrieben. Geradezu geschäftsschädigend."

„Das scheint ihnen öfter so zu ergehen", kam die bissige Bemerkung der Kommissarin.

Das ignorierte Caro jetzt. „Jedenfalls hat er mein Business ziemlich zerrissen. Und er hat sich sogar noch beeilt, das Ganze in der Samstagszeitung unterzubringen, also einen Tag nach unserem Interview. Obwohl ich ihm noch gesagt hatte, dass ich am Sonntag, also gestern, einen Hofverkauf für meine Produkte veranstalten wollte und wie wichtig das für mich war. Wir hatten hier die drei Stände aufgebaut. Ja, und gestern habe ich den ganzen Tag versucht, meine Waren zu verkaufen. Dafür gibt es Zeugen. Aber bei dem schlechten Zeitungsartikel ist es wohl kein Wunder, dass mir die Kunden weggeblieben sind. Gegen 17 Uhr hatten wir die Waren reingeräumt. Danach habe ich noch die halbe Nacht durchgearbeitet."

„Mmh. Scheint fast so, als wären bei Ihnen immer nur die Anderen Schuld. Herr Gruber hatte übrigens einen Unfall und liegt im Krankenhaus. Genauso wie Frau Winter."

„Wer?" Caro schaute sie verdutzt an.

„Die neue Freundin von Sascha Hoffmann", erklärte ihr der Polizeibeamte geduldig.

So hieß sie also. „Ich wusste nicht, wie die Frau heißt. Aber sie hatte keinen Unfall, sondern eine Lebensmittelvergiftung. Zumindest laut meinem Ex. Aber das sagte ich ja bereits", schloss Caro. Dann kam ihr ein neuer Gedanke hoch. „Wann hatte der Journalist denn den Unfall?"

„Samstagabend. Wir haben übrigens auch schon von anderer Seite gehört, dass sie Herrn Gruber gedroht haben." Die Kriminalhauptkommissarin sah sie scharf an.

Um Himmels Willen, sie hatten also auch schon ihre Nachbarn befragt! Caro riss die Augen auf. Fassungslos über das, was im Raum stand.

„Waren Sie inzwischen noch einmal bei dem REWE-Markt?"

„Nein. Warum sollte ich?"

„Und Sie hatten auch keinen anderweitigen Kontakt, zum Filialleiter oder zu den Beschäftigten?"

„Nein. Natürlich nicht!"

Die beiden Beamten sahen sich an. „Gut, Frau Schneider. Dann haben wir erstmal keine weiteren Fragen. Wenn Ihnen noch etwas einfällt, rufen Sie uns jederzeit an."

Frau Jäger reichte ihr ihre Visitenkarte. Dann erhoben sie sich und sie begleitete sie zur Haustür.

„Ich bin ehrlich gesagt immer noch nicht schlauer, worum es hier eigentlich geht." Doch die Kommissarin wollte sie im Unklaren lassen. Mit einem knappen Nicken wandte sie sich ab. Ihr Kollege war wenigstens höflich genug, sich vernünftig zu verabschieden. Auch er gab ihr noch eine Visitenkarte. „Es geht um wiederholte Erpressung, Frau Schneider." Er sprach so leise, dass nur Caro ihn verstehen konnte. Ernst sah er sie an. „Wenn Sie sich an irgendetwas erinnern, was Ihnen merkwürdig vorkam, dann lassen Sie es uns wissen."

Caro nickte und starrte ihnen nach, bevor sie die Tür schloss. Was für ein bescheuerter Wochenstart!

Talsohle

Caro starrte vor sich hin. Sie fühlte sich wie betäubt. Wenn sich im Ort herumsprach, dass die Kriminalpolizei bei ihr war, konnte sie hier wirklich einpacken. Die Gerüchteküche würde brodeln. Sie seufzte, als sie über das Gespräch nachdachte. Was sollten diese merkwürdigen Fragen der Polizisten? So ganz schlau war sie aus der Sache nicht geworden. Zum Kreis der Verdächtigen schien sie nicht zu zählen, sonst hätte Herr Ziegler kaum gesagt, worum es ging. Oder wollte man sie damit aufscheuchen? Hatte sie es Sascha zu verdanken, dass die beiden hier waren? Mit was für einem Idioten war sie fünf Jahre zusammen gewesen?

Caro beschloss, einen Spaziergang zu machen und Zazou mitzunehmen. Dabei war unausweichlich, dass sie auf Elisabeth traf. Zwar scheute sie sich vor ihren Fragen, doch sie wusste, dass ehrliches Interesse dahinterstand. Elisabeth war auf ihrer Seite und sie wollte ganz klar, dass sie Erfolg hatte. Nach einer kurzen Plauderei mit ihr und einer ausgedehnten Gassi-Runde mit Zazou würde sie schon wieder einen freien Kopf bekommen. Sie duschte abwechselnd heiß und kalt, um sich selbst wieder richtig zu spüren. Dann zog sie sich bequeme Sachen an und ging hinüber.

Sie schloss die Tür auf wie so oft. Die Hündin würde sie schon ankündigen, sodass sie niemanden überraschen würde. Doch es war kein Gebell zu hören, als sie in die Diele trat. Merkwürdig. Da fiel ihr ein, dass Andy heute Vormittag mit Zazou zum Tierarzt musste, eine Impfung war fällig. Vielleicht sollte sie später wiederkommen? Caro wollte gerade kehrtmachen, als sie Gesprächsfetzen aus der Küche mitbekam, in denen ihr Name fiel. Sie zuckte zusammen und wollte gar nicht hören, was über sie gesprochen wurde. Sie brachte es aber nicht fertig, jetzt zu gehen.

„Ich kann deine Beschwichtigungen nicht mehr hören: Caro packt das schon. Sie braucht nur eine kleine Starthilfe. Du hast auch mal angefangen. Caro hier, Caro da. Wen soll ich denn noch alles durchfüttern? Sie hat bislang keinen Cent bezahlt, und wir brauchen das Geld wirklich dringend." Reginas Stimme klang angespannt. Caro war erneut überrascht, dass sie auch so ätzend sein konnte.

„Also mich musst du nicht durchfüttern, ich bekomme meine Rente. Und Andy steht auch ganz prima auf eigenen Beinen. Er hat sich gut berappelt." Elisabeths Stimme blieb ruhig und sie klang ganz sachlich. „Denk dran, dir hatte man damals auch beigestanden, als du aufgeben wolltest. Und Zazou gäbe es ohne Caro nicht mehr." Damit traf sie ins Schwarze.

„Zazou, ja, ich weiß. Da können wir dankbar sein. Und trotzdem kann Caro hier nicht noch weitere Monate umsonst wohnen."

„Das hat sie mit Sicherheit nicht vor. Ich habe eher den Eindruck, dass es ihr sehr peinlich ist und sie umso härter arbeitet. Momentan scheint sich alles gegen sie zu verschwören. Wir können sie jetzt nicht im Stich lassen. Früher warst du nicht so herzlos, Regina. Was steckt wirklich dahinter? Du bist so hart in letzter Zeit. Was ist los?“

„Nichts ist los. Nichts, worüber wir reden müssten. Es ist alles in Ordnung. Außerdem habe ich zu tun.“ Reginas lauter Ton strafte dem Gesagten Lügen.

Caro hörte Schritte in Richtung Tür und schlüpfte ins Gästebad, zu dem die Tür nur angelehnt war. Es fehlte noch, dass sie beim Lauschen erwischt wurde!

Doch Regina war zu sehr in Rage, als dass sie irgendetwas wahrnahm. Sie rauschte vorbei zu ihrem Büro. Das Klingeln kündigte ihren ersten Patienten an.

Sie atmete tief durch, bevor sie durch die Tür des kleinen Bades schlüpfte und zur Haustür schlich. Bloß weg hier!

Doch als sie im Hof stand, kam Andy angefahren. Er winkte und war wieder einmal bestens gelaunt. „Caro, dich schickt der Himmel! Das hat gedauert beim Tierarzt. Zazou ist nach der Spritze etwas wehleidig und soll sich noch schonen. Kannst du sie vielleicht übernehmen? Ich habe gleich einen Termin in der Schule.“

Das konnte Caro nicht ablehnen, zumal die Hündin vor ihr winselte und auf den Arm wollte. Caro hob sie hoch und vergrub ihr Gesicht in das weiche Fell.

„Komm, lass uns noch einen Kaffee bei Elisabeth trinken, sie freut sich bestimmt. Dafür habe ich gerade noch Zeit.“

Nur widerstrebend folgte Caro ihm. Sie war froh, dass er euphorisch über sein bevorstehendes Vorstellungsgespräch in der örtlichen Realschule berichtete, in der er eine Musik-AG übernehmen sollte. Vielleicht würde er auch eine Schülerband coachen dürfen. Er hatte so viele Ideen, dass Caro und Elisabeth nicht am Erfolg seines Gespräches zweifelten.

Als Andy gegangen war, herrschte Stille zwischen den beiden Frauen. Wortlos streichelte Caro Zazou, die von ihrem Schoss nicht mehr herunterwollte.

„Du hast das Gespräch vorhin mitangehört, nicht wahr?"

Caro sah auf und direkt in ihre ehrlichen grauen Augen. Ihr konnte sie wirklich nichts vormachen, daher versuchte sie es auch gar nicht erst. Sie nickte nur.

Elisabeth schob ihr die Kaffeekanne hinüber und Caro verstand die Aufforderung, zu bleiben. Das Schweigen zwischen ihnen tat gut. Caro fiel ein, dass es nicht viele Menschen gab, mit denen sie Stille aushalten konnte. Ein Blick zu Elisabeth sagte ihr, dass sie sie verstand.

„Auch wenn das nach einer Plattitüde klingt, Caro, aber wenn es richtig schlecht läuft, kann es jetzt nur noch aufwärts gehen."

Es kamen keine Fragen zu ihren miserablen Umsätzen und was sie dagegen tun wollte, oder warum die Polizei bei ihr war. Elisabeths Haltung war immer nach vorne gerichtet, und das strahlte sie nicht nur aus, sondern es stärkte auch ihr Umfeld.

Caro nickte. Auch das war eine Möglichkeit, ihre Lage zu betrachten. Denn noch schlimmer konnte es wirklich nicht mehr kommen, also könnte Elisabeth Recht behalten.

„Ich rede noch einmal mit Regina", versprach Elisabeth. „Momentan erkenne ich meine Tochter selbst kaum wieder. Sie war früher einmal in einer Situation, in der sie ohne Unterstützung komplett baden gegangen wäre. Noch schlimmer als du jetzt. Ihr Verhalten ist ganz untypisch für sie. Irgendetwas geht da gerade vor sich, aber sie redet einfach nicht mit mir darüber."

„Danke." Sie sahen sich an. Mehr brauchte es nicht, sie verstanden sich ohne große Worte.

„Trotzdem, Caro. Versprich mir, dass du nicht aufgibst!“

Caro seufzte. „Das fällt mir schwer. Momentan weiß ich wirklich nicht weiter.“

„Also ist die Talsohle erreicht.“

Nun musste Caro wider Willen lächeln. „Wollen wir's hoffen!“ Sie setzte die Hündin ab und holte die Hundeleine. „Danke für den Kaffee.“ Und an die Hündin gewandt: „Komm, eine kleine Runde schaffen wir zwei.“ Zazou tänzelte vor ihr hin und her.

Caro hatte Mühe, die zappelige Hündin anzuleinen. Einfach abschütteln, was nicht gut war und weitermachen – daran sollte sie sich ein Beispiel nehmen. Tiere waren manchmal die besten Lehrmeister. Sie winkte Elisabeth zu, bevor sie sich zu einem kurzen Spaziergang um den Block in der winterlichen Kälte aufmachten. Die Sonne schien ihr mitten ins Gesicht. War das jetzt ein gutes Omen?

Im Griff des Bösen

Regina hatte gerade ihr Büro aufgeschlossen und sie hatte noch ein wenig Zeit, bis der nächste Patient kam. Wie gut es doch geklappt hatte, die Hausbank zu wechseln. Caros Bruder hatte dafür gesorgt, dass sie von seiner Mitarbeiterin bestens betreut wurde. Um einen Kredit in größerem Umfang anzusprechen, wollte sie sich noch ein wenig Zeit lassen. Aber vielleicht war das auch gar nicht mehr nötig? Edgar hatte sie nun schon einige Wochen in Ruhe gelassen. Vielleicht hatte er eine andere Geldquelle gefunden. Regina hoffte inständig, dass sie von ihm erst einmal nichts hören würde. Sie ignorierte ihre innere Stimme, die sie warnte, nicht so naiv zu sein. Ihre Mutter hatte Recht, dass sie Caro eine Chance geben sollte. Sie hoffte sehr, dass sich das Finanzielle bald klären ließe, es drückte die Stimmung.

Wie als Zeichen läutete es, und Caro stand in der Tür. Offenbar in offizieller Absicht.

„Hallo, ich habe nochmals nachgedacht. Du musst zu Recht sauer auf mich sein, dass du so lange auf die Miete wartest“, fiel sie mit der Tür ins Haus. „Ich kann dir zumindest den halben Oktobermonat schon mal bezahlen.“ Sie reichte ihr einen Umschlag, den Regina erfreut entgegennahm, ohne nachzuzählen.

„Danke Caro. Ich bin erleichtert, dass du von dir aus auf mich zukommst.“

„Für November und Dezember bekommst du das Geld so schnell wie möglich. Ich habe endlich den Gründungszuschuss beantragt, da sollte alles bald besser klappen.“

Regina nickte. Sie war milde gestimmt, denn eine Anzahlung zeigte immerhin Caros Bereitschaft. Und damit konnte sie erst einmal leben.

„Das ist ein guter Anfang, Caro. Danke.“ Und als diese sich gerade abwenden wollte, sagte Regina spontan: „Komm doch gerne übermorgen Abend zu meinem Geburtstag vorbei. Es wird nichts Großes, nur Familie.“ Sie lächelte Caro an, die diese Einladung nur zu gerne annahm.

Der 6. Dezember war ein rundherum schöner Tag. Am Nachmittag waren ihre Freundinnen zum Kaffee vorbeigekommen, doch der Abend gehörte ihrer Familie. Oder Hausgemeinschaft, zu der sie Caro auch zählte. Ihr Verhältnis hatte sich entspannt. Regina hatte mit Rücksicht auf Caro vegetarischen Flammkuchen gemacht, den alle liebten. Dazu gab es leckeren Salat und als Nachtisch köstliches Tiramisu.

Andy grinste, als er den Sekt eingoss. „Auf dein Wohl, Mutter! Und auf die nächsten 29.“

Sie stießen mit Regina an.

„Du Quatschkopf“, winkte sie ab. „Nein, ich stehe zu meinem Alter. 56 Jahre – was ist schon dabei?“

Sie war schon lange nicht mehr so entspannt und gut gelaunt wie heute.

Die Gespräche waren angeregt. Sie plauderten über das Geschäft und die anstehenden Weihnachtsfeiertage, und jeder gab seine Anekdoten zum Besten.

„Es wird Zeit für das Tiramisu. Aber erst muss sich jemand für den Anstandsrest opfern“, ordnete Regina an.

Elisabeth winkte ab, aber Caro und Andy griffen gleichzeitig zum letzten Stück.

Andy war schneller. „Okay, wir teilen“, meinte er großzügig, „dann schaffen wir auch noch eine anständige Portion Tiramisu.“

Caro nickte. Warum sollte man aufhören, wenn es so gut schmeckte?

„Ich hoffe, ihr geht mir nicht hungrig vom Tisch? Es war wohl doch etwas zu wenig?“, meinte Regina zweifelnd, doch alle protestierten.

„Nein, es war total lecker. Da kann man sich einfach nicht beherrschen“, kam es wie aus einem Mund.

Regina stand auf, um Platz für den Nachtisch zu schaffen, doch sie wurde von Caro abgehalten.

„Du hast heute schon genug gemacht. Andy und ich räumen ab und holen den Nachtisch“, kam es energisch von ihr.

„Jawohl, Chefin“, grinste Andy und räumte schon die Teller zusammen.

„Gut, dann werde ich jetzt einen Gewürztraminer holen. Der passt wunderbar zum Nachtisch. Es sei denn, jemand will noch einen Espresso?“, fragte Regina.

„Jetzt einen süßen Wein?“ Caro sah sie zweifelnd an. Sie hatte geplant, am nächsten Tag früh aufzustehen, um ihre Entwürfe umsetzen, von denen alle begeistert waren.

„Den Gewürztraminer wirst du lieben“, erwiderte Elisabeth, „Regina kauft ihn direkt beim Winzer im Elsass, er ist wirklich ein Gedicht.“

Wenn es von Elisabeth kam, ließ sich Caro gerne überreden. „Na dann bin ich doch dabei“, stimmte sie lachend zu.

Während sie und Andy in der Küche werkelten und Elisabeth Zazou kraulte, die sich auf ihrem Schoß zusammengerollt hatte, ging Regina zufrieden lächelnd zum Vorratsraum. Dieser großartige Tag verdiente einen krönenden Abschluss. Gerade als sie unschlüssig war, welche der beiden Weine sie nehmen sollte, klingelte ihr Handy. Unterdrückte Nummer, komisch. Für einen Patienten war es zu spät und sie war sich sicher, dass sie den Anrufbeantworter angeschaltet hatte. Vielleicht ein Notfall? Einen kurzen Augenblick geriet ihr Herz aus dem Takt und sie war unsicher, ob sie rangehen sollte. Aber die Neugierde siegte.

„Berger-Janssen“, sagte sie fröhlich, nachdem sie auf den grünen Hörer geklickt hatte. Doch es kam erst einmal nichts. Und dann hörte sie ein Rauschen.

„Hallo?“ Regina wollte gerade auflegen. Eine Vorahnung beschlich sie, dass das am besten für sie wäre. Dann hörte sie den Anrufer. Eine Stimme, die sie hasste. Und auf die sie an ihrem Geburtstag gerne verzichtet hätte. Warum hatte sie nicht auf ihr Bauchgefühl gehört?

„Hast du schön gefeiert, Regina?“ Sein blechernes Lachen klang ätzend. Er wartete keine Antwort ab. „Na, dann bist du doch sicher in Spendierlaune. Hast du das Geld endlich zusammen?“

Regina lief es kalt den Rücken herunter.

„Wie kannst du es wagen, an meinem Geburtstag hier anzurufen! Ich brauche noch Zeit. Ich habe gerade erst die Bank gewechselt, ich habe dir das doch schon erklärt.“

„Also hast du es nicht zusammen?“ Der scharfe Unterton war nicht zu überhören.

„Das geht nicht so schnell. Ich muss für meine neue Bank doch erstmal als kreditwürdig gelten. Ich verdiene nicht genug, als dass sich die Banken darum reißen, mir einen Kredit in dieser Höhe auszuzahlen."

„Mmh", kam es vom anderen Ende der Leitung. Er schien alles andere als überzeugt zu sein. „Das war aber der Deal!"

„Die Zeit ist aber noch nicht um. Bitte, Edgar, hab Geduld. Ich versuche doch schon alles." Reginas Hass war so groß, dass sie sich ekelte, seinen Namen auch nur auszusprechen.

Er sagte nichts. Und bei Regina bildeten sich Schweißperlen auf der Stirn. Ihr Herz begann zu rasen.

„Ich habe da eine Zwischenlösung. Für dich sollte das kein Problem sein. Wir sprachen schon mal drüber."

„Was willst du?"

„Ich brauche kurzfristig einen weiteren Lagerraum, so für dieses und jenes. Einen, der nicht mit mir in Zusammenhang gebracht wird."

Als sie das hörte, schrie alles in Regina ‚Nein'. Sie kannte ihren Stiefbruder nur zu gut. Und seine Vorliebe für krumme Geschäfte. Er würde sie noch alle mit in den Abgrund ziehen. Fiebernd überlegte sie eine verdammt gute Ausrede.

„Da wohnt Caro drin, meine neue Mieterin. Du hast sie beim Einzug gesehen. Sie weiß sonst nicht, wohin sie gehen sollte."

Ihr war nichts Besseres eingefallen, als die Wahrheit zu sagen, doch Regina wusste bereits, als sie es aussprach, dass Edgar das nicht gelten lassen würde. Als wenn er jemals zu Mitleid fähig wäre.

„Dann kündige ihr halt. Es ist Eigenbedarf, Pech für sie."

„Das würde Mutter niemals erlauben! Elisabeth hat einen Narren an Caro gefressen, weil sie ihren Hund gerettet hat. Und du weißt doch, ich bin auf Mutters Geld angewiesen. Aber du findest sicher bald einen anderen Lagerraum." Sie gab sich naiv – vielleicht hielt er sich wenigstens ein bisschen zurück.

Doch weit gefehlt.

„Verstehe.", kam es gedehnt und voller Widerwillen. „Die alte Hexe verpfuscht mir schon wieder alles. Und du brauchst wohl mal einen richtigen Denkzettel, wenn du glaubst, dass du mich verarschen kannst! Den sollst du kriegen, Regina. Den sollt ihr alle kriegen! Wart's nur ab!" Den letzten Satz schrie er ins Telefon. Dann war die Leitung tot.

Die Kälte seiner verhassten Stimme klang jedoch noch nach und schien die Raumtemperatur um etliche Grade zu senken. Regina fröstelte. Was würde er ihnen noch antun?

Wie benommen erinnerte sie sich, dass man im Esszimmer schon auf sie wartete. Sie sah auf die beiden Flaschen köstlichen Gewürztraminer vor sich im Weinregal, zwischen denen sie sich nicht hatte entscheiden können. Nun konnte sie es. Sie würde einfach beide öffnen. Denn sie hatte eine Ahnung, dass sie heute ihrem Schlaf nachhelfen musste, um das Grauen abzuschütteln. Sie konnte keine von Edgars Forderungen erfüllen. Und sie wollte es auch gar nicht. Alles in ihr widerstrebte dem. Regina versuchte, nicht an seine Drohung zu denken. Edgar war auf Bewährung rausgekommen, er konnte sich keine Fehltritte leisten. Aber er hatte es trotzdem geschafft, sie einzuschüchtern und zog daraus sicher sein sadistisches Vergnügen. Seit damals, als sie ihn abgewiesen hatte. Doch sie musste sich daraus befreien. Er würde mit seinen Erpressungen nicht durchkommen. Auch er musste sich endlich an die Gesetze halten, wenn er nicht wieder im Knast landen wollte. Und sie sollte endlich im Kreise ihrer Lieben zurückkehren.

Regina straffte die Schultern und atmete tief durch. Als sie ins Esszimmer eintrat, erzählte Elisabeth gerade, wie sie schon als kleines Mädchen ihre Eltern mit Kinderspritze und Verband verarztet hatte. „Ich durfte selbst im Geschäft den Verband nicht abnehmen, das hat Regina streng überwacht. Ja, was ein Arztkoffer unter dem Weihnachtsbaum so alles auslösen kann." Sie hatte die Lacher auf ihre Seite.

„Kaum drehe ich mich um, schon werden hier Interna ausgeplaudert", gab Regina gespielt empört zurück und lächelte. Sie hoffte sehr, dass sie nicht zu gequält rüberkam.

„Hey Mutter, wir dachten, du hast selbst schon mal eine Vorverkostung gemacht." Andy grinste sie fröhlich an.

„Nein, ich konnte mich nur nicht entscheiden, welchen ich nehme. Deshalb werden wir jetzt beide probieren." Sie stellte die Flaschen auf den Tisch und öffnete eine davon, während Andy sich sogleich an die andere Flasche machte. Niemand wollte jetzt schlafen gehen und die fröhliche Runde auflösen, und so war es schon spät, als sie endlich alle ins Bett fielen.

Nullsummenspiel

Am kommenden Vormittag wachte Caro erst spät auf. Als sie hinüberging, sah sie, dass es den anderen ähnlich ging. Alle hatten ein leichtes Formtief. Und alle hatten Termine, die sie wahrnehmen mussten. Andy wollte zum Musikunterricht an der Schule und anschließend zur Bandprobe. Regina traf sich mit anderen Heilpraktikerinnen und Heilpraktikern zu einer Schulung. Und Caro wollte Stoffe abholen, die sie vorbestellt hatte.

Elisabeth winkte ihnen nach. „Fahrt nur, ich halte oben auf dem Sofa mit meinem Mädchen die Stellung", rief sie ihnen nach und belohnte Zazou mit einem Leckerchen, bevor sie zum Treppenlift ging. Die Hündin flitzte wie üblich die Treppe hinauf. Nach dem gestrigen netten Abend war es wieder ein entspanntes Miteinander, und Caro war so froh darüber. Auch wenn sie am heutigen Tag ein wenig durchhängen würde.

Als sie wenig später nach Hause kam, hörte sie im Vorbeigehen Zazou ganz aufgeregt winseln. Merkwürdig, das tat sie doch sonst nicht! Sie beeilte sich, die Bahnen mit den schönen neuen Stoffen in ihrem Flur abzustellen, dann eilte sie zum Haupthaus hinüber, mit einem dumpfen Gefühl in der Magengegend.

Elisabeth reagierte nicht auf ihr Klingeln. Normalerweise ertönte immer gleich der Summer. Dafür schlug die Hündin umso lauter an. Das wurde immer merkwürdiger. Caro war so nervös, dass ihr der Schlüssel runterfiel. Hastig hob sie ihn auf und schloss die Tür auf. Aus dem Magengrummeln wurde eine böse Vorahnung. Zazou stürmte ihr entgegen. Dann machte sie sofort kehrt und lief den Flur entlang. Caro ging ihr nach. Und dann sah sie die Tragödie: Am Treppenabsatz lag jemand. Die Glieder sahen merkwürdig verrenkt aus. Caro blickte die Treppe hinauf. Der Treppenlift! Dieser war auf der halben Strecke stecken geblieben.

„Elisabeth!“ Caros Stimme überschlug sich und ihr sackte das Herz eine Stufe tiefer vor Angst um die liebe Freundin. Sie stürmte auf die alte Dame zu, fassungslos. Elisabeth musste sich wer weiß was gebrochen haben. Sie sah, dass sie die Augen geschlossen hatte, und tastete nach ihrem Puls. Es war nichts zu fühlen. Auch kein Atem. Auf ihr Rufen hin reagierte Elisabeth nicht. Sie bekämpfte ihre aufkommende Panik, sie musste nun ihre Sinne beisammenhalten. Mit zittrigen Fingern tippte sie die Nummer des Notrufs in ihr Handy.

Der Mitarbeiter der Rettungszentrale stellte ruhige, gezielte Fragen. Adresse? Ansprechbarkeit? Puls? Atem? Zustand?

Caro beantwortete sie voller Ungeduld.

„Bitte schicken Sie schnell einen Notarzt“, flehte sie mit zittriger Stimme.

„Lassen Sie die Haustür offen und bleiben Sie bei der verletzten Person. Der Rettungswagen ist schon unterwegs.“

Sie hielt Elisabeths Hand und war einfach bei ihr.

Es war die Hölle für sie, nichts weiter tun zu können. Der Rettungswagen traf schon kurz darauf ein, doch Caro kam es wie eine Ewigkeit vor.

Der Notarzt und die Sanitäter übernahmen die Versorgung, doch es sah wenig hoffnungsvoll aus. Atemlos beobachtete sie die routinierten Helfer. Ohne dass man es ihr sagen musste, wusste sie, dass die Hilfe zu spät gekommen war. Sie ist tot, schoss es Caro durch den Kopf, und eine klamme Angst breitete sich in ihrem Körper aus. Der Notarzt stellte den Totenschein aus und telefonierte. Das abgestellte Blaulicht zeigte deutlich, wie endgültig es war. Caro liefen die Tränen in Strömen das Gesicht herunter, als der Leichenwagen vorfuhr.

Der Arzt sah zum Treppenlift hinauf. „Haben Sie mitbekommen, wie das passiert ist? Sind Sie miteinander verwandt?"

Caro schüttelte den Kopf. „Nein. Ich wohne im Nachbargebäude zur Miete und kümmere mich ein wenig um Frau Janssen. Ihre Tochter hat einen Termin und wird bald kommen. Ihr Enkelsohn ist zur Arbeit. Nein, ich kam leider zu spät. Ich habe Frau Janssen hier liegend vorgefunden."

Der Mann nickte. „Der Treppenlift sollte untersucht werden."

Wenig später traf Regina ein, zeitgleich mit der Polizei. Leichenwagen und Notarzt waren bereits fort.

„Mutter! Oh Gott, was ist passiert?" Regina Gesicht war weiß wie eine Wand, sie zitterte am ganzen Körper.

Die Polizisten traten mit einem Seitenblick auf Regina an Caro heran. „Frau Schneider, wir haben ein paar Fragen an sie." Caro nickte gefasst.

„Wann genau haben Sie das Haus heute verlassen, und um wie viel Uhr sind sie wiedergekommen?"

„Wir, also Regina Berger-Janssen, ihr Sohn Andy und ich haben nach einem gemeinsamen Kaffee gegen 10 Uhr das Haus verlassen. Frau Janssen ist allein daheim geblieben. Sie wollte in ihrer Wohnung warten, bis wir zurück sind. Ich war vielleicht eine Dreiviertelstunde weg. Als die Hündin so gekläfft hatte, habe ich gleich nachgesehen."

„Haben sie sonst noch jemanden bemerkt? Haben weitere Personen Zugang zu dem Haus?"

„Nein, mir ist nichts aufgefallen. Soweit ich weiß, haben nur die Hausbewohner einen Schlüssel und ich."

Regina stand neben ihnen, aber sie konnte nur abnicken, was Caro sagte.

„Wie stehen Sie zur Familie? Warum haben Sie überhaupt einen Schlüssel?"

„Ich bin seit Oktober die Mieterin des Nebengebäudes und schaue täglich nach Frau Janssen und ihrem Hund. Deshalb habe ich den Haustürschlüssel bekommen."

Während des Gesprächs bekam Caro am Rande mit, dass der Lift untersucht wurde. „Tatsächlich ein technischer Defekt", unterhielten sich die Techniker. „Die Elektronik hat versagt."

„Die alte Dame muss versucht haben, trotz der Höhe allein aus dem Lift zu steigen."

Caro sah zur Treppe hin. Bei dieser Höhe könnte auch ein körperlich fitter Mensch unglücklich stürzen. Was für ein tragischer Unfall!

„Wir sind dann fertig", nickte der Polizist ihr zu, der sie befragt hatte. Ein Techniker wandte sich an ihn: „Die Ursache für den technischen Defekt müssen wir noch genauer untersuchen."

Er nickte und verabschiedete sich von Regina und ihr. „Sind Sie sicher, dass Sie keine psychologische Betreuung wollen?"

Doch Regina winkte zum wiederholten Male ab.

Im Gehen übergab der Beamte ihnen noch seine Visitenkarte. Nach einer Weile verließen auch die Techniker das Haus. Dafür ließen sie ein Absperrband da, das den Treppenbereich absperrte. Es wirkte beängstigend, fast als wären sie in die neueste Tatort-Verfilmung hineingeraten.

Jetzt waren sie allein. Die plötzliche Stille war ohrenbetäubend. Caro blieb noch bei Regina, bis Andy nach Hause kam. Beide waren so erschüttert, dass sie für sich sein wollten.

Caro sagte Reginas Termine für die kommenden Tage ab. Dann ging sie mit Zazou hinaus und nahm sie dann zu sich in ihre Wohnung. Mehr konnte sie ohnehin gerade nicht tun.

Als der Leichnam freigegeben wurde, half Caro Regina und Andy bei den Beerdigungsvorbereitungen.

Sie kümmerte sich um Zazou und übernahm das Kochen in den ersten Tagen. Das Schweigen und die Trauer legten sich wie eine bleischwere Decke auf sie. Sie hatte Mühe, sich auf ihre Arbeit zu konzentrieren. Sie schaffte es gerade so, die wenige vorbestellte Ware anzufertigen.

„Warum hast du bloß die Weihnachtsmärkte abgesagt?", fragte Jessi sie kopfschüttelnd. „Wenn etwas Geld in deine Kasse gespült hätte, dann die Märkte. Hoffentlich geht der Schuss nicht nach hinten los, wenn du das Geld für die Miete nicht zusammenbekommst."

Doch Caro schlug ihre Warnung in den Wind. Ihre Anwältin war noch immer an ihrer alten Firma dran und ließ sich nicht abwimmeln. Irgendwann mussten die doch die Abfindung bezahlen! Das zog sich immer länger hin.

Sie vermisste Elisabeth sehr, ihre direkte und ehrliche Art. Trotzdem sie manchmal schonungslos sein konnte. Sie vermisste ihre täglichen Gespräche und ihre Tipps, und dass sie stets ein offenes Ohr hatte. Wie musste es Regina und Andy erst ergehen? Beide vergruben sich in ihrem Schmerz. Trotz der Reibereien zwischen Regina und ihrer Mutter hatten sie ein gutes Verhältnis gehabt. Sie brachte es jetzt nicht übers Herz, die beiden hängen zu lassen.

Zur Beerdigung kamen mehr Menschen, als sie erwartet hatte. Alte Freunde und Stammkunden von früher. Freundinnen und Patienten von Regina. Andys Kumpels mit Familien. Die Nachbarschaft. Die alte Dame war im Ort sehr beliebt gewesen. Sie hatte sich für soziale Projekte und die Jugendarbeit eingesetzt. Und so stand Regina und Andy in dieser schweren Stunde eine große Trauergemeinde zur Seite.

Eine Woche nach der Beerdigung nahm Regina Caro zur Seite – und erwischte sie kalt. „Wir müssen reden."

Sie sah Regina erschrocken an. „Es geht wieder um die Mietzahlungen, nicht wahr? Ich bin da wirklich dran, aber du weißt selbst, dass ich momentan kaum dazu gekommen bin, neue Kunden zu akquirieren. Und die Abfindung steht immer noch aus. Meine Anwältin setzt Himmel und Hölle in Bewegung."

„Ich weiß, dass du dich da durchkämpfst, Caro. Und ich bin dir wirklich dankbar, dass du uns in der schwersten Zeit so geholfen hast. In diesem Jahr kannst du natürlich noch hierbleiben. Aber bis Ende Januar möchte ich dich bitten, auszuziehen."

„Das ist nicht dein Ernst!" Caro starrte sie an. Sie war wütend und enttäuscht. Jessi hatte recht gehabt, sie hätte auf sie hören sollen.

„Mach es mir nicht schwerer, als es ohnehin schon ist, Caro. Wenn ich könnte, würde ich anders handeln. Aber ich brauche das Nebengebäude selbst. Das hat nichts mit Elisabeth zu tun. Die ganze Situation ist sehr kompliziert."

„Ich verstehe“, gab Caro kühl zurück. Natürlich hätte sie sich weigern können auszuziehen, aber Regina saß am längeren Hebel. Und ihre Fürsprecherin war verstorben. Sie straffte sich innerlich. Jetzt würde sie noch einmal von vorne anfangen müssen. Zukünftig würde sie sich mehr um sich selbst kümmern.

Ohne ein weiteres Wort dreht sie sich um und ließ Regina stehen.

Aufgeben ist keine Option

Caro war schon lange vor dem Wecker aufgewacht und schaltete ihn jetzt aus. 6.55 Uhr. Sie konnte nicht glauben, dass heute schon der 22. Dezember war. Die Zeit war ohne sie verflogen. Es war die schrecklichste Vorweihnachtszeit, die Caro je erlebt hatte. Während überall die Wohnungen und Geschäfte schön dekoriert waren und die Menschen gut gelaunt vom Weihnachtsshopping zum Weihnachtsmarkt zogen, blieb es auf dem ganzen Hof dunkel und ruhig. Eine bleierne Stimmung hatte sich über sie gelegt und schien sie zu verschlucken. Der schwelende Konflikt mit Regina tat sein Übriges. Elisabeths Tod hatte eine riesige Lücke hinterlassen. Fast schien es, als hätte sie alles zusammengehalten, das nun unaufhaltsam auseinanderbrach.

Caro waren die Ideen ausgegangen, sie hatte keine Freude mehr am Nähen, musste sich regelrecht dazu zwingen. Wäre Zazou nicht bei ihr gewesen, hätte sie diese Zeit schlechter überstanden. Doch die Betreuung der kleinen Hündin brachte Rhythmus in ihr Leben und war ihre Rettung. Und häufig auch ihr einziger Trost. Füttern, Gassi gehen, ab und an eine kleine Trainingseinheit, spielen, kraulen – und dann fing alles wieder von vorne an. Wie selbstverständlich war sie ihr nach Elisabeths Tod in ihre Wohnung gefolgt und ihr nicht mehr von der Seite gewichen. Andy und Regina waren ohnehin zu sehr mit sich und ihrer Trauer beschäftigt. Sie hatten es irgendwann aufgegeben, die Hündin zu locken. Die eigenwillige Terrierdame hatte sich entschieden, bei wem sie bleiben wollte.

Heute war Testamentseröffnung. Es überraschte Caro, dass sie auch geladen war. Der Testamentsvollstrecker verlas den letzten Willen und sie staunte nicht schlecht, als schließlich von ihr die Rede war. Elisabeth hatte in ihrem Testament verfügt, dass Zazou bei ihr bleiben sollte, falls ihr etwas zustoßen würde. Und sie hatte ihr die Auslagen für die nächsten Jahre vermacht, wenn Caro sie tatsächlich aufnehmen würde. Von Tierfutter bis Tierarztbesuch und Hundeführerschein hatte Elisabeth wirklich an alles gedacht.

Sie waren sich seit der Beerdigung und ihrem Streit aus dem Wege gegangen, doch nach der Testamentseröffnung kam Regina auf sie zu.

„Ich hoffe, du fühlst dich nicht komplett überfallen damit, Zazou zu dir zu nehmen? Das ist ganz typisch Elisabeth. Aber unsere Terrierdame ist ja ohnehin schon bei dir eingezogen. Wenn du es dir vorstellen kannst, werden wir sie ziehen lassen, so schwer es uns auch fällt. Ich hoffe, du sagst zu?"

Caro brauchte nicht lange nachzudenken. „Es war Elisabeths Wunsch. Und Zazou ist, wie du schon sagst, ohnehin meistens bei mir. Natürlich nehme ich sie bei mir auf. Auch wenn es sicher nicht leicht wird, mit ihr zusammen eine Wohnung zu finden. Aber für euch muss es doch traurig sein. Es ist schließlich die letzte Erinnerung an deine Mutter."

„Elisabeth wollte es so. Und bei dir hat es Zazou gut, du hast ein Händchen für Tiere – auch für die schwierigen."

Zum ersten Mal seit langem lächelte Regina und reichte ihr die Hand. „Dann ist es also beschlossene Sache."

Caro schlug ein. „Du kannst dich auf mich verlassen."

Sie sah ihr nach, als sie mit Andy zu ihrem Wagen ging. Nach außen schien alles okay zu sein. Caro hätte es an nichts Konkretem festmachen können, aber sie hatte einfach das Gefühl, dass Regina auch außer dem plötzlichen Tod ihrer Mutter eine schwere Last mit sich trug. Sie vermutete, dass es finanziell nicht leicht für sie sein würde, das Gebäude überhaupt zu halten.

Doch auch für sie selbst standen schwierige Zeiten an. Sie musste sich um eine neue Bleibe kümmern, und da ihr Nähbusiness einfach nicht genug abwarf, auch um einen neuen Job. Nach beidem war ihr gar nicht zumute.

Sie musste nachdenken. Am liebsten hätte sie die Weihnachtstage ganz allein verbracht. Den andauernden Misserfolg konnte sie nicht länger schönreden, egal, wie sehr Jessi in letzter Zeit versucht hatte, sie bei der Stange zu halten. Auch Patrick und Annalena hatten sie erst kürzlich besucht, um sie aufzumuntern. Sie hatten natürlich die Zwillinge zur Verstärkung mitgebracht, und gegen die beiden hatte man kaum eine Chance. Zazou hatte sich zu einem halbwegs verträglichen Familienhund gemausert, und Max und Nele waren begeistert, dass ihre Tante auf den Hund gekommen war. Caro hatte sich über den Besuch gefreut, doch sie wollte sich nicht festlegen. „Ich werde es ganz spontan entscheiden, ob ich an Weihnachten nach Hause komme. Zurzeit bin ich keine so prickelnde Gesellschaft und möchte die Stimmung nicht runterziehen."

Doch ein Weihnachten ohne Caro ließ ihre Mutter nicht zu. Sie hatten zwar seit Caros Umzug Abstand voneinander gehalten, denn die Selbständigkeit ihrer Tochter war ihr ein Dorn im Auge und sie hatte keinen Hehl daraus gemacht. Doch dass sie sich komplett verkriechen wollte, ging Gabriele wirklich zu weit. Als Caro von der Testamentseröffnung nach Hause kam, stand sie unerwartet vor der Tür.

„Ma, hallo, was für eine Überraschung! Komm doch herein." Sie umarmten sich herzlich. Zazou schnüffelte nur verhalten an Gabriele, nachdem sie ihr neues Frauchen stürmisch begrüßt hatte. Aber zumindest benahm sich die Hündin. Ihre Mutter sah sich um.

„Du hast es so schön hier. Schade, dass du wieder ausziehen musst. Und da ist keine Chance, mit deiner Vermieterin zu reden? Wenn du Geld brauchst...?" Sie redete nicht weiter.

„Danke Ma, aber das möchte ich nicht. Jetzt nicht mehr. Ich muss mein Leben selbst hinkriegen. Nein, die Stimmung ist gedrückt, und ich glaube, dass bei Regina auch noch etwas anderes dahintersteckt. Ich werde mir im kommenden Jahr einen Job suchen, und hoffentlich bald eine neue Wohnung finden."

„Du willst nicht mehr nähen?", stellte ihre Mutter erstaunt fest.

„Nun, zumindest werde ich den Laden wohl aufgeben. Du hattest Recht, das Ganze hat keinen Erfolg." So unangenehm es ihr auch war, sie musste sich ihre Niederlage eingestehen. Caro erwartete Vorwürfe ihrer Mutter und dass sie es ihr doch schon immer gesagt hatte. Doch all das blieb aus.

So sehr Gabriele gegen die Selbstständigkeit ihrer Tochter gewesen war, so wenig konnte sie Caro unglücklich sehen. „Vielleicht versuchst du es einfach nebenbei, mit einem sicheren Brotjob in der Hinterhand?"

Caro nickte. „Ja, vielleicht." Sie merkte selbst, wie lahm es klang.

Gabriele wechselte das Thema. „Komm Weihnachten zu uns, Caro. Zazou kannst du selbstverständlich mitbringen. Es wird dir guttun und dich aufmuntern. Dafür gibt es schließlich Familie." Sie nahm ihre Tochter in die Arme. „Du wirst ganz sicher bald wieder auf die Beine kommen. Jetzt lässt du es dir erst einmal gut gehen. Und du weißt, wie sehr die Zwillinge enttäuscht wären. Ein Weihnachten ohne ihre Tante ist für sie nicht vorstellbar. Ich habe sogar ein leckeres Rezept für einen Grünkernbraten."

Ihre Mutter zog wirklich alle Register. Caro musste wider Willen lachen. „Das gibt jetzt den Ausschlag, Ma. Dass du daran nochmal denkst! Also schön. Ich komme an Weihnachten heim."

„Frohe Weihnachten!" Sie stießen auf die Feiertage und eine schöne gemeinsame Zeit an, und Caro wusste, dass sie sich richtig entschieden hatte.

„Ma, das Rezept vom Grünkernbraten hätte ich gerne. So gut habe ich es selbst noch nicht einmal hinbekommen." Sie war begeistert, ihre Mutter hatte sich selbst übertroffen.

„Na, Gott sei Dank, dann hat es sich ja gelohnt, dass wir den ganzen Advent hindurch Veggi-Testesser waren", spöttelte Patrick, der sich lieber noch eine große Portion ‚Falschen Hasen' auftat.

„Dürfen wir aufstehen?" Die Kids waren nicht zu bremsen, es zog sie zu ihren Geschenken.

„Ich werde später mal zur Christvesper den Erzengel Gabriel spielen", erklärte Nele, als sie aufsprang und um den prächtig geschmückten Weihnachtsbaum lief.

„Und ich die Heiligen Drei Könige", gab Max zurück. Dann flitzten sie durch die Wohnung, Zazou hinterher. Die Hündin fühlte sich pudelwohl und hatte selbst Gabriele um die Pfote gewickelt.

„Wenn ihr nach drüben geht, lasst bloß die Tür zum Kaninchenzimmer geschlossen", rief Patrick ihnen lachend hinterher. Schließlich hatte Zazou einen ziemlich ausgeprägten Jagdtrieb. An Caro gewandt fragte er: „Wie lange bleibst du, Schwesterherz?"

„Vielleicht die kompletten Weihnachtstage. Danach passe ich wahrscheinlich in keine Jeans mehr", grinste sie und schnappte sich eine Praline zum Nachtisch.

Es wurde ein langer Abend. Als Caro sich in ihrem alten Kinderzimmer hinlegte, das noch so aussah, wie sie es damals verlassen hatte, dachte sie vor dem Einschlafen noch, wie schön es doch zusammen war. Familie halt.

Als sie am zweiten Weihnachtsabend noch ein Glas Wein mit ihrer Mutter trank und sogar die Berieselung von ‚Traumschiff' ertrug, sprach Gabriele an, was ihr wichtig war: „Wenn du für eine Weile wieder bei mir einziehen möchtest, Caro, dann kannst du das gerne tun. Das Haus ist ohnehin viel zu groß für mich." Und mit einem Seitenblick auf ihre Tochter: „Ich werde auch versuchen, mich zurückzuhalten."

Caro musste grinsen. „Das schaffst du sowieso nicht." Doch dann wurde sie ernst und sah ihre Mutter dankbar an. „Danke, Ma. Lass mich die Nacht darüber schlafen."

Am nächsten Morgen hatte sie ihre Reisetasche schnell gepackt, doch es widerstrebte ihr, allein in ihrer tristen Wohnung zu sein und auf ihren zerplatzten Traum zu starren. Sie blieb noch auf einen Kaffee bei ihrer Mutter. Sie hatten sich die letzten Tage besser verstanden als in den ganzen Jahren zuvor. Aus einem Impuls heraus sagte sie: „Ich habe nachgedacht und ich würde gerne übergangsweise wieder hier wohnen, bis ich etwas Neues gefunden habe."

„Jederzeit, Caro, das weißt du. Du musst deine Sachen auch gar nicht wieder mitnehmen, die kann ich gleich waschen."

Das ging Caro nun doch zu weit. Sie drückte ihre Mutter zum Abschied. „Das mache ich mal lieber selbst. Aber ich komme bald wieder", versprach sie.

Nachdem sich Caro ausgiebig verabschiedet hatte, war sie gestärkt für die letzte Zeit in ihrer alten Wohnung.

Am darauffolgenden Abend rief ihre Mutter an. „Du glaubst es nicht, Caro, aber unsere Pastorin sucht gerade eine neue Pfarrsekretärin. Ich habe ihr gesagt, dass du zurzeit auf Jobsuche bist, und sie meinte, du solltest dich einfach mal bei ihr vorstellen." Sie freute sich so sehr für Caro, dass sie gar nicht mitbekam, dass sie des Guten wieder zu viel tat. „Ach ja, in der Zeitung war heute eine Anzeige vom Autovermieter. Die haben gerade besonders günstige Konditionen für einen Transporter. Dann packst du den Umzug noch in diesem Jahr."

Unter normalen Umständen wäre Caro in die Luft gegangen bei so viel Einmischung, aber jetzt konnte sie es unkommentiert stehen lassen.

Sie packte ihre Sachen in Kartons und Koffer und stapelte alles im Flur.

Am nächsten Tag wachte Caro erwartungsvoll auf. Nach einer großen Gassi-Runde mit Zazou am Kanal organisierte sie sich selbst einen Anhänger. So konnte sie alles allein erledigen und ihre Sachen in einem Rutsch mitnehmen. Ein minimalistischer Lebensstil hatte durchaus Vorteile, fand Caro – zumindest, wenn man alle paar Monate umzog.

Von Andy hatte sie sich bereits am Vortag verabschiedet. Sie wollten in Kontakt bleiben. Nun blieb ihr noch der letzte

Abschied. Sie atmete tief durch und klingelte bei Regina, um die Schlüssel abzugeben.

„Hi Caro. Du bist soweit?"

Caro nickte. „Ja, ich fahre jetzt und wollte dir noch die Schlüssel geben. Die zwei Monatsmieten habe ich dir gestern überwiesen." Caro hatte ihren Stolz überwunden und ihrem Bruder von ihrer Misere erzählt, und der war sofort für sie eingesprungen.

Es entstand eine kurze Pause. Caro musste schlucken und Regina sah zu Boden. Was war jetzt angebracht? Eine Umarmung, der guten Zeiten wegen, oder besser ein förmlich-distanzierter Handschlag? Und was sollte man sich wünschen? Caro gab sich einen Ruck und machte beherzt den Anfang. Schließlich war ihr der eigene Anteil an dieser unglücklichen Situation allzu bewusst. „Alles Gute für dich und Andy, Regina. Und danke, dass ihr mich aufgenommen habt."

Regina erwiderte die Umarmung. „Dir auch alles Gute, Caro. Und dass du irgendwann den Erfolg hast, den du verdienst. Wo wirst du wohnen?"

„Ich ziehe erstmal zu meiner Mutter und werde mich von dort neu orientieren."

Regina nickte nur. Es tat beiden leid, wie sich alles entwickelt hatte.

Dennoch fühlte sich Caro merkwürdig frei, als sie auf ihren Kombi zuging. Zazou sprang wie selbstverständlich in die Transportbox im Fußraum neben ihr. Mittlerweile waren sie ein eingespieltes Team. Es war Zeit für einen neuen Lebensabschnitt, wohin auch immer dieser sie führen würde. Doch sie war froh über die vierpfotige Begleitung.

Sie ließ ihren Wagen an und machte ihn im nächsten Atemzug wieder aus, denn Jessi fuhr um die Ecke. Und als wäre sie nicht genug, bog von der anderen Seite Moritz in die Hofeinfahrt ein.

„Das nenne ich zugeparkt!“ Caro stieg lachend wieder aus.

„Das ist ja wieder typisch, dass du auch den nächsten Umzug ohne mich machst“, tat Jessi gespielt empört, als sie aus dem Wagen sprang. Sie war schneller als Moritz.

„Lena rief heute Morgen an und erzählte mir, dass du wieder zu Hause einziehen willst. Ich fasse es nicht! Und deine Mutter plant natürlich schon dein weiteres Leben. Ich glaube, da muss ich jetzt mal einschreiten, sonst habt ihr beide bald den schönsten Streit, so wie Gabriele dich bevormundet.“ Sie grinste breit. „Ich habe da auch schon eine Idee, wie es weitergehen könnte.“

„Schön, dass ihr euch solche Gedanken um mich macht. Und was schlägst du stattdessen vor?“ Caro schwankte zwischen Belustigung und Skepsis.

„Du ziehst zu mir in die Wohnung. In unserem Haus ist ein Kellerraum frei, da könntest du deine ganzen Sachen erst einmal lagern. Und ich bin die nächsten Wochen ohnehin die meiste Zeit unterwegs. Wenn du magst, kannst du das Arbeitszimmer komplett übernehmen. So ’ne richtig schöne Frauen-WG, was sagst du? Und für deine Nähsachen finden wir auch noch ein Plätzchen.“

Die letzten Sätze hatte Moritz mitbekommen. Als er vor ihr stand und sie angrinste, klopfte Caros Herz schneller.

„Hi.“ Sie musste sich zusammenreißen, um sich an die eigene Abmachung zu halten. Nur Freundschaft, bis alles geklärt ist.

„Hi. Schön, dich zu sehen." Auch er stockte kurz, dann platzte er heraus. „Lukas hat von Max gehört, was du vorhast. Ich habe aber eine noch viel bessere Idee als Jessi."

„Eine bessere Idee als die weltbeste Frauen-WG? Das kann gar nicht sein", zog Jessi ihn auf.

„Na klar, und Caro tut dabei noch ein gutes Werk."

„Dann lass mal hören."

„Ich suche kurzfristig einen Untermieter für meine Wohnung."

Vier Augen sahen ihn fragend an. Da fehlte jetzt doch eine genauere Erklärung.

„Ich bin wieder zurück zu Lukas und seiner Mutter gezogen." Als er die kritischen Blicke der beiden Frauen sah, beeilte er sich zu sagen: „Ins Gästezimmer. Eileen plant eine längere und ziemlich intensive Weiterbildung, damit sie im Job wieder Fuß fasst. Dabei will ich sie unterstützen."

Entschuldigend sah er Caro an. Es gab ihr einen Stich, dass sie keine andere Lösung hatten. Warum musste das Leben so verworren sein? Sie versuchte, ganz nüchtern zu bleiben und sich ihre Enttäuschung nicht zu sehr anmerken zu lassen. Sie musste selbst erst einmal wieder Ordnung in ihr Leben bekommen. Und an Moritz schöne große Wohnung heranzukommen, wäre ein Traum. Doch sie zögerte. „Ehrlich gesagt bin ich mir nicht sicher, ob ich mir das leisten kann. Was kostet sie denn? Und wie hoch ist die Kaution?"

„650 Euro im Monat, aber für den Januar habe ich bereits bezahlt. Wir machen natürlich einen Untermietvertrag. Und über eine Kaution musst du dir keine Gedanken machen, da ich in spätestens einem Jahr wieder zurückziehe. Sobald Eileens Situation geklärt ist." Und mit einem Grinsen setzte er nach: „Wenn du dich jetzt fragst, ob mein Vermieter überhaupt seine

Erlaubnis dazu gibt: Er war ein alter Bekannter von Elisabeth und hat immer große Stücke auf ihre Meinung gehalten. Ich zitiere ihn mal wörtlich: ‚So einer Lösung mit der Untermiete würde ich nur zustimmen, Moritz, wenn du jemanden wie die junge Frau vorbeischickst, die bei Elisabeth wohnt.' Was sagst du da? Den wickelst du doch gleich um den Finger."

Caro starrte ihn nur sprachlos an, während Jessi sie anstupste. „Ich geb's ja ungern zu, aber das Angebot ist wirklich nicht zu überbieten."

„Wann wäre die Wohnung denn frei?" Caro hatte sich zu ihrer eigenen Überraschung schnell wieder gefangen.

„Ab sofort. Mein Vermieter ist zwischen den Jahren zuhause, du könntest ihn gleich fragen. Hunde sind auch kein Problem." Er blickte auf die Transportbox mit der schlafenden Zazou, „Solange sie von Elisabeth sind." Wieder dieses Grinsen. „Du hättest sogar richtig viel Platz für deine Nähsachen."

Bei so viel Überredungskünsten musste Caro nun doch lachen. „Bevor du mit dem nächsten Argument um die Ecke kommst, sag ich schon Ja."

„Mein Auto kennt mittlerweile den Weg in diesen Ort. Keine Sorge, Caro, ich komme dich auch weiterhin ganz oft besuchen." Es war Jessi anzumerken, wie sehr sie sich für sie freute.

„Na, dann sollten wir keine Zeit verlieren. Ich werde gleich bei deinem Vermieter vorbeifahren und mit ihm sprechen."

„Und wir warten draußen und drücken dir die Daumen." Jessi wollte alles brühwarm mitbekommen, so viel stand fest.

Es war allgemeine Aufbruchstimmung, als der Postbote vorfuhr. Da er keine Chance hatte, auf den Hof heraufzufahren, hupte er und sprang aus dem Wagen. „Habt ihr die Versammlung angemeldet? Caro, schön, dass ich dich noch antreffe. Der Brief sieht wichtig aus."

Caros Hände zitterten, als sie den Absender sah. Sie riss den Brief vorsichtig auf. Es war die lang ersehnte Post. Ein Schreiben ihrer alten Firma. Endlich würden sie ihre Abfindung bezahlen. Von dieser Summe würde sie einige Monate überbrücken können. Caro machte einen Luftsprung. So positiv konnte es gerne für immer weitergehen.

„Na, wenn das kein Grund zum Feiern ist!", jubelte Moritz.

„Ich würde mal sagen, es gibt gleich zwei Gründe zum Feiern, wenn du die Sache mit der Untermiete geklärt hast." Das war wieder typisch Jessi. Sie packte die Situation einfach an.

Moritz rief bei seinem Vermieter an. Und der war ganz erstaunt, dass er tatsächlich die Mieterin seiner Wahl bekommen sollte. Er hatte auch Zeit für ein Gespräch, Caro könne gleich vorbeikommen.

Also brachen sie auf, und eine halbe Stunde später war alles unter Dach und Fach. Praktischerweise hatte sie außerdem gleich zwei Umzugshelfer, die beim Einzug ordentlich mit anpackten.

„Darauf gehen wir jetzt im Trattoria einen trinken", schlug Caro vor, als sie fertig waren.

Sie waren alle drei in ausgelassener Stimmung. Bei Bier und Wein kamen viele Ideen zustande, die Caro für ihr Nähbusiness gut gebrauchen konnte. Dieses Mal wollte sie es auch wirklich mit nachhaltigen Materialien anpacken und mit einem neuen Konzept. Sie bestellten gerade eine weitere Flasche Wein, als bei Caro eine WhatsApp-Nachricht einging, die sie schlagartig ernüchterte.

Es war ihre Mutter, und der Text war kurz und bündig:

„Wo bleibst du?“

Durchgesetzt

Die Funkkamera war besser, als er erwartet hatte. Ein Glücksgriff, er hatte sie vor Wochen installiert. Gut getarnt durch die hohen Büsche, die das Grundstück umsäumten, hatte er den perfekten Überblick auf ihren gesamten Eingangsbereich und Teile des Hofes. Die meisten Veränderungen passieren immer nach Feiertagen, da hatte er einen guten Riecher gehabt. Er beobachtete, wie Caro den Haustürschlüssel bei Regina abgab, wartete ungeduldig, bis der Tumult sich im Hof aufgelöst hatte. Dann war diese Frau endlich weg, und er hatte freies Spiel für seine Zusatzgeschäfte. Zehn Minuten gab er Regina zum Durchschnaufen, dann ließ er die Zündung an und fuhr vom Parkplatz am Kanal los. Sie war allein, Andy übernachtete häufig anderswo und war noch nicht wieder aufgetaucht. Endlich würde sie sich nicht mehr weigern, seinen Forderungen nachzugeben. Ein böses Grinsen fuhr ihm übers Gesicht, als er ausstieg. Er hatte einen guten Blick durchs Küchenfenster, und die Vorfreude auf den Schock, den er ihr bereiten würden, hielt ihn warm. Sie werkelte ahnungslos in der Küche herum. Gleich würde sie den Müll von den Feiertagen herausbringen. Edgar brachte sich in Position.

„Hallo Regina! Wie's aussieht kannst du endlich eine Forderung erfüllen."

Sie fuhr zusammen und ließ die beiden vollen Müllbeutel und den Karton mit Papiermüll fallen. Ihr Gesicht war kreidebleich. „Du?“ war alles, was sie rausbrachte. Währenddessen erfasste der kalte Dezemberwind einen Teil des Altpapiers und wirbelte es über den Hof.

„Was hast du erwartet? Jetzt, wo deine Mieterin endlich verschwunden ist, machst du ja wohl keine Zicken mehr mit meinem Lagerraum. Hol mir den Schlüssel!“

Er sah, dass sie ihre Chancen abwägte. „Woher weißt du das?“

„Ich weiß es halt. Muss dich ja immer im Auge behalten.“ Es ging sie schließlich nichts an mit der Kamera, die war wirklich praktisch.

Sie schauderte. Versuchte, Zeit zu schinden. Er sah, wie es in ihrem Hirn arbeitete. Doch sie fand nichts, das sie ihm entgegensetzen konnte. Schließlich gab sie auf. „Warte hier.“

Er folgte ihr bis zur Haustür, damit sie nicht auf andere Gedanken kam. Die Kapuze seines Hoodies war hochgezogen, neugierige Nachbarn sollten ihn nicht erkennen. Kurz darauf kam sie zurück. Er sah ihren Widerwillen und ergötzte sich daran. Sie zog die Tür zu und ging wortlos den gepflasterten Weg zum Nebengebäude vor, schloss die Tür auf.

Edgar sah sich um, pfiff anerkennend durch die Zähne. „Geile Hütte.“ Dann streckte er die Hand aus. „Und jetzt rück den Schlüssel raus.“

Er spürte ihren Hass. „Von deinen Geschäften weiß ich nichts und will es auch nicht wissen.“

„Keine Sorge, Süße, ich bin schon länger im Geschäft. Ich weiß, was ich da tue.“

Ihr Körper versteifte sich. „Ich bin nicht deine Süße.“

„Bei deiner Zickigkeit bist du selbst schuld, du hättest es auch anders haben können.“

Ihre Lippen kräuselten sich vor Ekel, sie wich einen Schritt zurück. „Keinen Kontakt zu Andy. Weder direkt noch über deine Handlanger."

Er sah sie scharf an. In ihrer Situation noch Forderungen stellen? Die hatte Nerven!

„Sag's! Sag, dass du ihn in Ruhe lässt!"

„Na klar. Und du siehst zu, dass das Geld an Land kommt."

„Ich bin dran. Hexen kann ich nicht." Sie rang mit sich. „Warum ist dir eigentlich jetzt erst eingefallen, dass Andy beim Überfall dabei war?" Sie musste es einfach wissen.

Jetzt lachte er, laut und höhnisch. Sollte er es ihr wirklich sagen? „Warum ich die Jahre im Knast dicht gehalten habe? Du meinst außer der guten alten Zeiten wegen?" Er bemerkte ihre Abwehrhaltung bei seiner letzten Bemerkung und grinste sie breit an. „Liegt doch auf der Hand: ich würde nicht ewig im Knast schmoren, schließlich hat man die Steine nicht einmal gefunden. Und ihr beide wart meine Absicherung für die Zeit danach, wo man mal ´nen Euro bekommen konnte. Das Foto von Andy hatte die Zeit erstaunlich gut überstanden. Es hat dich doch überzeugt, gib's zu!" Er bleckte die Zähne. „Welche Mutter würde nicht alles tun, um ihr einziges Kind vorm Bau zu bewahren?"

Sie zuckte zusammen und erschauderte am ganzen Körper.

Er sah die Angst in ihren Augen. Jetzt hatte er sie da, wo er sie haben wollte! Und endlich konnte er seine heiße Ware sicher unterstellen, sie würde nicht mehr aufmucken. Kalt sah er sie an. „Man sieht sich." Er wandte sich ab. Eine neue Geschäftsphase konnte beginnen.

Im Aufwind

Es war sechs Uhr morgens und Caro konnte es kaum erwarten, aus dem Bett zu springen. Nichts konnte einem mehr Auftrieb geben, als wenn der eigene Traum endlich an Gestalt gewann. Zazou hatte es nicht so eilig, aus ihrem Körbchen zu kommen und beobachtete gähnend Caros morgendliche Workouts. Während sie den Unterarmstütz hielt, sinnierte sie über die schaffensreichen vergangenen Monate. Jessis gute Neujahrswünsche hatten sich mehr als bewahrheitet. Und auf der Silvesterparty ihrer Trainer-Freunde, zu der sie Caro mitgeschleppt hatte, konnte sie sogar gleich ein paar neue Aufträge mitnehmen. Besser hätte das neue Jahr für sie gar nicht starten können! Wie gut, wenn man so wunderbare Freunde wie Jessi und Moritz hatte, die in der Not zu ihr standen, aber auch jetzt beim Aufbau ihres Unternehmens für sie da waren. Beide glaubten fest an Caro und ihren Erfolg und halfen ihr, wo sie konnten. Manchmal auch, indem sie ihr knallhart die Meinung sagten.

„Dein Angebot ist einfach zu breit gefächert, du solltest dich besser spezialisieren. Du gehst auch zum Facharzt, wenn du ein konkretes Problem hast, und die werden auch noch besser bezahlt als ein Hausarzt."

Es fiel Caro schwer, daran zu glauben, dass sie mit einer Spezialisierung mehr Kunden finden würde, als wenn sie die ganze Bandbreite anbot. Doch ihre veganen Handtaschen hatten ihr nach einigen gezielten Marketing-Aktionen den

Durchbruch verschafft. Mittlerweile kam sie kaum noch hinterher, ihr Auftragsbuch abzuarbeiten.

Es war bloß schade, dass ihre Mutter noch immer beleidigt war und sie sich aus dem Weg gingen. Wenn sie nur wüsste, wie richtig sich ihre Entscheidung für sie herausgestellt hatte. Vielleicht würde sie dann ihre Meinung ändern? Sie mussten sich dringend aussprechen, der Geburtstag der Zwillinge stand vor der Tür. Zazou schien ihre Stimmung zu spüren und leckte ausgiebig ihren Arm zum Trost. „Du guter Hund!" Caro beendete ihre Übungen und kraulte die süße Terrierdame hingebungsvoll. „Na komm, du willst jetzt bestimmt dein Frühstück."

Mit Moritz' Vermieter kam Caro prima klar. Sie konnte sich seit dem Umzug ganz ohne Geldsorgen auf ihr Business konzentrieren. Und ‚Caro-Design' entwickelte sich langsam zu einer Marke – sie konnte ihren Erfolg selbst kaum glauben. Als sie Jessi von ihrer neuen Idee erzählt hatte, nachhaltige Wellnessprodukte zu entwerfen, hatte diese den Prototyp ihres Yogakissens gleich zu ihrem Yogakurs mitgenommen. Das Ergebnis war, dass der gesamte Kurs einschließlich der Yogalehrerin ein solches Kissen bei ihr bestellten. Manchmal glaubte Caro, zu träumen, so unwirklich kam ihr die plötzliche positive Entwicklung vor. Denn auch hierfür standen ihre Kundinnen Schlange bei ihr.

„Ich habe schon wieder einen Auftrag für dich", meinte Jessi, die auf einem Kaffee vorbeigekommen war. „Vielleicht solltest du jemanden einstellen", witzelte sie, als Caro meinte, sie komme nun gar nicht mehr hinterher.

Das Telefon klingelte, ihre Anwältin war am Apparat: „Frau Schneider, ich habe wieder gute Nachrichten für Sie! Ihr ehemaliger Arbeitgeber hat Ihnen ein hervorragendes Arbeitszeugnis ausgestellt, und außerdem bekommen Sie zusätzlich Ihre Überstunden und Resturlaubstage nachträglich ausgezahlt."

Caro tanzte durchs Wohnzimmer, als sie aufgelegt hatte. „Lass uns beim Thailänder essen und darauf anstoßen", schlug sie Jessi vor.

„Auf deinen verdienten Erfolg, Caro! Ich habe immer gewusst, dass du es schaffen wirst!"

„Du mit deinem unerschütterlichen Optimismus", lachte Caro und trank einen Schluck Sekt. „Das hätte auch verdammt schief gehen können."

„Aber nicht auf lange Sicht. Du machst endlich das, worin du schon immer außergewöhnlich gut warst. Das musste irgendwann klappen. Was gibt es Neues? Erzähl!"

„Ich konnte mehrere Taschen an Manus Deko-Ecke verkaufen und wurde sogar gefragt, ob ich nicht Nähworkshops geben möchte Ich bin schon riesig gespannt, was ich in meinen Kursen alles erleben werde."

„Es ist anstrengend, aber macht viel Spaß", meinte Jessi, „Und so bekommst du immer mehr Kundinnen. Aber mal das Business beiseite: Wie läuft es eigentlich mit dir und Moritz? Wenn man euch zusammen sieht, hat man nicht den Eindruck, dass ihr nur befreundet seid."

Caro seufzte. „Ja, wir sehen uns wieder öfter, aber immer schön auf Abstand. Das ist alles so kompliziert. Es ist ganz schön schwer, wenn man immer noch verliebt ist. Ihn lässt das alles auch nicht kalt, glaube ich. Aber es sieht wohl so aus, als würde ich längere Zeit Single bleiben."

„Das ist ja nicht das Schlechteste."

„Aha. Und wie sieht es mit deinem Nachbarn aus?"

„Wir gehen es schön locker an, dann hält es länger."

Caro bewunderte Jessis konsequente Haltung. Vielleicht hatte sie sogar Recht damit.

„Herrscht zwischen dir und Gabriele noch immer dicke Luft? Was willst du zu Neles und Max Geburtstag machen?“

Caro zuckte frustriert mit den Schultern. „Wir haben uns noch nicht ausgesprochen, es wird wirklich Zeit.“

„Was hältst du davon, Patrick als Vermittler ins Rennen zu schicken?“, schlug Jessi vor, während sie sich noch eine Portion des köstlichen Thai-Currys auflud.

Caro nickte nachdenklich. „Du hast Recht, das würde er machen. Es wäre schließlich für den Familienfrieden.“

Bald darauf hatten sie alles bis zum letzten Reiskorn aufgegessen, es schmeckte einfach zu gut. Jessi sah auf die Uhr. „Mann, ist das spät geworden. Ich gehe noch mal kurz zur Toilette, und dann lass uns aufbrechen, okay?“

Caro trank ihren Mango-Basilikum-Lassi aus und nutzte die Zeit, um die Rechnung zu bezahlen. Sie war überrascht, als Jessi aufgeregt zurückkam.

„Du glaubst nicht, wen ich auf der Toilette getroffen habe?“ Sie wartete die Antwort nicht ab. „Saschas Mutter, mit einer Tasche von ‚Caro-Design‘. Ich habe sie natürlich auf ihre schicke Tasche angesprochen, und sie war ganz begeistert davon.“

„Echt jetzt?“ Caro kicherte bei der Vorstellung, wie das bei Sascha ankam. Im Hinausgehen konnte sie sich selbst davon überzeugen, denn sie gingen an einem Tisch vorbei, an dem zwei Personen saßen.

„Na sowas, die neue Freundin ist gar nicht mehr dabei“, wisperte Jessi ihr zu.

Caro grüßte Saschas Mutter im Hinausgehen freundlich. Ihr Ex saß etwas bedröppelt daneben, und Caro nickte ihm kühl zu. Sie spürte seine Blicke auf ihrem Rücken, als sie zur Tür hinausgingen. Was für eine Genugtuung! Mit diesem Kapitel hatte sie ein für alle Mal abgeschlossen.

Schräges Date

„Nein, das kann ich gar nicht glauben. Ihr seid jetzt echt zusammen? Erzähl!“ Caro und Jessi mussten sich die Zeit abknapsen, um sich mal wieder zu treffen – und wenn es nur auf einen Cappuccino in der Stadt war.

Jessi grinste. „Ja, und eigentlich bist du sogar schuld daran.“

„Niemals.“ Caro konnte sich nicht vorstellen, was sie getan haben sollte, um die überzeugteste Single-Frau für die Männerwelt zu begeistern.

„Okay, es war nach unserem letzten Telefonat. Und du weißt doch, dass ich immer mehrere Dinge gleichzeitig tue.“

Caro nickte. Jessi hätte wirklich der neue Zeitmanagement-Papst werden können bei ihrem Multitasking.

„Nun, ich habe den Müll rausgebracht. Also mit der einen Hand die Mülltüte, mit der anderen Hand das Handy. Du musstest ja deine neue Idee loswerden, und ich musste danach noch schnell einkaufen.“

Das klang unspektakulär. „Jetzt spann‘ mich doch nicht auf die Folter. Du hast ihm im Supermarkt die Joghurts weggeschnappt?“

„Nicht ganz. Denn als wir aufgelegt hatten, stand ich vor einer zugefallenen Tür. Kurzum, ich hatte mich selbst ausgesperrt.“

Das war Samstag am späten Nachmittag gewesen. „Also hast du den Notdienst angerufen“, nickte Caro. Das war immer ärgerlich – und teuer.

„Nein, dazu war ich ehrlich gesagt zu geizig. Und du warst dann ja nicht mehr erreichbar." Es klang ein klein wenig vorwurfsvoll.

„Stimmt, ich hatte mein Handy auf lautlos gestellt, damit mich keiner mehr stören konnte. Ich hatte mich gleich an die Umsetzung der Entwürfe gemacht." Caro wusste nicht, ob sie nun ein schlechtes Gewissen haben sollte.

„Na, wie auch immer stand ich unten und starrte auf meine offene Balkontür. Und dann kam Tim."

„Er hatte einen Dietrich, stimmt's?"

„Quatsch, er steht doch auf der anderen Seite des Gesetzes. Nein, aber er fragte natürlich, ob ich Hilfe bräuchte. Und als ich ihm von meiner Misere erzählt habe, holte er seine Leiter aus dem Keller."

„Schön, dass er mittlerweile auch ein paar Dinge selbst besitzt. Aber reichte die Leiter denn?" Immerhin wohnte Jessi im zweiten Stock.

„Natürlich nicht. Ab der obersten Stufe hat er halt eine Räuberleiter gemacht."

„Oje, das klingt ja richtig survivalmäßig." Caro sah die beiden bildlich vor Augen und konnte sich nicht einkriegen vor Lachen. „Sorry." Sie gluckste immer noch.

„Sehr witzig. Ein Passant wollte sogar die Polizei rufen. Tim hat auf ihn eingeredet und ihn nur knapp davon abhalten können."

„Dann sei froh. Mit seiner Chefin ist schließlich nicht zu spaßen."

„Ja, das hat Tim auch gesagt. Er muss ja auch mal Privatmensch sein können."

„Das klingt vernünftig." Caro hatte eine Ahnung, dass die

Geschichte noch nicht zu Ende war. „Und dann warst du einkaufen?“

Jessi schüttelte den Kopf und lachte. „Nein, ich habe nur den Wohnungsschlüssel geholt. Tim hat versprochen, mich zu bekochen.“

Caro schüttelte den Kopf und schmunzelte. „Aber als Dating-Tipp kann man das sicher nicht weitergeben, oder?“

Jessi puffte sie an. „Wohl kaum. Und du musst dir ohnehin eine andere Strategie überlegen, da du schon wieder Parterre wohnst.“

Caro sah auf die Uhr. Dann legte sie ein paar Münzen für den Cappuccino auf den Tisch. „Ich muss leider los. Patrick ist am späten Vormittag immer am besten zu erreichen. Ich werde ihn spontan besuchen und ihn bitten, Schlichter zu spielen. Es wird Zeit, dass ich familienmäßig wieder alles in Ordnung bringe.“

„Ich drücke dir die Daumen“, winkte Jessi ihr nach.

Vorahnung

„Hallo Caro. Dein Bruder telefoniert gerade. Weiß er, dass du kommst? Vielleicht wartest du kurz im Besucherbereich."

Babsi, eine der Kundenberaterinnen, winkte Caro durch, denn sie hatte gerade selbst eine Kundin. Sie setzte sich auf einen der Besucherstühle. Ihr Bruder gab ihr durch die Glastür zu verstehen, dass es nicht lange dauern würde. Dass seine Tür nicht ganz geschlossen war, bemerkte er nicht. Und so bekam Caro mehr vom Gespräch mit, als für ihre Ohren bestimmt war.

„Gut, Frau Berger-Janssen, nach eingehender Prüfung werden wir den Modernisierungskredit bewilligen. 50.000 Euro wie besprochen. Kommen Sie bitte morgen zum Unterschreiben in mein Büro. Sagen wir 9 Uhr?" Er legte auf und ging zur Tür. Stutzte, weil sie offen war.

„Mensch Caro, was führt dich denn zu mir? Wie geht's dir? Was man so hört, wird deine Marke ja gerade richtig gehypt."

Sie umarmten sich, und er schloss die Tür.

„Es geht mir so gut wie schon lange nicht mehr, Bruderherz. Endlich läuft das Geschäft."

Patrick nickte und grinste. „So gut sah dein Konto auch noch nie aus. Du hast es endlich geschafft, Caro. Ich bin stolz auf dich!"

„Wie ist das denn so mit meinem Bankgeheimnis?", spöttelte sie. Doch dann wurde sie ernst. „Wenn Ma das nur auch wäre."

„Das wäre sie auch.“ Er sah seine Schwester direkt an. „Aber ihr benehmt euch beide gerade so, als wärt ihr im Kindergarten in der Schmollecke. Lena und ich hätten für die Zwillinge gerne einen schönen Geburtstag.“

Caro wollte schon protestieren, doch dann lenkte sie ein. Leider hatte er nicht ganz unrecht.

„Ich weiß“, gab sie zu. „Und da kommst du auch schon als großer Bruder ins Spiel, Patrick. Ich brauche dich als Vermittler.“

Patrick runzelte die Stirn. Caro kannte ihn zu gut. Er wollte Harmonie in der Familie, aber er wollte sich von keiner Seite vereinnahmen lassen.

„Bitte Patrick. Du hast doch eben selbst gesagt, dass es für Max und Nele ein toller Geburtstag werden soll. Gib mir ein bisschen Schützenhilfe, Ma und ich finden sonst nicht den Anfang.“

Das sah ihr Bruder ein. Für seine Kids würde er alles tun. „Nun gut, ein Vorschlag zur Güte: Ich werde ein bisschen Vorarbeit leisten und ihr erzählen, wie gut es bei dir mit der Selbstständigkeit läuft. Und dass du dich versöhnen willst. Den Rest musst du dann aber selbst hinkriegen.“

„Du bist der Beste!“ Patrick war die stürmische Umarmung seiner Schwester ein bisschen peinlich. Durch die Glastüren bekamen die Bankangestellten einfach alles voneinander mit.

Die beiden verabredeten sich zu einem Mittagessen für die kommende Woche, und Caro versprach, das Gespräch mit Gabriele bis dahin anzugehen.

Caro freute es, sich bald ungestört mit ihrem Bruder zu treffen. Doch weil Patricks nächste Kundin bereits im Besucherbereich vor seiner Tür wartete, würde das noch ein paar Tage warten müssen.

Als sie daheim bei der Arbeit saß, ließ sie das Gespräch mit Patrick noch einmal Revue passieren, während ihre Hände routiniert über den Stoff glitten. Sie war nun schon viel hoffnungsvoller, dass es sich mit ihrer Mutter wieder einrenken würde. Auf ihren Bruder war Verlass. Und mit ihrem Erfolg in der Tasche, der ihrem Handeln recht gab, konnte sie gut den ersten Schritt machen. Sie würde es hinbekommen, schon allein der Zwillinge wegen, die sie über alles liebte und die einen schönen Geburtstag haben sollten.

Doch das Telefonat, das sie vor ihrem Gespräch versehentlich mitbekommen hatte, ging ihr einfach nicht mehr aus dem Sinn. Sie wusste, dass Patrick ihr hierüber nichts erzählen würde. Dazu war ihr Bruder viel zu korrekt. Aber konnte es Zufall sein? Der Name Berger-Janssen war kein Allerweltsname. Und diese Kundin hatte einen 50.000 Euro-Modernisierungskredit bewilligt bekommen.

Caro hatte noch mitbekommen, dass Regina zur Sparkasse gewechselt war. Sie erinnerte sich, dass Regina bei Patrick an ihrem Hofmarkt einen Beratungstermin angefragt hatte. Sie war offenbar mit ihrer alten Hausbank unzufrieden gewesen. Aber sie hatte niemals über ein geplantes Großprojekt oder eine Haussanierung gesprochen, daran hätte sich Caro erinnert. Ihre ehemalige Vermieterin hatte auf sie immer einen sehr sparsamen Eindruck gemacht. Fast als wäre sie finanziell ziemlich klamm. Wie passte das mit diesem Kreditbetrag zusammen? Da stimmte irgendetwas ganz und gar nicht.

Auch wenn sie beide wegen Caros Zahlungsschwierigkeiten zum Schluss ihre Differenzen hatten, hatte sie Regina sehr gemocht. Und auch Andy vermisste sie mit seiner unnachahmlich lockeren, charmanten Art. Sie hatten in Kontakt bleiben wollen, aber Caro hatte sich so in ihre Arbeit vergraben, dass sie mit Ausnahme von Jessi, Moritz und den Zwillingen für niemanden Zeit gehabt hatte.

Schluss mit der Grübelei, beschloss sie. Sie würde sich einfach selbst davon überzeugen, dass es den beiden gut ging. Was wäre besser dazu geeignet als ein spontaner Besuch bei Regina, am besten gleich heute Abend? Ihr Bauchgefühl sagte ihr, dass sie es bald machen sollte.

Wenn sie ehrlich zu sich war, konnte sie Reginas Verhalten ihr gegenüber gut verstehen. Sie war keine zuverlässige Mieterin gewesen, und das tat ihr im Nachhinein leid. Vielleicht konnten sie sich einmal aussprechen und sich gemeinsam an Elisabeth erinnern. Caro vermisste die alte Dame sehr. Sie beschloss, zu ihrem Besuch Zazou mitzunehmen. So hatte sie einen unverfänglichen Vorwand, und die kleine Hündin würde die Situation auflockern.

Es wurde bereits dunkel und es begann zu nieseln, als sie auf Reginas Gartentor zuging. Jemand kam ihr jedoch zuvor. Ein Mann eilte an ihr vorbei und öffnete fluchend die Pforte. Zazou schnüffelte kurz an seinem Hosenbein, als Caro sie schon reflexartig wegzog. Hoffentlich machte die Hündin nicht ihr übliches Theater. Das Licht der Laterne fiel in sein Gesicht. Merkwürdig, den Typen hatte sie irgendwo schon einmal gesehen, aber sie konnte sich nicht genau erinnern. Ob das ein Patient war? Häufig vergab Regina auch Abendtermine, wenn die Leute mehr Zeit hatten.

Caro ging mit einer widerstrebenden Zazou am Grundstück vorbei und bog in den Ringweg ein. Eine kleine Extra-Runde würde ihnen beiden guttun. Zazou sah das offenbar anders. Sie setzte sich mit der Bestimmtheit einer Terrierdame einfach auf ihre vier Buchstaben und ließ ihre drei Kilo weder mit Locken noch Leckerchen weiterbewegen. Ob sie wohl ihr altes Zuhause vermisste? Sie wollte schon energisch werden, aber dann fiel ihr schlagartig ein, was nicht stimmte: Die kleine Hündin hatte nicht geknurrt. Zazou mochte Erwachsene nicht, und bei diesem unsympathischen Kerl hätte sie es sogar verstanden. Nur nahestehenden Menschen war Zazou zugetan, alle anderen wurden grundsätzlich angeknurrt. Sie selbst war bislang die Einzige außerhalb der Familie geblieben, die Zazou von Anfang an fest in ihr Hundeherz geschlossen hatte.

Caros Gedanken flogen. Von weiteren Verwandten wurde im Hause Berger-Janssen nie gesprochen. Sie hatte auch keine sonstigen Familienfotos gesehen, außer denen mit Reginas verstorbenem Mann. Ihr Gefühl sagte ihr, dass sie schleunigst bei Regina nachsehen sollte, und Zazou trabte wie zur Zustimmung voran, ihrer alten Heimat entgegen. Bei den bereits dicht zugewachsenen Büschen, die das Grundstück umsäumten, stieß jemand mit voller Wucht gegen sie. Sie schrie auf, als sie in die Büsche fiel und rappelte sich mühsam wieder auf. „Blöde Tusse“, glaubte sie zu hören. Das war doch der Typ von eben! Aber von einer Entschuldigung war nichts zu hören. „Hey, Sie!“, rief Caro ihm empört hinterher, doch er schien wie auf der Flucht zu sein. Sprachlos sah sie ihm nach. Doch Zazou zog an der Leine, in Richtung Reginas Hof. Caro sah das offenstehende Gartentor. Da stimmte etwas aber ganz und gar nicht! Schnell ging sie hindurch. Alles war dunkel. Sie eilte den gewohnten Weg zum Haus entlang. Auch die Haustür stand sperrangelweit auf. Drinnen war es stockfinster.

„Regina?“, rief Caro voller Sorge und tastete nach dem Lichtschalter. Fast wäre sie über die umgeworfene Garderobe gestolpert. Was war hier bloß passiert? Keine Antwort von

Regina. Das ließ Böses ahnen. Zazou zog sie in Richtung Küche, und Caro folgte ihr, tastete nach dem Lichtschalter. Sie erschrak, als sie Regina auf dem Boden liegen sah. Bewegungslos. Ein Rinnsal Blut lief von ihrer Stirn. Caro kniete sich zu ihr und fühlte wie in Trance nach Reginas Puls. Er war nur schwach zu spüren, ihre Atmung war flach. Ein Krankenwagen. Schnell. Caro wählte den Notruf und schilderte, was sie sah. Ungeduldig beantwortete sie die Fragen der Notrufzentrale. „Der Krankenwagen ist gleich da", versprach die Frau am anderen Ende der Leitung. Caro fühlte sich schrecklich, ihr Herz raste. Sie steckte ihr Handy in die Jacke zurück. Dann brachte sie Regina in die stabile Seitenlage. Sie hasste es, zu warten, aber wieder einmal blieb ihr nichts anderes übrig. Caro legte eine Decke über sie, damit sie nicht fror, und streichelte beruhigend ihren Rücken. Zazou leckte unaufhörlich Reginas Hand, als wollte sie auch etwas zu ihrer Genesung beitragen.

Es waren mit Sicherheit nur Minuten, doch es erschien Caro wie eine Ewigkeit, bis endlich Hilfe kam.

„Sie wird durchkommen", beruhigte der Notfallsanitäter sie. „Sind sie miteinander verwandt?" Er sah sie an. Caros Antwort ging im Sirenengeheul der Polizei unter. Und genau in diesem Moment kam Andy nach Hause.

„Mutter! Was ist passiert?", rief er panisch.

„Sind sie der Sohn? Es scheint nicht so ernst um sie zu stehen, wie es aussieht. Wir fahren sie jetzt in die Klinik. Wenn sie wollen, können sie mitfahren."

Andy stieg schon ein, als Caro ihn am Arm fasste. „Andy, habt ihr noch weitere Verwandte?"

Andy sah sie an, als würde er gerade an Caros Verstand zweifeln. Was war das für eine Frage in dieser Situation?

„Ja, Mutters Stiefbruder. Aber der sitzt im Knast“, war alles, was Caro von ihm hörte, bevor sich die Hecktür des Krankentransporters schloss.

Caro schloss die Augen, um sich für das Gespräch mit der Polizei zu wappnen. Sie sah Kriminalhauptkommissarin Jäger auf sich zukommen. Das hatte ihr gerade noch gefehlt! In Caro stieg eine plötzliche Ahnung hoch, dass Andy unrecht hatte mit seiner Vermutung. Es wäre die einzige plausible Erklärung für Zazous Verhalten. Als sie den zweiten Polizisten auf sich zukommen sah, atmete sie erleichtert auf. Ihre Möglichkeiten, es herauszufinden, waren gerade merklich gestiegen.

„Frau Schneider, Sie sind immer dort, wo ein Unglück passiert, was?“ Der Ton war schneidend, das Wort „Unglück“ hatte sie merkwürdig betont. Die Frau Kriminalhauptkommissarin wollte ihr wohl wieder einmal auf den Zahn fühlen. Doch das prallte heute an Caro ab. Sie sah, dass sich bei Zazou die Nackenhaare sträubten. Ihr Knurren kam aus tiefster Kehle. Zazou und sie hatten dieselbe Meinung über diese Frau. Caro streichelte ihr beruhigend übers Fell.

„Frau Kriminalhauptkommissarin.“ Sie nickte ihr und dann ihrem Kollegen zu. Tims Blick zeigte ihr, dass er sie wiedererkannte. Er sagte jedoch nichts. Sie erinnerte sich an Jessis Worte, dass er Beruf und Privatleben strikt trennte.

„Ja, ich habe es leider nicht verhindern können. Ein Mann kam vom Hof gerannt und hätte mich fast umgelaufen. Und dann fand ich Regina auf dem Boden liegend.“

„Können Sie den Mann beschreiben?“ Die Skepsis war nicht zu überhören.

„Natürlich kann ich das. Mittleres Alter, knapp 1,80 groß, schlank, volle wellige Haare, dunkelblond. Schwarze Lederjacke, Jeans. Er roch stark nach Moschus."

„Ein brauchbarer Hinweis. Wir haben ja sonst nichts zu tun, als bei jedem Menschen eine Geruchsprobe zu machen."

Diese Frau war einfach nur ätzend.

„Frau Jäger, die Hündin ist der zehnjährige Familienhund der Janssens, die ich nach Elisabeth Janssens Tod übernehmen durfte. Sie schlägt bei jedem Menschen außerhalb der Familie an. Aber sie hat bei diesem Mann nicht gebellt. Sie muss ihn kennen. Der Sohn meiner früheren Vermieterin sagte mir, dass er noch einen Stiefonkel hat, der im Gefängnis sitzen soll. Können Sie das bitte überprüfen?"

„Wollen Sie uns etwa unseren Job erklären? Frau Schneider, ich habe vielmehr den Eindruck, sie wollen von sich selbst ablenken mit ihren Geschichten. Was hatten Sie hier eigentlich zu suchen, nachdem Sie ausziehen mussten?"

„Das ist der direkte Weg zum Kanal und ich wollte die Hündin ausführen. Ich wohne nach wie vor hier im Ort."

Jetzt schaltete sich Kriminalkommissar Ziegler ein. „Kommen Sie doch morgen Vormittag ins Präsidium, Frau Schneider. Wir werden ein Phantombild von dem Mann erstellen lassen."

Damit erntete er einen giftigen Blick von seiner Chefin.

Caro hatte schlecht geschlafen und fuhr müde ins Präsidium. Sie dachte an das Telefonat mit Andy. Er hatte sich tausendfach bei ihr bedankt, dass sie den Rettungswagen gerufen hatte. Regina ging es den Umständen entsprechend gut. Sie würde aber noch zur Beobachtung im Krankenhaus bleiben müssen und war noch nicht vernehmungsfähig.

Es dauerte eine Weile, bis der Phantomzeichner seine Skizze nach ihren Angaben gefertigt hatte.

„Ja, genau so sah er aus.“ Caro war sich absolut sicher.

Da Frau Jäger einem Termin beim Staatsanwalt hatte, saß sie bei Tim im Büro. Der ließ sich auch heute nicht anmerken, dass sie sich bereits kannten. Seit wann stand Jessi auf so förmliche Typen?

„Was ist denn eigentlich mit dem Stiefbruder von Frau Berger-Janssen? Ist er nun ausgebrochen oder sitzt er immer noch ein?“, fragte sie zum Abschluss ihres Gesprächs und hoffte, damit weitere Informationen zu bekommen.

„Sie haben wirklich eine blühende Fantasie, Frau Schneider. Nein, Edgar Janssen ist vor einigen Monaten aus der Justizvollzugsanstalt entlassen worden. Vorzeitig, wegen guter Führung.“

Caro dachte an diesen unhöflichen Kerl. Für ‚gute Führung‘ fehlte ihr die Fantasie. Gerade wollte sie etwas sagen, als in der Eingangshalle ein Tumult entstand, der immer lauter wurde. Tim murmelte eine Entschuldigung und sprang auf, um seine Kollegen zu unterstützen.

Caro trank den wässrigen Kaffee aus, den ihr der Kommissar geholt hatte, und sah etwas unschlüssig hoch. Sie waren fertig mit dem Gespräch, und sie war allein im Raum. Unbeobachtet, um einmal einen schnellen Blick in die Unterlagen auf dem Tisch zu werfen? Eine solche Chance würde nicht wiederkommen. Sie musste einfach wissen, was hier vor sich ging. Bis Regina aussagen konnte, wer sie zusammengeschlagen hatte, konnten noch ein paar Tage vergehen. In dieser Zeit würde ein Verdacht gegen sie im Raum stehen. Schließlich hatten sie Streit wegen Geld gehabt. Also jetzt oder nie, entschied sie. Schnell ging sie um den Schreibtisch herum und blätterte in den Akten.

Es waren tatsächlich die von Edgar Janssen. Es überraschte sie nicht, dass er dem Phantombild glich, das sie gerade beschrieben hatte. Zumindest Tim hielt ihre Bedenken nicht für völlig abwegig, sonst hätte er die Akte nicht gezogen. Zügig fand Caro auch, was sie suchte.

Sie verabschiedete sich beim Herausgehen aus dem Polizeipräsidium mit freundlichem Gruß und einem Nicken. Tim sah nur kurz auf und nickte ebenfalls. Dann wandte er sich wieder dem randalierenden und offenbar schwer alkoholisierten Mann zu, der für den ganzen Aufruhr verantwortlich war. Er und seine Kollegen hatten alle Hände voll zu tun, ihn unter Kontrolle zu bekommen.

„Wenn Sie mich noch brauchen, haben Sie ja meine Handynummer, Herr Ziegler“, rief sie vorsichtshalber im Vorbeigehen, doch es ging im Getümmel unter.

Ich bin der Hass

Wie hatte sie es wagen können? Edgars Blut kochte vor Wut, sein Herz raste. Er warf alles um, was ihm im Wege stand, musste sich irgendwie Luft verschaffen. Fühlte Hass in sich aufsteigen. Rastlos lief er im Haus auf und ab, auf und ab, immer wieder. Er schnaubte wie ein spanischer Kampfstier zur Fiesta San Fermin, als wolle er einen unvorsichtigen Burschen auf die Hörner nehmen in seiner rasenden Wut. Als eine Bierflasche zu seinen Füßen umkippte, hob er sie auf und warf sie mit aller Kraft gegen die Wand. Glassplitter stoben auseinander. Einer traf ihm am Arm, und Blut rann herunter. Doch er fühlte keinen Schmerz, nur eine Explosion an Gefühlen, die sich weiter und weiter hochschaukelten, mit jedem Gedanken an den gestrigen Tag ein bisschen mehr. Erbärmlich hatte sie ihn genannt. Erbärmlich! Sie hatte ihn von sich gestoßen. Er hörte noch immer Reginas verächtliches Lachen in seinem Ohr. Edgar wusste selbst nicht, warum er bei ihrem Anblick plötzlich weich geworden war. Sich plötzlich seine Gefühle für sie eingestand. Das würde ihm kein zweites Mal passieren! Es geschah ihr recht, was dann passierte. Er hatte mit der Faust zugeschlagen. Immer wieder, bis sie sich nicht rührte.

In einem lichten Augenblick dachte er daran, dass ihre neue Bank die 50.000 Ocken rüberwachsen lassen wollte, die er von ihr forderte. Damit er ihr Söhnchen raushielt. Man würde sehen. Er war viel zu lange nachgiebig mit ihr gewesen, doch das würde sich jetzt ändern. Jetzt hatte sie hoffentlich kapiert, wie der Hase lief. Ihn auslachen! Das machte man mit ihm nur ein einziges Mal. Er wusste, dass sie schweigen würde. Doch was war mit der kleinen Schlampe, die das Nebengebäude so lange blockiert hatte? Und die gestern völlig unpassend aufgetaucht war. Ob sie einen Notruf abgesetzt hatte? Oder war sie einfach weitergegangen? Er würde die Ware aus Reginas Schuppen jedenfalls besser von seinen Leuten abholen lassen. Nicht umsonst liefen die Geschäfte gerade so gut. Sogar der Supermarkt hatte gezahlt. Zufrieden rollte er seine Erfolgserlebnisse auf. Er verlangsamte endlich seine Schritte. Der kleine Kevin hatte sich beim Abholen des Geldes gar nicht dumm angestellt, er war für Höheres zu gebrauchen. Heute Nachmittag durfte er sich beweisen.

Edgar musste dringend etwas tun, um wieder runterzukommen. Konzentration war alles in seinem Job. Im Handumdrehen hatte er sein Chemielabor aufgebaut. Er beobachtete, wie sich die Substanzen miteinander verbanden und fühlte sich wie ein Knirps zu Weihnachten. Bald schon würde geiles Meth entstehen, das seine Einnahmen rapide in die Höhe trieb. Die jungen Leute zahlten gierig jeden Preis dafür.

Lange konnte er sich an seinen Erfolgen nicht erfreuen. Sein Handy klingelte. „Was?!“

„E...“ Gerade noch rechtzeitig verschluckte er den Namen. „Es ist was schiefgegangen. Der Akki hat mich gesehen, und ich hab‘ den umgehauen. Er liegt jetzt da. Was soll ich tun?“ Kevin. Mit weinerlicher Stimme. Er hatte den Jungen wohl überschätzt, jetzt würde es sich von ihm trennen müssen. Wie gut, dass er gleich jemanden mitlieferte, dem er es in die Schuhe schieben konnte.

„Bleib, wo du bist, du Anfänger. Ich klär‘ das!“

Edgar legte auf und sah auf die Uhr, bevor er hinausstürmte. Mit Schwund war immer zu rechnen, er würde keine langen Faxen machen.

Auf der Spur

Caro ging hastig den Ginsterweg entlang bis zur Hausnummer 13, weiter ging ihr Plan nicht. Ihr war mulmig zumute, was an dieser heruntergekommenen Gegend liegen mochte. Trotz der einsetzenden Dämmerung konnte man ahnen, dass das Haus schon bessere Tage gesehen hatte. Der Putz blätterte von der angegrauten Fassade, Unkraut wucherte über den Weg, die Treppe war abgesackt. Durch das beleuchtete Küchenfenster konnte sie ihn sehen. Er schien sehr beschäftigt zu sein, werkelte mit Gefäßen und offenem Feuer herum. Was zum Teufel tat er da? Caro seufzte. Sie musste warten, bis er irgendwann das Haus verließ. Sie stellte sich auf endlose Zeit ein und war froh über ihre Steppjacke. Die untergehende Sonne schien die letzte Frühlingswärme mit sich zu nehmen. Sie fröstelte und behielt das Fenster im Auge. Da, sie hatte Glück: Er bekam einen Anruf, den er jedoch schnell abbügelte. Doch er schien sich furchtbar aufzuregen. Sein Gesicht wurde zur Fratze, als er in der Wohnung auf- und ablief. Plötzlich wurde die Haustür aufgerissen. Caro erschrak fast zu Tode. Gerade noch rechtzeitig sprang sie ins Gebüsch, das während der warmen Märztage zum Glück schon recht dicht zugewachsen war.

Er schien es eilig zu haben, seine Verärgerung drückte sich in seiner ganzen Haltung aus. Caro hatte nie verstanden, was es mit einer negativen Aura auf sich hatte, doch bei diesem Kerl konnte sie diese bereits in den wenigen Sekunden spüren, in denen er an ihrem Versteck vorbeieilte. Caro atmete so flach wie möglich, während Schauer ihren Rücken herunter jagten. Dann hörte sie eine Autotür zuschlagen und ihn mit quietschenden Reifen davonfahren.

Sie wartete einige Augenblicke, unschlüssig, ob sie es riskieren konnte. Doch die Luft schien rein zu sein. Caro dachte an ihre missliche Situation. Sie wollte unbedingt ihre Unschuld beweisen, und sie würde alles dafür tun, herauszufinden, ob dieser Typ Regina so übel zugerichtet hatte. Also los, sprach sie sich selbst Mut zu, während sie noch immer zögerte. Ihr Herz klopfte ihr bis zum Hals, als sie sich aufrichtete und auf die Tür zuging. Sie sah sich um, doch es war niemand zu sehen. In dieser Nachbarschaft schien man sich nicht darum zu scheren, was die Nachbarn taten und dachten. Sie betrachtete die Tür. Eine Standard-Tür, sie schien Glück zu haben. Dankbar dachte Caro an ihren mittlerweile so braven Bruder, der ihr diese Methode als Teenager beigebracht hatte. Jetzt würde er ihr wohl eine neue Kreditkarte sorgen müssen. Caro fischte die Plastikkarte aus dem Portemonnaie und steckte sie in den Spalt zwischen Tür und Türrahmen, dann zog sie hoch und runter. Die Karte krümmte sich. Ihr Herzklopfen ging in Hämmern über, und sie hoffte inständig, dass die Karte nicht brach. Sie war ein wenig aus der Übung gekommen und der Angstschweiß lief ihr den Rücken herunter, als sie den Druck nochmals erhöhte. Trotz ihrer Anspannung blieb sie vollkommen konzentriert. Nach mehreren Versuchen gelang es ihr, den Schnappzylinder hineinzupressen. Endlich konnte sie sich Einlass verschaffen. Schnell schlüpfte sie ins Hausinnere, bevor sie doch noch ein Nachbar bemerkte.

Sie freute sich, dass Edgar Janssen in der Eile das Licht angelassen hatte, denn so konnte sie die Wohnung inspizieren, ohne unnötige Aufmerksamkeit zu erregen. Es roch muffig, und der Besitzer hatte wohl nicht vor, sich hier über längere Zeit einzurichten. Müll stapelte sich im Flur, und auch im wenig gemütlichen Wohnzimmer sah es nicht besser aus. Scherben lagen herum. Chaos pur. Sie sah sich um und hätte fast den überquellenden Aschenbecher vom Tisch gestoßen, weil der Brief an der Magnettafel ihren Blick so fesselte. Sah aus wie ein Erpresserbrief. Vor Schreck blieb ihr fast der Atem weg.

Die Worte tanzten vor ihren Augen. Als sich die Buchstaben in ihrem Kopf zusammensetzten, wurde ihr übel. „Zahlen Sie 100.000 Euro, sonst werde ich die nächsten Kunden vergiften." Die Worte waren aus der Zeitung ausgeschnitten. Keine Handschrift. Sie hätte darum gewettet, dass er auch keine Fingerabdrücke hinterlassen hatte. Dieser Typ war so unsympathisch wie clever. Caro schauderte, zu knapp war sie der Vergiftung im Supermarkt entkommen. Sie atmete tief durch und sah sich weiter um. Sie sah die Reagenzgläser mit merkwürdigen Substanzen auf dem Tisch stehen, deren Herstellung sie kurz zuvor durch das Fenster beobachtet hatte. Es sah aus wie ein Versuchsaufbau im Chemieunterricht. Was zum Teufel ließ der Kerl hier so rumliegen? Sie traute sich nicht, daran zu riechen. Stattdessen ließ sie ein Glas mit Verschluss in ihre Tasche gleiten. Das würde die Polizei bestimmt interessieren. Ihr Handy war nicht mehr in der Jackentasche, stellte sie dabei fest. Mist, hatte sie es draußen etwa verloren? Doch dafür war jetzt keine Zeit! Caro drehte sich der Magen um vor Angst, wenn sie daran dachte, dass Edgar bald zurückkommen würde. Oh Gott, was würde der mit ihr anstellen, wenn er sie hier erwischte? Der Typ war richtig gefährlich!

Weitersuchen, befahl sie sich. Ihr Bauchgefühl sagte ihr, dass das noch längst nicht alles war, was sie hier finden würde. Und sie sollte Recht behalten. Als sie die Gebrauchsanleitung des Treppenliftes zu Elisabeths Wohnung fand, gespickt mit Markern und Notizen zu möglichen Störungen, kamen ihr die Tränen. Um Himmels Willen, was hatte dieser Schurke getan! Elisabeth – er hatte sie tatsächlich auf dem Gewissen! Seine Stiefmutter! Caro fühlte den Schmerz um diese wunderbare, grantige alte Dame, die sie so sehr ins Herz geschlossen hatte. Wenn dieser Kerl dazu fähig war, dann steckte sie in äußerster Gefahr! Sie musste verschwinden, solange noch Zeit war. Was sie gesehen hatte, würde sicher für lebenslang reichen.

„Du miese Schlampe, dich krieg' ich dran!"

Caro fuhr erschrocken herum und sah Edgar auf sie zukommen. Die Gebrauchsanleitung glitt ihr aus der Hand, sie starrte ihn schockerstarrt an. Er war nur noch wenige Meter von ihr entfernt. Dabei stieß er einen Müllstapel um, doch es scherte ihn nicht. Er war drahtig, das konnte man sehen, und sein hasserfülltes Gesicht strahlte eine aggressive Energie aus, die sie zurückweichen ließ. Ekel und Wut stiegen in ihr hoch. „Du hast sie umgebracht!", schrie sie ihm entgegen.

Abrupt blieb er stehen, zwei Armeslängen von ihr entfernt. Sein Grinsen war diabolisch. „Elisabeth? Ja, die alte Hexe musste sterben."

„Warum?" Caro wollte es verstehen. Wie konnte man nur so etwas tun? „Sie war deine Stiefmutter! Was hatte sie dir getan?"

„Sie hat es verdient. Für diese verdammte Rabenmutter war ich gestorben! Nicht einmal jetzt, wo ich resozialisiert werden sollte, hatte ich eine Chance."

„Du hast doch gleich da weitergemacht, wo du aufgehört hast." Angeekelt sah Caro ihn an. „Aber damit wirst du nicht durchkommen." Die Wut brachte ihren Mut zurück.

„Willst du mir etwa drohen?“ Er stieß ein widerliches Gelächter aus, ergötzte sich an ihrer Angst. Caro lief ein eiskalter Schauer über den Rücken. Verzweifelt suchte sie nach einer Lösung. Körperlich war sie ihm weit unterlegen. Er war gefängnisgestählt und hatte nichts mehr zu verlieren. Die einzige Chance, die sie hatte, war, ihn hinzuhalten, sein Spielchen mitzuspielen. Und bei passender Gelegenheit die Beine in die Hand zu nehmen so schnell sie konnte.

„Du machst alles viel schlimmer, wenn du weitere Straftaten begehst.“

Abrupt endete sein Lachen. Sein Blick bohrte sich in ihren. „Keiner weiß davon.“ Er betrachtete sie wie eines seiner Versuchsobjekte, bevor er weitersprach. „Und keiner wird jemals davon erfahren. Der letzte Mensch, der bei der alten Hexe war, das warst du. Eine Verdächtige. Und bald bist du auch Vergangenheit.“ Seelenruhig zog er eine Schublade auf und griff hinein, holte eine aufgezogene Spritze hervor. Ließ sie dabei nicht aus den Augen.

Nein, nein, nein! Caro wich entsetzt zurück. Doch weit kam sie nicht, sie stieß mit dem Oberschenkel heftig gegen den Tisch, schob ihn ein Stück zurück, so stark war der Ruck. Gegenstände fielen zu Boden, lautes Klirren, das niemand beachtete. Nein, ich will noch nicht sterben! Ihr Überlebenswille siegte über die aufkommende Panik.

Fieberhaft suchte sie nach einem Ausweg, während er sich höhnisch grinsend und wie in Zeitlupe auf sie zubewegte. Er genoss ihre Todesangst, ihre letzten Atemzüge. Ein Impuls ließ sie nach hinten greifen. Der volle Aschenbecher. Sie griff nach ihm und während er seine Hand mit der Spritze nach vorne stieß, schleuderte sie das schwere Stück in seine Richtung. Es traf ihn, doch leider nicht mit der erhofften Wucht. Aschenregen wirbelte herum, erfasste sein Gesicht, gelangte in seine Augen.

Caro hörte seinen Aufschrei. Sie wusste nicht, ob er vor Schmerz schrie oder weil seine Augen von der Asche brannten. Das war ihre einzige Chance. Sie nutzte die Sekunden der Ablenkung und lief um den großen Esstisch, lief zur Tür, in Richtung Freiheit. Doch sie war nicht schnell genug. Er packte sie am Arm, und das Letzte, was sie spürte, war der Einstich der Spritze in ihrem Hals. Dann wurde es dunkel um sie herum.

Kurz vor knapp

Jessi stand zum wiederholten Male auf. Holte sich ein Glas Wasser, danach einen Saft, machte sich Gemüsesticks. Ging schon wieder zur Toilette. Und checkte die ganze Zeit ihr Handy. Ihre Unruhe war wirklich ansteckend. Tim hatte endlich einmal einen Feierabend, der diesen Namen auch verdiente, und endlich Zeit für Jessi. Doch der Abend versprach nicht ganz so zu verlaufen, wie er es sich vorgestellt hatte.

„Was ist los?“, fragte er verwundert, als sie neben ihm auf dem Sofa saß, und zog sie an sich. Er merkte, dass sie beim Küssen mit den Gedanken ganz woanders war.

Sie löste sich aus seiner Umarmung. „Es tut mir leid, Tim. Aber es lässt mir keine Ruhe: Ich habe das Gefühl, dass Caro in großen Schwierigkeiten steckt.“

Er sah sie nachdenklich an. „Da scheint deine Freundin aber auch ein Talent für zu haben. Was soll denn passiert sein?“

„Edgar Janssen, Reginas Stiefbruder“, kam es wie aus der Pistole geschossen, „Caro hatte die Vermutung, dass dieser Kerl auf freiem Fuß ist, sie hatte es mir in einer Nachricht geschickt. Vielleicht hat sie mittlerweile mehr herausgefunden. War sie nicht heute bei euch im Präsidium? Sie wollte sich heute Nachmittag melden, wie es gelaufen ist. Das hat sie noch immer nicht getan. Völlig untypisch für sie. Und ans Telefon geht sie auch nicht.“

Tim überlegte kurz, was er ihr sagen durfte. „Das stimmt, sie kam heute Vormittag vorbei und hat eine Phantombildbeschreibung abgegeben. Sie ist eine exzellente Beobachterin. Als wir fertig waren, musste ich mich um einen Randalierer kümmern. Sie hat noch ihren Kaffee ausgetrunken und ist dann gegangen."

Tim dachte nach, dann runzelte er die Stirn. „Die Akte von Edgar Janssen lag auf meinem Tisch. Sie hätte nicht lange suchen müssen. Nachdem sie ihre Vermutungen geäußert hatte, habe ich das für alle Fälle recherchiert. Traust du Caro zu, dass sie nachsehen würde?"

Jessis durchbohrender Blick war schon Antwort genug. „Was glaubst du denn? Caro hätte alles getan, um herauszufinden, wer Regina so zugerichtet hat."

„Was würde Caro deiner Meinung nach als nächstes tun, Jessi? Du kennst sie gut."

„Caro hätte sich die Adresse herausgesucht und würde bei dem Typen rumstöbern, bis sie etwas finden würde. Sowas zieht sie auch allein durch, garantiert."

Nun war es an Tim, unruhig zu werden. Abrupt setzte er sich auf. „Der Typ ist gemeingefährlich! Egal, was in den Berichten der Gefängnispsychologen steht. Ich habe den Kerl einmal erlebt, der kocht die alle weich. Wenn es stimmt, was du vermutest, ist Caro wirklich in Gefahr." Er sprang vom Sofa auf und eilte zur Garderobe. Jessi folgte ihm.

„Wo willst du hin?"

„Nachschauen, ob es stimmt."

Wortlos zog Jessi ihre Sneakers an und griff zur nächstbesten Jacke.

„Nein, du kommst nicht mit. Auf keinen Fall!"

Doch da hatte er die Rechnung ohne seine Freundin gemacht. „Oh doch, ganz sicher komme ich mit. Caro ist meine beste Freundin. Und außerdem weiß ich, wie sie denkt."

Sie lieferten sich ein kurzes Blickduell, dann lenkte Tim ein. Ihre Stärke war das, was er an ihr schätzte.

„Also gut. Dann lass uns zusammen nachschauen. Und das schnell. Aber wenn es brenzlig wird, bleibst du im Auto, versprochen?"

Jessi lenkte ein. „Versprochen."

„Na dann los. Ich habe kein gutes Gefühl."

Sie liefen zu seinem Auto und stiegen ein. Tim fuhr ein flottes Tempo und hatte den Ginsterweg schnell gefunden. Das Haus war nur fünfzehn Autominuten entfernt. Inzwischen hatte Jessi wieder versucht, Caro zu erreichen. Doch vergeblich. Es nahm niemand ab. „Das ist nicht ihre Art. Sie geht sonst immer ran. Oder ruft zurück."

Bei der Hausnummer 13 war alles dunkel. Niemand schien im Haus zu sein. Es stand kein Auto vor der Tür, das Gartentor war offen. Waren sie doch zu spät gekommen?

Als Jessi ein weiteres Mal anrief, hörten sie Caros Handy klingeln. Und fanden es bald in der Hecke. Das reichte Tim, er verständigte seine Chefin. Auf ihren Tadel reagierte er unwirsch. „Es ist ein Notfall, Claudia. Weiteres klären wir später."

Schon bald waren die Sirenen zu hören.

„Sie sind nicht mehr hier", stellte Tim fest, nachdem sie ums Haus gegangen waren und durch jedes Fenster gesehen hatten. Jessi nickte voller Sorge. „Reginas Hof!", fiel ihr ein. „Das ist

Edgars Chance, sich zu verschanzen. Sie ist schließlich noch im Krankenhaus, und Andy ist selten daheim."

„Dann los. Die Spuren im Haus können meine Kollegen aufnehmen."

Auf dem Grundstück von Regina wirkte alles ähnlich verlassen. Als sie ausstiegen, ließ ein plötzliches Geräusch aus dem Nebengebäude sie zusammenfahren. Tim wies Jessi an, im Auto zu bleiben, und schlich sich geduckt aufs Grundstück. Es schien eine halbe Ewigkeit zu dauern. Jessi hielt es nicht länger aus. Sie musste etwas tun, irgendetwas, um ihre Freundin zu retten.

Fast wäre sie mit Tim zusammengestoßen. Er hätte es wissen müssen, Jessi würde immer ihren eigenen Kopf haben. „Hier ist auch niemand. Was auch immer das eben für ein Geräusch war." Ratlos sahen sie sich an.

„Der Kanal", flüsterte Jessi, einer Eingebung folgend.

Sie kannte den Weg, es war Caros Lieblingsstrecke mit der kleinen Hündin gewesen. Jessi hatte sie begleitet, wann immer es ihre Zeit erlaubte.

Tim sah sie zweifelnd an. Diese Spekulationen gingen ihm nun doch zu weit.

„Es sind doch immer Leute am Kanal, Hundebesitzer, Spaziergänger, Jugendliche. Und außerdem sind weite Teile dort kameraüberwacht. Der Typ ist doch nicht blöd und macht so etwas in aller Öffentlichkeit. Außerdem ist der Weg direkt zum Kanal für Autofahrer nicht erlaubt, er würde auffallen."

„Die Angler fahren immer direkt vor, das wird geduldet", widersprach Jessi. „Und wenn er sich ein bisschen auskennt, weiß er, wo keine Kamera ist. Dann braucht er nur eine günstige Gelegenheit abzupassen."

Tim dachte darüber nach, das klang plausibel. Sie mussten es versuchen.

Sie fuhren bis zum Parkplatz und eilten dann zu Fuß weiter durch die beginnende Dunkelheit. Der bewölkte Himmel nahm ihnen häufig die Sicht, nur gelegentlich zeigte sich der Vollmond. Die Hoffnung, dass Caro noch lebte, trieb sie an. Tim verständigte inzwischen seine Kollegen, wo sie nach Janssen suchten.

„Meine Kollegen haben eine Menge in seinem Haus gefunden, wofür dieser Kerl wieder für viele Jahre ins Gefängnis geht. Drogen, Erpressung, Vergiftung. Und seine eigene Stiefmutter hat er vielleicht auch auf dem Gewissen."

„Gerade deshalb müssen wir Caro finden!", drängte Jessi. „Lebend."

Sie fanden tatsächlich ein einsames Fahrzeug, das direkt am Wasser geparkt hatte. Ein Angler saß an der Böschung und hatte seine Angelhaken ausgeworfen. Er beobachtete scheinbar interessiert das Wasser. Hatten sie sich geirrt? Sie mussten abwarten, was er als Nächstes tat. Tim zog Jessi zu sich in die Deckung.

Sie lagen bewegungslos im Gebüsch auf der Lauer, gefangen zwischen Hoffen und Bangen. Plötzlich schob sich eine dicke Wolke am Mond vorbei und sie hatten freie Sicht. Und gerade in diesem Moment drehte sich der Mann in ihre Richtung um. Sie sahen einander an. Tim nickte.

„Er könnte es sein. Aber wo ist Caro?"

Sie hatten keinen Anhaltspunkt, also mussten sie warten. Sie fröstelten beide in ihrem Versteck. Doch endlich tat sich etwas. Der Angler ging zu seinem Auto. Er sah sich kurz um, bevor er den Kofferraum seines Fahrzeuges öffnete und einen großen Sack heraushob. Das Licht einer Laterne fiel ihm nun direkt ins

Gesicht. Tim schnappte nach Atem. „Er ist es. Hundertprozentig. Bleib hier!"

Er konnte sich ausmalen, was der Mann Übles mit seiner Fracht vorhatte, die er zum Kanal schleifte. „Halt! Polizei!", rief er. „Lassen sie das fallen!" Tim preschte hervor, Jessi folgte ihm. Der Mann ließ kurz von seinem Paket ab und sah sie an. Die beiden Personen schien er nicht ernst zu nehmen.

„Verschwindet, ihr verjagt mir noch die Fische." Dann zog er ungerührt sein Paket weiter zum Wasser und ignorierte die Störenfriede.

Tim musste handeln, sofort! Besser er irrte sich, als dass er nichts tat und Caro zu Schaden kam. Wo blieben bloß seine Kollegen?

„Lassen Sie das Paket los. Sofort!", forderte er den Mann auf und hatte ihn fast erreicht. Da zückte dieser plötzlich ein Messer. Die Klinge schimmerte im Laternenlicht. Jessi stockte der Atem, als sie nun auch ihren Freund in Gefahr sah. Tim versuchte geschickt, dem Messerstecher auszuweichen. Die herumwirbelnde Klinge zischte in der Luft.

Wo war Caro? Wenn sie in diesem Sack steckte, war sie nur noch wenige Meter vom Kanalrand entfernt. Jessi musste versuchen, den Sack aufzubekommen. Vielleicht war ihr Schlüssel stark genug, um ihn aufzuritzen? Sie lief in geduckter Haltung an den Männern vorbei zum Wasser. Dann tastete sie nach dem Inhalt des Paketes. Fühlte Kopf, Rumpf, Arme und Beine. Ein lebloser menschlicher Körper. Oh Gott, hoffentlich war es nicht zu spät! Jessi rupfte und zerrte nach Leibeskräften an dem Sack.

„Caro", flüsterte sie verzweifelt. Dann hörte sie einen Schrei hinter sich. Tim war getroffen worden und sackte in sich zusammen. Nun schrie Jessi auf, denn der Mann kam auf sie zu.

„Ich lass mir von euch zwei Schissern doch nicht alles versauen“, zischte er und ging auf sie los.

Gerade in diesem Augenblick fuhren Tims Kollegen vor. Endlich. Blaulicht. Martinshorn. Das war Rettung in buchstäblich letzter Sekunde!

Doch Edgar wollte nicht aufgeben, erwischte sie noch mit der Klinge am Arm. Dann stürmten die Polizeikollegen auf ihn zu und überwältigten ihn.

Jessi stöhnte auf vor Schmerzen. Ihr wurde flau im Magen von der blutenden Wunde. Wie in Trance nahm sie wahr, was um sie herum passierte. Tims Kollegen öffneten den Sack. Jessi entfuhr ein Schrei der Erleichterung, als sie sah, dass es wirklich Caro war. Sie wurde befreit, aber sie bewegte sich nicht. „Bitte, lass sie durchkommen“, sandte sie Stoßgebete ins Universum. Die Ärzte kümmerten sich routiniert um Caro. Auch Tim und sie wurden versorgt. Um ihre Fleischwunde machte sie sich keine Sorgen, aber Tim hatte es schlimmer erwischt. Und wie ging es Caro? Jessi drehte sich der Magen um vor Angst um die Freundin, die wie eine Tote auf der Notarztliege lag. Mit Blaulicht fuhr der Krankenwagen ab. Sie fröstelte, als sie ihnen nachsah.

Jessi sammelte sich einen Moment. Als sie wieder aufsah, sah sie, dass Edgar gerade Handschellen angelegt wurden.

„Na Kumpel, diesmal bist du nicht wieder so schnell draußen“, fuhr ihn ein Polizist an und drückte seinen Kopf nach unten, als er ihn in den Polizeiwagen schob.

Mittlerweile war Frau Jäger zu Tim getreten, und Jessi empfand Genugtuung für ihren Freund.

„Kollege, du hattest Recht“, gab die Kriminalhauptkommissarin zu. „Drogen, Erpressung, mehrfache Körperverletzung, Mord und nun ein mehrfacher Mordversuch. Da kommt genug zusammen, damit der Janssen für immer hinter Gittern bleibt.“

Tim war stolz auf die seltene Anerkennung. Doch besorgt sah er zu Jessi hinüber, die vor sich hinstarrte.

„Wie geht es dir?“

Erst als er noch einmal fragte, drangen seine Worte zu ihr durch. Sie sah hoch. Ihre Stimme war voller Angst.

„Mir geht es gut. Aber hoffentlich kommt Caro durch!“

Aufgepäppelt

Als Caro wieder zu sich kam, lag sie in einem fremden Bett. Die Geräusche, die ganze Umgebung waren ihr fremd. Ihr Körper schmerzte überall, doch vor allem ihr Kopf. Als sie danach tasten wollte, spürte sie einen Druck auf ihrer Hand. Eine Infusion. Sie stöhnte auf, verwirrt. Ihr Blick war noch nicht scharf genug, um alles um sie herum zu erkennen. Doch sie hörte die Stimme ihrer Mutter, die beruhigend auf sie einredete und ihre Hand streichelte.

„Es wird alles wieder gut, Caro. Du bist im Krankenhaus. Dieser Janssen hat dich unter Drogen gesetzt, und durch einen Sturz hast du eine Gehirnerschütterung. Und du hast ziemlich viele Schürfwunden, der Kerl ist sehr ruppig mit dir umgegangen, als er dich zum Kanal geschleift hatte. Nicht auszudenken, was dir passiert wäre, wenn Jessi und der Polizist den Kerl nicht aufgehalten hätten!"

Caro hatte Mühe, den Wortschwall zu verarbeiten, während es sich anfühlte, als ob in ihrem Kopf ein Presslufthammer in Gang gesetzt wurde. Das Wort ‚Krankenhaus' drang zu ihr durch, und dass sie außer Gefahr war. Sie hätte weinen können vor Erleichterung. Im Hintergrund wurde es emsig. Sie hörte Stimmen und ein klapperndes Geräusch. „Frau Schneider, würden Sie bitte draußen warten, bis ich den Verband ihrer Tochter gewechselt habe?"

„Wie geht es Ihnen, Frau Schneider? Haben Sie Schmerzen? Ich werde Ihnen jetzt den Kopfverband wechseln."

Caro ließ es geschehen, auch wenn es ihr unangenehm war, so hilflos zu sein. Die Schmerzmittel, die ihr die Schwester reichte, nahm sie dankbar entgegen. Sie hatte das Gefühl, als würde ihr Kopf zerspringen.

„Es wird noch eine Weile weh tun. Sie haben ja auch einiges mitgemacht. Aber das wird schon wieder." Die Pflegerin nickte ihr aufmunternd zu. „Wenn Sie etwas brauchen, drücken Sie einfach den Knopf hier." Als sie hinausging, kam Caros Mutter wieder herein. Die Krankenschwester ermahnte sie, nicht mehr allzu lange zu bleiben. Die Patientin brauche dringend Ruhe, um schnell wieder auf die Beine zu kommen.

Gabriele verdrehte die Augen über die Schwester, denn eigentlich waren Ermahnungen und Anweisungen ihr Part. Dann nahm sie wieder Caros freie Hand.

„Wir sollten unseren unsinnigen Streit begraben. Man weiß nie, was im Leben passiert." Besorgt sah ihre Mutter sie an.

Caro nickte und verzog sogleich ihr Gesicht vor Schmerz.

„Und bevor ich es vergessen: Ich soll dich ganz lieb von Patrick grüßen, und von Annalena und den Zwillingen sowieso. Und von Jessi natürlich auch. Sie können es kaum erwarten, dich zu besuchen. Aber das Pflegepersonal ist hier sehr streng. Wir sind jedenfalls alle so froh, dass es dir wieder besser geht!"

„Und Edgar ist im Gefängnis?", brachte sie hervor.

„Ja, Gott sei Dank wurde dieser Unmensch gefasst und kann niemandem mehr schaden! Die Polizei hat wohl einiges gegen ihn gefunden. Aber nun ruh dich aus und lass dich hier gut versorgen. Dann kommst du sicher bald wieder raus."

Sie umarmte ihre Tochter. Caro sah ihr nach, als sie den Raum verließ. Sie war so froh, dass sie wieder versöhnt waren.

Wenige Tage später wurde Caro aus dem Krankenhaus entlassen. Jessi ließ es sich nicht nehmen, sie abzuholen und nach Hause zu bringen.

„Tausend Dank, Lebensretterin!" Die beiden Frauen umarmten sich.

„Oh mein Gott, was bin ich froh, dass du noch lebst. Du hast mir einen schönen Schrecken eingejagt! Aber dieser Edgar ist dank dir aufgeflogen. Dafür hat er dich allerdings vorher noch ganz schön verwüstet." Jessis Blick in ihr Gesicht sprach Bände.

„Ich vermeide es noch, mein Spiegelbild anzusehen, bis die ganzen blauen Flecke und Schürfwunden weg sind. Aber das wird schon wieder heil, haben sie im Krankenhaus gesagt."

Caro hatte nur kurz in den Spiegel geblickt und gesehen, dass alles noch dran war. Sie wusste, dass die blauen Flecken, die mittlerweile ein tiefes blauviolett angenommen hatten, viel schlimmer aussahen, als sie waren. Das reichte ihr. Sie hatte unglaubliches Glück gehabt, das wusste sie.

Als sie zum Auto kamen, hüpfte darin etwas auf und ab. „Zazou! Du hast sie mitgebracht!"

„Na klar, sie ist ja kaum zu bändigen. Eine wirklich schwierige Hundedame. Doch ein bisschen hat sie sich mit Tim und mir angefreundet, als sie zur Pflege bei uns war."

Caro nahm Zazou auf den Arm und kraulte sie während der ganzen Heimfahrt intensiv. Da gab es einige Krauleinheiten nachzuholen.

„Den Kühlschrank habe ich dir schon aufgefüllt. Ruf durch, wenn du noch irgendetwas brauchst, okay?" Sie stellte Caros Tasche im Flur ab.

„Du bist ein echter Schatz." Caro umarmte die Freundin.

„Aber gerne, du sollst dich schließlich schonen. Hat dir dein Arzt doch gesagt."

Caro puffte sie an und grinste: „Nun klingst du schon wie meine Mutter!"

„Das habe ich nicht vor. Aber ich bin sehr froh, wenn du bald wieder die Alte bist."

Auch wenn Caro gerne aktiv geworden wäre, hatte sie noch gar nicht die Kraft dazu. Also tat sie, was alle ihr rieten: Sie schonte sich, in eine Decke eingekuschelt und mit Zazou auf dem Sofa, die ihre Krauleinheiten genoss. Die Tasse Roibuschtee stand dampfend vor ihr, aus den Lautsprechern kamen gute Laune-Songs. So ließ es sich aushalten, auch wenn ihr langsam ein wenig langweilig wurde.

Sie dachte an ihre Familie. Ihre Mutter hätte sie allzu gerne bei sich aufgenommen, doch Caro brauchte Zeit für sich, um sich zu sortieren.

„Komm doch gerne heute Nachmittag vorbei, du kennst meine neue Wohnung ja noch gar nicht." Sie hatten sich im Krankenhaus wieder angenähert und das sollte auch so bleiben.

Es klingelte und Caro sah auf die Uhr. Das war aber noch weit vor der verabredeten Zeit. Zazou bellte und sprang vom Sofa, Caro kam kaum hinterher. Sie brauchte eine Weile, bis sie sich von ihrem gemütlichen Rückzugsort erhoben hatte und die Tür öffnete.

Und da stand er – Moritz. Mit einem riesigen Strauß Blumen in der Hand grinste er sie an. „Hallo meine Schöne!"

Caro musste lachen. „Na, eine Schönheit bin ich ja momentan nicht gerade. Aber die Ärzte sagen, das wird wieder."

Sie nahm die Blumen entgegen und trat einen Schritt zur Seite. Und er musste erst einmal die Terrierdame kraulen, die danach verlangte.

Als sich ihre Blicke wieder trafen, wurden sie von ihren Gefühlen übermannt, die sich viel zu lange aufgestaut hatten. Sie fielen sich in die Arme und küssten sich, leidenschaftlich, innig. Konnten nicht genug voneinander bekommen.

„Du Liebste. Was hast du für ein Glück gehabt. Nein, was haben wir für ein Glück gehabt! Ich habe tausend Ängste um dich ausgestanden. Nicht auszudenken, wenn Edgar seinen Plan zu Ende gebracht hätte! Ich könnte gar nicht mehr ohne dich sein.“ Zärtlich streichelte er ihr geschundenes Gesicht, sie versank in seinen braunen Augen, schmiegte sich an ihn.

Doch dann kamen diese Gedanken wieder hoch und ihr ganzer Körper versteifte sich.

Er hielt inne. „Was ist? Es tut dir noch alles weh?“

„Ja. Nein. Das ist es nicht. Es hat sich nur leider nichts an unserer Situation geändert. Und ich kann das nicht. So“, sie suchte nach Worten, „unverbindlich zusammen sein. So zwischen den Stühlen. Das fühlt sich für mich nicht richtig an.“ Tieftraurig sah sie ihn an. Auch wenn sie sich ein Leben ohne Moritz nicht mehr vorstellen konnte, die Rolle als Zweitfrau würde sie niemals akzeptieren. Das war sie sich selbst schuldig.

Moritz sah sie nur liebevoll an. „Ich weiß, dass du furchtbar unter der ganzen Situation gelitten hast. Ich habe dir wirklich viel zugemutet, aber jetzt gibt es endlich gute Nachrichten. Und vorher hätte ich dir gar nicht unter die Augen treten können. Eileen hat der Scheidung endlich zugestimmt!“

„Wirklich?“ Caro sah ihn skeptisch an. „Und was ist mit Lukas? Wie geht es ihm damit? Ich möchte nicht, dass dein Sohn darunter leidet.“

„Lukas ist unglaublich weit für sein Alter. Und so tapfer. Er hat ohnehin mehr mitbekommen, als er sollte. Weißt du, was er Eileen und mir gesagt hat? Dass wir uns sowieso nur noch streiten und dass er Mama und Papa auch getrennt liebhat. Dann hätten wir auch wieder viel mehr Spaß. Und außerdem mag er dich." Ein wenig schuldbewusst sah er Caro an. „Das hat er mir allerdings heimlich gesteckt. Das sollte Eileen vielleicht besser noch nicht so genau wissen."

„Aber hast du nicht gesagt, dass Eileen mit der Trennung überhaupt nicht zurechtkommt? Und dass du dich nicht traust, sie allein zu lassen und deinen Weg zu gehen?"

„Sie hat einen Job in Aussicht und hat wieder Tritt gefasst. Sie kann endlich akzeptieren, dass unsere Beziehung vorbei ist. Wir haben uns geeinigt, dass Lukas wochenweise bei ihr und bei mir wohnen wird. Den Vorschlag hat sie sogar selbst gemacht."

Caro schwieg. Sie musste nachdenken. Konnte es sein, dass ihr Glück jetzt zum Greifen nah war? Was Moritz da sagte, war eine ganz wunderbare Lösung. Auch wenn Eileen schwierig war, blieb sie dennoch Lukas' Mama. Sie würden sich miteinander arrangieren. Schon allein, damit es dem Jungen gut ging. Sie hatte nicht gerade von einer Patchworkfamilie geträumt. Aber mit Moritz und Lukas klang das sogar ganz schön. Sie entspannte sich langsam. „Wo wirst du wohnen?"

Moritz schien ihren Stimmungswechsel zu spüren und atmete auf. „Erstmal weiterhin im Gästezimmer bei Eileen, bis ich eine neue Wohnung gefunden habe. Aber ich habe in den nächsten Wochen ein paar Besichtigungstermine, da wird schon etwas dabei sein."

„Vielleicht klingt das verrückt, aber du musst doch gar nicht so weit suchen", platzte Caro heraus. Jetzt, wo alles geklärt schien, wollte sie nicht länger warten. Sie hatten schon viel zu viel Zeit vertan. Die Pragmatikerin in ihr ergriff das Ruder. „Was hältst du davon, wenn du hier wieder einziehst? Es ist schließlich deine alte Wohnung, in der ich offiziell nur zur Untermiete wohne. Und es ist wirklich genug Platz hier, auch für Lukas.“

„Ist das dein Ernst?“ Seine Augen leuchteten.

Caro nickte. „Klar, meine ich das ernst. Es geht zwar ein bisschen schnell mit uns, aber wenn man es nicht zusammen versucht, findet man nie heraus, ob es passt.“ Dann grinste sie ihn an. „Obwohl ich bei uns keinerlei Zweifel habe.“

Mit offenem Mund sah er sie an. „Du hast recht. Und seit ich dich fast verloren hätte, weiß ich ganz bestimmt, dass ich ohne dich nicht mehr leben möchte.“ Er drückte sie zärtlich an sich. Doch dann sah er sie gespielt streng an. „Du weißt aber schon, dass ich sehr darauf aufpassen werde, dass du dich weiter schonst?“

Sie lachte ihn an. „Na klar, und wenn du neben der Pflege noch Zeit findest – ich bin gerade am Verhungern.“

Moritz fasste sich an den Kopf. „Das Sushi. Ich hätte es fast vergessen.“ Sein Blick fiel auf die Box, die er geistesgegenwärtig auf die Ablage gestellt hatte, sehr zum Leidwesen von Zazou, die bereits die ganze Zeit in der Luft schnüffelte und hochsprang. „Ich hoffe, du magst Sushi?“

„Ich liebe Sushi! Das klingt ganz wunderbar.“ Sie wollte schon nach der Box greifen, aber das ließ er nicht zu. „Kommt gar nicht in Frage. Lass mich das machen.“

Und während Caro nach der passenden Vase für ihre Blumen suchte, war Moritz in der Küche verschwunden. Mit liebevoll angerichteten Tellern kam er ins Wohnzimmer und nahm neben ihr auf dem Sofa Platz.

Zazou saß ausnahmsweise brav auf ihrer Hundedecke in der anderen Sofaecke.

„Lecker, du hast mein Lieblingssushi mitgebracht." Caro steckte sich eine California-Roll in den Mund und kaute genüsslich. „Ich werde übrigens bald wieder anfangen zu arbeiten."

„Meinst du nicht, dass du noch ein klein wenig Ruhe brauchst?" Er runzelte besorgt die Stirn.

„Ja, aber ich habe gute Ideen für eine Marketingkampagne, das will ich ausprobieren. Das wird meine Reichweite schlagartig erhöhen. Wenn ich dich zitieren darf: Ohne Social Media geht es nicht." Dann sah sie ihn an und grinste. „Und schon kommst du ins Spiel, denn ich hätte kurzfristig einen Job als Social-Media-Berater zu vergeben. Aber nur, wenn du neben der Pflege noch ein wenig Zeit findest." Schelmisch sah sie ihn an, und er zog sie erneut an sich, um sie zu küssen.

„Den Job nehme ich sofort an. Dann habe ich noch mehr Gründe, um bei dir zu sein."

Sie lachten zusammen und waren überglücklich. Nichts würde sie mehr trennen können.

Es klingelte an der Tür. Und Zazou tat wieder einmal das, was man Terriern nachsagte: Sie begrüßte den neuen Besuch vor der Tür intensiv bellend.

„Das ist meine Mutter. Ich hatte ihr gesagt, dass sie heute vorbeikommen soll." Ein wenig bedauernd sah sie Moritz an, doch er verstand sie ohne große Worte.

„Ihr habt euch sicher viel zu erzählen. Ich komme lieber morgen wieder, wenn ich darf?"

„Natürlich darfst du, Quatschkopf." Sie stupste ihn lachend an. „Aber Ma und ich hatten länger Funkstille. Ein bisschen mehr Zeit miteinander wird uns guttun."

Sie erhoben sich vom Sofa, und Caro ging zur Tür.

„Ma! Schön, dass du da bist."

Gabriele hatte ebenfalls Blumen mitgebracht, und eine wunderbar duftende Platte Kuchen von Caros Lieblingsbäcker. „Caro, Liebes." Sie drückte ihre Tochter. Und streichelte der Hündin kurz über den Kopf, damit sie endlich Ruhe gab. Als sie das Geschirrklappern aus der Küche hörte, fragte sie: „Du hast Besuch? Störe ich etwa?"

„Nein, natürlich nicht. Komm herein." Caro nahm ihr die Blumen ab.

„Hallo, Frau Schneider", begrüßte Moritz Caros Mutter. „Ich habe euch einen Kaffee aufgesetzt. Bis morgen, Caro." Er gab ihr einen Kuss.

Gabriele sah ihm nach, und dann ihre Tochter an. „Wie ich sehe, wirst du bereits ganz wunderbar versorgt. Ich freue mich so für dich, Caro!"

Caro nickte. „Lass uns in die Küche gehen." Sie nahm ihr die Blumen und den Kuchen ab, und der Kaffeetisch war schnell gedeckt. Die kleine Hündin hatte sich auf ihrem Kissen zusammengerollt.

„Es sieht noch so schlimm aus." Gabriele seufzte und sah auf die blauen Flecken in Caros Gesicht.

„Ja, aber es geht schon wieder zurück", winkte Caro ab. „In ein paar Tagen sehe ich wieder aus wie ich selbst."

Gabriele sah sich um. „Du fühlst dich wirklich wohl hier, nicht wahr? So auf dem Dorf?"

„Ich fühle mich hier sogar sehr wohl, und mit Hund ist es einfach ideal. Außerdem habe ich genug Platz für mein Näh-Atelier."

„Du gibst deinen Traum niemals auf, nicht wahr?"

„Nein.“ Caro schüttelte den Kopf. „Ich weiß, dass ich dich damit enttäusche, Ma, aber...“

Doch Gabriele unterbrach sie. „Das ist es nicht, Caro. Ich wollte immer nur, dass es dir gut geht, dass du glücklich bist. Und dein Vater genauso. Und jetzt merke ich erst, wie sehr du im Kreativen aufgehst. Und du bist großartig darin.“

Überrascht sah Caro ihre Mutter an. Hatte sie sich gerade verhört?

„Ich kann mir vorstellen, dass du nicht glauben kannst, dass ich es wirklich so meine. Wir wollten Sicherheit für dich, aber das ist nicht dein Ziel. Du hast Talent. Das hast du von deiner Tante. Ich war leider nie kreativ und konnte mir auch nie vorstellen, was es dir bedeutet.“

„Ich war in meinem ganzen Leben noch nicht so glücklich wie jetzt. Mit meinen Nähsachen und meinen Ideen und meiner Selbstständigkeit.“

„Und das soll auch so bleiben. Ich bin stolz auf dich!“ Sie drückte ihre Tochter liebevoll an sich.

„Ach, Ma.“ Caro war gerührt. Sie hatte mit erneuten Meinungsverschiedenheiten gerechnet. Aber ganz sicher war sie nicht auf so aufmunternde Worte eingestellt. „Danke. Das bedeutet mir sehr viel, dass du an mich glaubst!“

Gabriele nickte. „Du schaffst es mit deinem Laden, Caro. Du lässt dich nicht unterkriegen.“

„Und du meinst, auch Paps hätte meine Sache unterstützt?“ Der Zweifel blieb in Caro. Viel zu lange hatte sie sich ihren Wunsch wegen des bösen Streits damals verwehrt, der einen so grausamen Ausgang genommen hatte.

„Er wäre genauso stolz auf dich. Aber auch er konnte sich damals für dich keinen anderen Weg vorstellen, als er ihn selbst eingeschlagen hatte. Etwas Solides, im Büro. Das wäre heute sicher anders. Du musst verstehen, wir hatten damals auch Zeiten finanzieller Probleme, das wollten wir vor euch Kindern nicht ausbreiten." Sie hielt kurz inne. „Und der Herzinfarkt, der hatte sich schon länger angekündigt. Leider hatte man früher Vorhofflimmern und die Auswirkungen vom Rauchen auf die leichte Schulter genommen. Ich habe mir seitdem jeden Tag Vorwürfe gemacht, dass ich nicht gegen seinen Willen einfach den Krankenwagen gerufen hatte."

Caro starrte sie an. „Du meinst, ich bin nicht schuld an Paps Tod?"

Jetzt war es Gabriele, die erschüttert war. „Nein Caro, ganz gewiss bist du das nicht. Oh mein Gott, hast du das etwa die ganze Zeit geglaubt?" Sie umarmte Caro erneut, die den Tränen nahe war. So viel Zeit war vergangen. So viele Worte waren all die Jahre ungesagt geblieben.

„Es ist gekommen, wie es gekommen ist. Mach das Beste aus dem Leben, das vor dir liegt. Du hast noch so viele Möglichkeiten. Nutze sie mutiger, als wir uns getraut haben."

Caro saß noch lange am Küchentisch, als ihre Mutter längst gegangen war. Sie fühlte sich so unendlich erleichtert.

Zazou machte sich bemerkbar und schleppte sogar die Leine hinter sich her, als Caro immer noch nicht reagierte. Sie lachte auf. Genug sinniert. Jetzt würde sie sich praktischen Dingen widmen und gleich noch einen klaren Kopf an der frischen Luft bekommen. Hunde waren doch unbestreitbar die beste Therapie gegen Grübeleien. Und in der Natur hatte sie noch immer die originellsten Ideen. Sie würde sich inspirieren lassen.

„Ich bin so froh, dass ihr euch wieder vertragen habt." Nele versuchte, mit ihren Armen Oma und Tante zu umarmen.

„Jaaa! Das war der schönste Geburtstag, den ich je hatte." Max drückte sich ebenfalls an sie.

„Willst du noch etwas zu essen mitnehmen, Caro?", fragte Annalena im Hintergrund, doch Caro verneinte lachend.

„Danke nein, es war alles so lecker. Aber die nächsten Tage wird der Gürtel enger geschnallt."

Die Verabschiedung dauerte endlos. „Ich komme doch bald wieder", versprach sie grinsend.

„Bloß schade, dass Lukas' Papa nicht mitkommen konnte", meinte Max.

Caro nickte. Das war noch der einzige Pferdefuß an der Sache. Eileen. Sie war ziemlich empfindlich. Moritz und sie wollten ihre neue Bereitschaft zur Scheidung nicht überstrapazieren.

„Ihr Erwachsenen seid so kompliziert." Nele pustete eine Ponysträhne hoch, dann stoben die beiden Kids davon. Sie hatten schließlich noch längst nicht alle Geschenke ausgepackt.

Glücklich winkend ging sie zu ihrem Auto und stieg ein. Auch sie war nur allzu froh, dass alles wieder im Lot war.

Gerade als sie die Zündung anlassen wollte, kündigte sich eine Nachricht mit einem ‚Pling' an. Wie schön, dass Moritz an sie dachte. Erfreut griff sie nach ihrem Handy. Doch es war keine Nachricht von Moritz. Andy hatte ihr geschrieben.

Er hielt sich kurz. „Mutter und ich werden angeklagt."

Justitia lässt grüßen

Caro hatte gleich zurückgerufen, selbstverständlich hatte sie Zeit für einen Freund in Not. Eine halbe Stunde später saß er vor ihr wie ein Häufchen Elend. So hatte sie Andy noch nie gesehen. Caro sträubten sich die Nackenhaare, als sie hörte, wie sehr Edgar die beiden mit reingezogen hatte.

„Geklaute Laptops, Fernseher, alles Tech-Geräte. Edgars Handlanger hatten die Ware im großen Stil im Nebengebäude abgestellt“, berichtete Andy.

„Und du hast nichts davon mitbekommen?“

Andy schüttelte den Kopf. „Nach Omas Tod war ich ziemlich neben der Spur. Ich habe zu viel getrunken und mich gehen lassen. Wir haben uns viel gestritten, Mutter und ich, und sind uns aus dem Weg gegangen. Und du kennst ja Regina, sie hält durch bis zum Schluss und lässt sich in nichts reinreden.“

„Warum ist ihm erst jetzt wieder eingefallen, dass du damals das Fluchtauto gefahren haben sollst? Gilt da nicht die Verjährung?“

Traurig schüttelte er den Kopf. „Für einen Raubüberfall? Vergiss es. Erst nach zwanzig Jahren. Und keine Ahnung, warum er das jetzt sagt. Vielleicht will der alte Sack seine eigene Knastzeit verkürzen. Oder Mutter weiter quälen. Was weiß ich.“

Caro traute sich nicht, zu fragen, ob etwas an der Sache dran war. Aber dass sich Andy grundlegend geändert hatte, das hätte sie jedem unterschrieben. „Habt ihr einen Anwalt?"

Schulternzucken. „Einen Pflichtverteidiger. Kurz vor Rente, ziemlich unengagiert."

Caro atmete hörbar aus. Das sah nicht gut aus. „Wie geht es Regina?", fragte sie vorsichtig.

Jetzt sah er sie direkt an. „Ich glaube, sie packt es nicht mehr lange."

Er wollte gehen, nur noch für sich sein. Caro konnte es verstehen. Sie würde beim Prozess dabei sein. Doch wie konnte sie ihnen noch helfen? Ihr kam da eine Idee.

Sie war froh, dass die Kids Zazou in Beschlag nahmen und draußen mit ihr spielten, denn so konnten sie sich in Ruhe unterhalten. Seit dem schrecklichen Überfall waren sich die Schwägerinnen wieder nähergekommen.

„Ich hoffe, du hast keine Beschwerden zurückbehalten?" Annalena sah sie besorgt an.

Gerade als Caro vehement den Kopf schütteln wollte, waren die Kopfschmerzen wieder da. „Nur noch wenig", gab sie zu. „Zumindest muss ich keine Make-up-Schichten mehr auftragen, um die schlimmen Flecken zu verbergen."

Sie aßen den Kuchen, den Annalena unter Caros Protest – schließlich hatte sie eingeladen – mitgebracht hatte.

„Jede macht das, was sie gut kann", hatte Annalena ihr am Telefon widersprochen. Insgeheim war Caro eigentlich ganz froh darüber gewesen, und hatte die Zeit genutzt, für die Kids Turnbeutel zu nähen, die vor allem Annalena zu schätzen wusste.

Aber Andys Besuch am Vortag hing ihr noch nach, und sie erzählte Annalena davon, was Regina und Andy bevorstand.

„Andy hat solche Angst, dass er ins Gefängnis muss", schloss sie ab. „Er war immerhin schon 18 damals. Aber du hast ihn ja kennengelernt, er würde da drin kaputt gehen. Und noch mehr sorgt er sich um seine Mutter. Regina hat sich nach meinem Auszug doch noch mit reinziehen lassen, weil Edgar sie erpresst hatte. Die haben Hehlerware im Wert von 30.000 Euro gefunden."

„Das klingt wirklich schlimm." Annalena zog die Augenbrauen zusammen. Aber sie klang ein wenig ausweichend. Fast so, als spürte sie, wohin die Unterhaltung führen würde.

Caro schob nach: „Die beiden haben nur einen Pflichtverteidiger, und der soll eine ziemliche Pfeife sein. Sie haben schon genug damit zu tun, dass sie Edgar vor Gericht wiedertreffen müssen. Er wird sie richtig mit Dreck beschmeißen. Das muss doch jemand verhindern!" Sie sah ihrer Schwägerin fest in die Augen, doch die schüttelte den Kopf.

„Lena, ich weiß, du hast dich ganz bewusst für deine Kinder entschieden. Aber könntest du es ertragen, dass zwei grundanständige Menschen, die du zudem kennst, vor Gericht keine faire Chance bekommen?"

Annalena sah sie bedauernd an. Auch sie hatte sich in den wenigen Begegnungen gut mit Andy und seiner Mutter verstanden. „Du weißt, dass ich die beiden mag. Sie können sich glücklich schätzen, dass du dich so für sie einsetzt. Und du weißt, warum ich Anwältin geworden bin." Sie zögerte etwas. „Aber ich kann da nicht helfen, selbst wenn ich es wollte. Da bin ich doch schon viel zu lange raus. Ich weiß gar nicht, ob ich ihnen eine Hilfe wäre."

Hörte sie etwa Selbstzweifel bei Annalena? Caro sah sie überrascht an, es passte so gar nicht zu ihr.

„Du hast dein zweites Staatsexamen abgelegt. Mit Prädikat. Und du hast vor den Zwillingen einige richtig harte Fälle gewonnen", hielt Caro vehement dagegen. „Nein, wenn du von etwas überzeugt bist und dich reinhängst, dann schaffst du das auch." Sie überlegte kurz. „Oder möchte Patrick nicht, dass du wieder arbeitest? Vielleicht ginge es zumindest für dieses eine Verfahren?"

Jetzt lachte Annalena. „Du hast eine völlig falsche Vorstellung von deinem Bruder, wirklich! Glaubst du, er hätte meine Berufstätigkeit die ganze Zeit blockiert? Nein, er steht hinter mir, egal, wofür ich mich entscheide. Ich glaube, ich habe es einfach verpasst, mir neue Herausforderungen zu suchen. Patrick hat schon mehrfach den Vorschlag gemacht, ob ich nicht wieder als Anwältin arbeiten will."

Caro sah sie ebenso überrascht wie erfreut an. „Dann bist du dabei? Es ist für zwei tolle Menschen, die eine Menge durchgemacht haben."

Ihre Euphorie war ansteckend, sodass Annalena schließlich nickte. „Ich weiß." Man sah ihr an, dass sie das Für und Wider abwägte. Dann gab sie sich einen Ruck. „Gib mir mal die Telefonnummer der Janssens, ich werde mich mit ihnen treffen. Und mich in ihren Fall einlesen. Aber wie das Ganze ausgeht, das kann ich leider nicht garantieren."

Caro jubelte und umarmte ihre Schwägerin. Und Freundin. Endlich wieder Freundin. Sie waren sich so nah wie seit vielen Jahren nicht mehr. „Danke Lena. Du schaffst das! Du haust die beiden da raus!"

Der Prozess war für den 17. Mai angesetzt, und mit jedem Tag, den er näher rückte, stieg die allgemeine Nervosität. Nur Annalena war hundertprozentig fokussiert. Caro wusste aus Erfahrung, dass sie um ihre Schützlinge kämpfen würde wie ein Bullterrier im Straßenkampf. Sie selbst war als Zeugin geladen. Ihr Bruder und ihre Mutter waren als Zuschauer gekommen. Auch Jessi war mit Tim dabei, und natürlich Moritz. Als würde er ihre Gedanken spüren, sah er sie an, und allein sein Blick gab ihr Kraft.

Caro erblickte Regina und erschrak über ihren Anblick. Blass und abgemagert sah sie aus, mit tiefen Augenringen und eingefallenen Wangen. Sie schien um Jahre gealtert zu sein. Auch wenn sie selbst nicht wissen konnte, ob sie ungeschoren aus dem Prozess herauskommen würde, galt Reginas besorgter Blick ihrem Sohn. Andy war der Einzige, der ihr geblieben war.

Noch hatten die beiden Frauen kein Wort miteinander gesprochen, seit Caro ausgezogen war. Der Kontakt war sporadisch über Andy gelaufen. Aber Caro wusste von ihm, dass Regina sich aus Scham so zurückgezogen hatte. Sie fühlte mit ihr, denn auch Caro bangte um Andy. Er saß in der Reihe vor Regina. Er hatte einen Anzug an, Caro hätte schwören können, dass er ihn extra zu diesem Anlass gekauft hat. Seine Anwältin saß neben ihm, und sie strahlte eine Stärke aus, die Caro mit Stolz erfüllte. Ja, ihre Schwägerin würde für Andy und Regina das Beste herausholen, was möglich war. Ihre Blicke trafen sich kurz, dann war Annalena wieder ganz auf ihre nächsten Schritte konzentriert.

Die einsetzende Ruhe im Gerichtssaal wurde erheblich gestört, als Edgar Janssen hereingeführt wurde. Er war mit Handschellen gefesselt und wurde von zwei Polizisten zu seinem Platz eskortiert. Doch auch wenn keine unmittelbare

Gefahr von ihm ausging, erfasste Caro ein eiskalter Schauer, als er an ihr vorbeiging. Sie sah zu Regina und Andy hinüber – wie musste es ihnen erst ergehen? Caro hatte Regina als selbstbewusste und pragmatische Frau kennengelernt, doch die bloße Anwesenheit ihres Stiefbruders schien eine Panikattacke bei ihr auszulösen. Und auch Andy musste seine ganze Selbstbeherrschung aufbringen. Sein eben noch ernstes Gesicht war zu einer Maske erstarrt. Annalena hatte Mühe, die beiden zu beruhigen. Caro konnte nicht verstehen, was sie sagte, aber sie fand offenbar die richtigen Worte. Sie beruhigten sich.

Edgar Janssen nahm Platz. Er gehörte nicht zu der Sorte Gefangenen, die ihr Gesicht mit einer Kapuze bedeckten. Provozierend sah er sich im Gerichtssaal um. Keine Spur von Reue, er war mit sich im Reinen.

Das Verfahren nahm seinen Lauf.

Regina wurde ins Kreuzverhör genommen, aber sie bewies Stärke, schien über sich hinauszuwachsen. Stoisch wehrte sie sich gegen die Anschuldigungen und gegen Edgars Anwalt, der sie in die Zange nahm. Sie beschrieb glaubhaft ihre Begegnungen mit ihrem Stiefbruder und dessen immer massiveren Erpressungen in ihrer ruhigen, ernsten Art. Der Freigabe des Nebengebäudes für seine Hehlereien hatte sie nur zugestimmt, um ihren Sohn zu schützen. Dabei blieb sie.

Nun war Andy an der Reihe. Er wusste, was ihm bevorstand und auch er hielt sich tapfer. Mit fester Stimme schilderte er, wie ihn die Krebserkrankung seines Vaters aus dem Tritt gebracht und so empfänglich für eine vermeintliche Flucht aus der Realität mit Hilfe von Edgars Drogen gemacht hatte. Der Abend im November war für ihn nur eine Spritztour gewesen, er wollte seine gerade gewonnenen Fahrkenntnisse ausprobieren. Erst als sie die Polizei im Nacken hatten, war ihm ein

Licht aufgegangen, dass da etwas ganz und gar nicht stimmen konnte. Edgar zwang ihn kurz darauf, auszusteigen. Worum es bei der Sache wirklich ging, hatte er erst später herausgefunden. Diese Erkenntnis hatte für ihn nur ein Gutes – sie hatte ihn schlagartig von Drogen kuriert. Nie wieder hatte er sie danach angerührt.

Als Edgars Anwalt ihm immer wieder unterstellte, dass er in Wirklichkeit der Komplize seines Onkels gewesen war, standen ihm die Schweißperlen auf der Stirn. Doch Annalena ging dazwischen: „Edgar Janssen ist noch immer in der Lage, Menschen massiv unter Druck zu setzen, wie uns bereits sehr eindrucksvoll durch meine Mandantin Regina Berger-Janssen geschildert wurde. Andy Berger ist nur ein weiteres seiner Opfer. Er war zur Tatzeit vollkommen ahnungslos, in was er hineingezogen wurde. Und er befand sich in einer familiären Ausnahmesituation. Das bitte ich bei der Schuldfrage zu berücksichtigen."

Sie hatte ihre letzten Worte kaum ausgesprochen, als Edgar Janssen sich mit einem Ruck von seinen Bewachern losriss und auf sie zustürmte. Der Tumult, der daraufhin entstand, suchte seinesgleichen. Die Fortsetzung der Verhandlung wurde auf nachmittags vertagt.

Es war wie ein Gerichtskrimi im Fernsehen. Nur unvorhersehbarer. Caro hielt es vor Spannung kaum aus. Wie musste es erst Andy und Regina gehen? Sie sah zu ihnen herüber. Sie wirkten erstaunlich gefasst. Alles, was ihnen möglich war, hatten sie gesagt. Nun musste das Gericht entscheiden.

Auch Caro musste eine Aussage machen. Sie hoffte, dass sie dazu beitragen konnte, das Gericht von Andys und Reginas Unschuld zu überzeugen.

Nach einer weiteren Pause stand ihre Aussage gegen Edgar Janssens an. Moritz drückte ihre Hand, um sie zu stärken. „Du schaffst das. Er kann dir nichts mehr tun. Die passen jetzt auf wie die Schießhunde.“

Moritz hatte recht. Edgar hatte zu den Handschellen nach dem Tumult nun auch Fußfessel angelegt bekommen, und weitere Sicherheitsmänner standen bereit. Caro lief es kalt den Rücken herunter, als sie ihre Aussage machte. Sie vermied es, in seine Richtung zu sehen, als sie detailliert die Vorkommnisse schilderte. Ihr Herz raste, sie erlebte die Schockminuten vor ihrem geistigen Auge nochmal. Als sie fertig war, zitterte sie am ganzen Leib. Beim Hinsetzen fing sie unfreiwillig Edgars Blick ein, hasserfüllt und rachsüchtig. Er würde sie noch lange in ihren Träumen verfolgen. Sie betete für lebenslang.

Endlich wurden die Urteile verkündet. Die Angeklagten erhoben sich. Andy konnte sein Zittern kaum unterdrücken, und auch Regina wankte. Mit der zur Schau gestellten Gemütsruhe war es vorbei. Die Flüche von Andys verhasstem Onkel zu seiner Urteilsverkündung taten ihr Übriges. Mord. Versuchter Mord. Erpressung. Hehlerei. Drogenhandel. Die Liste seiner Vergehen nahm kein Ende, und sie führten zu einer lebenslangen Haftstrafe. Er musste von mehreren Beamten abgeführt werden. Einer vorzeitigen Haftentlassung hatte man bei der Anzahl an Straftaten einen Riegel vorgeschoben. Eine besondere Schwere der Schuld wurde festgestellt, eine anschließende Sicherheitsverwahrung auferlegt. Sie waren allesamt befreit von Edgar Janssen, doch das Aufatmen fiel leichter, als er endlich außerhalb des Gerichtssaales war.

Die Augen richteten sich auf die anderen beiden Angeklagten der Familie Janssen. Die dunkle Stimme der Richterin erklang. „Frau Berger-Janssen, das Gericht sieht es als erwiesen an, dass sie sich weder der Hehlerei noch der Beihilfe hierzu strafbar gemacht haben. Die Angeklagte ist freizusprechen."

Die Erleichterung stand Regina ins Gesicht geschrieben, doch nur für kurze Zeit. Wie mochte es für ihren Sohn weiter gehen?

„Nun zu Ihnen, Herr Berger. In Anbetracht Ihrer damaligen familiären Situation und dem Leid, das sie erfahren haben, werden Sie zu einer Bewährungsstrafen von drei Jahren und fünf Monaten verurteilt. Es wird damit das Jugendstrafrecht angewandt. Dass Sie geständig waren, trägt einen großen Teil zu diesem Strafmaß bei. Inwieweit das Auswirkungen auf Ihre Tätigkeit an der Schule hat, wird Ihr Arbeitgeber entscheiden müssen. Gegen das Urteil kann innerhalb von vier Wochen Berufung eingelegt werden."

Caro hätte jubeln können. Zwar hatte die Verteidigung Freispruch gefordert, doch mit dieser Strafe würde Andy noch so normal wie möglich leben können. Schließlich war der Raubüberfall noch lange nicht verjährt. Andy hatte also Glück gehabt. Stolz sah sie Annalena an. Sie hatte es immer gewusst: Ihre Schwägerin war einfach die geborene Anwältin.

Es dauerte eine Weile, bis sie sich zu Annalena durchgekämpft hatten.

„Sollte ich jemals mit der Polizei zu tun haben, wäre sie die Anwältin meiner Wahl", meinte Moritz, und Caro stieß ihn an. „Wenn du jemals mit der Polizei zu tun bekommst, dann bekommst du es vorher aber mit mir zu tun."

„Ich höre nur Polizei", rief Tim lachend, den Arm um Jessi gelegt.

„Hauptsache, Edgar ist endlich für immer unter Verschluss und kann seine Familie nie wieder quälen.“ Caro sah zur Seite und entdeckte Regina, die versuchte, zu ihnen durchzukommen. Sie strahlte. Die Erleichterung stand ihr ins Gesicht geschrieben. Endlich ging es auch für sie und Andy aufwärts.

Andy hatte seinen Charme wiedergefunden und bedankte sich überschwänglich bei Annalena, was sie aber vehement abwehrte.

„Du warst auch großartig, Andy. Und ich habe hier nur meinen Job gemacht und versucht, für euch das Möglichste herauszuholen.“

Doch noch jemand hatte ihr etwas zu sagen. „Danke, Frau Schneider. Das werde ich Ihnen nie vergessen.“ Regina hatte es endlich durch die Menschenmenge geschafft und reichte ihr die Hand.

„Machen Sie das Beste aus der Situation, Frau Berger-Janssen. Sie sind nun frei, und Andy bekommt eine weitere Chance. Und die hat er auch mehr als verdient.“

Regina nickte und wollte sich schon abwenden. Doch das ließ Caro nicht zu. „Regina?“

Sie blieb stehen und die beiden Frauen sahen sich an. Stille war zwischen ihnen, umgeben vom Lärm des Gerichts.

„Es tut mir so leid, Caro. Wir haben dich in Schlimmes hineingezogen, und dich dann auch noch im Stich gelassen. Das ist durch nichts zu entschuldigen.“

„Doch, das ist es“, widersprach Caro. „Ich bin so froh, dass ich euch kennengelernt habe. Es war eine wunderbare Zeit auf eurem Hof, ohne die ich mich niemals getraut hätte, mein Ding zu machen. Und ich bin froh, dass es für euch beide heute gut ausgegangen ist.“

Regina neigte nicht zu Rührigkeit, aber Caro hatte einen Nerv bei ihr getroffen. Ihre Augen schimmerten.

„Wenn du magst, können wir später ein bisschen am Kanal spazieren gehen? Komm gerne mit Zazou vorbei."

Caro hörte einen Hoffnungsschimmer in der Stimme ihrer ehemaligen Vermieterin und Freundin. „Ich komme zur Abendrunde vorbei."

Sie nickten sich zu, und Caro sah ihr nach, als sie zusammen mit Andy das Gerichtsgebäude verließ.

Es würde dauern, bis sie sich wieder nahe waren, doch heute war der erste Schritt getan.

Moritz trat auf sie zu und legte den Arm um sie. „Wollen wir los? Ich sterbe vor Hunger. Lass uns zur Trattoria fahren, ich lad' dich ein." Caro nickte. Auch sie hatte keine große Lust zu kochen. „Gute Idee. Mal schauen, was uns Francesca schönes zaubert." Sie war froh über den Halt, den er ihr gab, als sie zum Auto gingen. Noch immer war sie nicht so belastbar, wie sie es von sich kannte. Ihr kurzer Einsatz vor Gericht als Zeugin hatte sie angestrengt. Welche Last mochte erst von Regina und Andy abfallen?

Während Moritz ausparkte und langsam die Allee entlangfuhr, checkte Caro ihre Mails. Plötzlich sog sie scharf die Luft ein. Erschrocken riskierte Moritz einen kurzen Seitenblick. „Alles in Ordnung?"

„Sehr sogar." Caros Stimme überschlug sich fast. „Hör dir das mal an:

‚Liebe Carolyn, wir begrüßen dich zwar erst seit Kurzem in unserem Unternehmerinnen-Netzwerk, doch dabei hast du dich bereits durch dein Engagement und deine erfolgreichen Vermarktungsstrategien hervorgehoben. Wir wollen dich daher bitten, zu unserer Jubiläumsfeier am 2. Juli die Abschlussrede zu halten. Denn wir wollen gerade den Neugründerinnen zeigen, was möglich ist. Über deine Zusage freuen wir uns sehr. Deine Maren Gräf"'

Moritz hatte inzwischen vor der Trattoria geparkt. „Aber das ist doch fantastisch! Mensch Caro, das ist ein weiterer Meilenstein! Ich bin so stolz auf dich!" Er schien sich fast mehr darüber zu freuen als sie selbst. Und mit einem Grinsen setzte er nach: „Ein gutes Datum für die Jubiläumsfeier übrigens."

„Ja, so käme ich wenigstens um meinen Vierzigsten herum. Aber mich vor anderen hinzustellen und zu reden? Niemals!"

Moritz schnallte sie ab und nahm sie in den Arm. „Das schaffst du schon. Du hast schließlich noch Jessi. Und mich."

„Auch wieder wahr." Caro grinste und zog ihn an sich.

Und während sie sich küssten, erklang im Radio ihr Lied: „Never Giving Up".

Nachwort

Liebe Leserin, lieber Leser,

vielleicht willst du wissen, was hinter dieser Geschichte steckt?

Die Frage „Lebst du das Leben, das du dir erträumt hast?“ war es, die mich zu diesem Roman inspiriert hat.

Die meisten von uns müssen diese Frage verneinen, denn das Leben kommt ihnen einfach zu häufig dazwischen.

Genauso ging es Caro, die durch viele missliche Umstände gehen musste. Doch sie hat gekämpft und letztendlich gewonnen - für sich selbst, für ihre Freunde und Familie. Sie hat mutig nach vorne geschaut, auch wenn sie sich nicht immer mutig gefühlt hat.

Seit dem ersten Plot-Entwurf und der Entwicklung der Figuren, die mir im Verlauf immer mehr ans Herz gewachsen sind, bis hin zur Fertigstellung sind viele Monate vergangen. Mein besonderer Dank gilt daher meinen beiden Lieblingsmenschen. Ohne eure Engelsgeduld und praktische und moralische Unterstützung über so lange Zeit würde ich noch längst nicht fertig sein!

Ganz herzlich bedanken möchte ich mich bei meiner wunderbaren Lektorin Lara Hofmann, die mich mittlerweile mit meinem dritten Buchprojekt begleitet. Danke, dass du stets den Überblick behältst, für deine vielen wertvollen und konstruktiven Anmerkungen und deine Flexibilität in puncto Zeit.

Vielen Dank an Carmen Schneider für ihr wunderschönes Cover-Design. Ich hatte mich in dein Kanal-Bild verliebt. Danke für deine Geduld und Bereitschaft für meine zahlreichen Änderungswünsche.

Von Herzen lieben Dank an die engagierte MyNextSelf-Schreibwerkstatt von und um Yvonne Kraus. Es gibt nichts Motivierenderes, als gemeinsam zu schreiben und sich gegenseitig zu unterstützen!

Petra Martin

P. S.: Wenn dir das Buch gefallen hat, freue ich mich sehr auf deine Rezension auf Amazon und sage jetzt schon „Danke“ dafür!

Fortsetzung folgt – eine Leseprobe

Zurück auf Anfang

Caro hatte tatsächlich zugesagt und wusste nicht, was sie dazu geritten hatte. Am 2. Juli würde sie die Abschlussrede zur Jubiläumsveranstaltung des Unternehmerinnen-Netzwerkes halten. Sie, die sich bereits zu Schulzeiten erfolgreich vor jedem Referat gedrückt hatte. Allein beim Gedanken daran drehte sich ihr der Magen um. Doch die Aussicht, so einer Feier zu ihrem 40. Geburtstag zu entkommen, konnte sie sich nicht entgehen lassen. Nuller-Geburtstage waren ihr ein Graus.

„Ich werde tausend Tode vor Aufregung sterben, wenn ich da vorne stehe", klagte sie Jessi ihr Leid und bestellte noch zwei weitere Cappuccinos beim vorbeigehenden Kellner. Unvorstellbar, dass ihre Freundin das Reden halten zu ihrem Beruf gemacht hatte!

„Quatsch, das kriegst du hin. Du bist gut. Und wir üben das." Jessi klang entschlossen. Sie kurierte nun schon seit zehn Jahren Menschen von ihrer Redeangst. Nur bei Caro war sie bislang auf Granit gestoßen. Sie hatte das Auftreten vor Menschen für ihren Alltag nicht gebraucht. Bislang.

„Mach dir einfach ein paar Stichworte zu dem, was du sagen willst. Magst du am Sonntag zum Frühstücken zu mir kommen, und wir üben danach vor der Videokamera? Tim muss am Wochenende sowieso arbeiten."

Die Sache mit dem Frühstück klang prima. Auf den Rest hätte Caro gerne verzichtet.

„Nun mach nicht so ein Gesicht wie sieben Tage Regenwetter“, lachte Jessi. „Es ist doch eine riesige Wertschätzung, dass du diese Rede halten darfst. Und absolut verdient, finde ich. Kann man doch alles üben, damit es richtig gut wird.“

Jessis Angebot konnte Caro nicht ablehnen. Auch wenn sich alles in ihr sträubte, war sie doch eigentlich froh über das Privattraining. Sonntag um 10 Uhr klingelte sie also mit einer vollen Tüte lecker duftender Brötchen an Jessis Tür.

„Morgen! Schön, dass du da bist!“ Jessi umarmte sie und nahm ihr die Brötchentüte ab. Sie gingen ins Wohnzimmer und Jessi füllte den Korb. Wie erwartet war der Frühstückstisch üppig gedeckt. Auch das Kamera-Equipment stand schon bereit, wie Caro zu ihrem Leidwesen feststellte. Jessi nahm den selbstgewählten Auftrag sehr ernst.

„Sekt?“, fragte sie und Caro nickte.

„Den kann ich gebrauchen. Die Kamera verdirbt mir irgendwie den Appetit. Geht es denn nicht doch ohne?“, fragte Caro, als sie anstießen.

„Klar geht es ohne, aber das ist nicht so effektiv. So siehst du gleich, wo du noch etwas verbessern kannst.“

„Das wird wohl eine ganze Menge sein“, vermutete Caro zerknirscht. Sie war selbst überrascht, dass sie trotzdem noch ein zweites Brötchen schaffte.

„Na dann, Bühne frei“, sagte Jessi bestens gelaunt, als sie mit dem Essen fertig waren. Sie hatte gut reden, seufzte Caro.

Und tatsächlich ging der erste Versuch vor der Kamera fürchterlich in die Hose.

„Nicht verzweifeln, wir machen jetzt erstmal ein paar Atemübungen, und dann erzählst du mir einfach, was du rüberbringen willst.“ Jessi war durch nichts zu erschüttern. Dass die Kamera nebenbei lief, fand Caro nicht besonders witzig, doch irgendwann vergaß sie das nach einigen Minuten.

„Das war richtig gut“, nickte Jessi einige Versuche später anerkennend, als sie die Aufzeichnung abspielte, „So wird es toll klappen, du rockst die Bühne! Erzähl denen einfach ein bisschen aus dem Nähkästchen. Die wollen doch gar keine perfekte Rednerin, sondern jemanden, der authentisch rüberkommt. Und das tust du.“ Jessi grinste und schob noch nach: „Viel Glück, das wird schon schief gehen.“

Die Zeit bis zum 2. Juli verflog geradezu, plötzlich war der Tag da: ihr vierzigster Geburtstag. Moritz hatte sie mit einem Frühstück im Bett überrascht, das sich bis zum Mittag hinzog. „Du bist die schönste Vierzigjährige, die ich kenne.“ Er wollte sie erneut umarmen, doch sie lachte nur auf und warf ein Kissen nach ihm. „Schon klar, du bist ja auch unglaublich objektiv“, spottete sie, während sie aufsprang und ihm einen Handkuss zuwarf. „Ich muss mich fertig machen. Hoffentlich überlebe ich die Jubiläumsfeier!“

„Klar, du wirst großartig sein!“, kam es von Moritz aus dem Bett. Er verstand gar nicht, warum sie sich so aufregte wegen des Vortrags.

Die Dusche erfrischte Caro, und sie schminkte ihre Lachfältchen mit leichtem Make-up über. Ein graues Haar ärgerte sie, sie riss es sich seufzend heraus. Ein kritischer Blick in den Spiegel, doch sie konnte eigentlich noch ganz zufrieden mit sich sein. Kaum vorstellbar, dass sie vor einem dreiviertel Jahr noch an ihrem absoluten Tiefpunkt stand! Und jetzt war sie in einer glücklichen Beziehung und hatte einen fünfstelligen Monatsumsatz mit ihrem eigenen Unternehmen. Dass sie es einmal so weit bringen würde, hätte damals ihre Vorstellungskraft gesprengt.

Zwei Stunden später war sie bei ihren Netzwerkerinnen. Sie war schon mit etlichen Teilnehmerinnen ins Gespräch gekommen, auf einen intensiven Austausch wurde in dieser Runde viel Wert gelegt. Auch ein paar neue Gesichter konnte Caro entdecken. Sie war froh, dass ihr Geburtstag bei dem Treffen komplett unterging. Als Maren Gräf nach vorne ans Mikrofon ging, kehrte langsam Ruhe ein. Die Teilnehmerinnen suchten sich einen Platz in den Stuhlreihen.

Nach einer herzlichen Begrüßung wurden die Tagesordnungspunkte besprochen und einige strategische Dinge abgestimmt. Eine Netzwerkerin stellte als Exkurs die Einstellung von Beschäftigten vor. Ein Schritt, der für Caro kurz bevorstand. Sie hörte aufmerksam zu und machte sich Notizen.

Doch dann wurde es ernst.

„Liebe Caro", begann Maren die Anmoderation, „du bist erst seit wenigen Monaten bei uns, doch du bist mit deinem engagierten Einsatz für unser Netzwerk nicht mehr wegzudenken. Erzähl uns dein Erfolgsrezept. Du hast heute das letzte Wort." Maren lächelte sie freundlich an, als sie nach vorne kam.

Caro straffte sich innerlich. Es waren mehr als fünfzig Frauen anwesend. Die meisten von ihnen kannte sie bereits näher, was sollte da schiefgehen, sprach sie sich selbst Mut zu.

Sie erinnerte sich an Jessis Atemübungen und mache ihre heimliche Powerpose hinter dem Pult. „Du musst dir die gelungene Rede bildlich vorstellen", hörte sie Jessis Stimme in ihrem Ohr und musste unwillkürlich darüber grinsen. Sie sah in die Runde und entspannte sich. Jetzt war sie eine von ihnen. Und sogar eine, die ihr Wissen weitergeben sollte.

„Liebe Netzwerkerinnen, wenn mir jemand vor neun Monaten erzählt hätte, dass ich heute vor euch stehen darf, hätte ich ihn für übergeschnappt erklärt", begann sie ihre Rede, die ganze zwanzig Minuten dauern sollte und mit etlichen Anekdoten gespickt war. Und sie wurde mit tosendem Applaus beantwortet. Caro spürte Stolz und Erleichterung. Nach ihren letzten aufmunternden Worten an die Neuen und Dank an Maren und die alten Häsinnen, die das Netzwerk zusammenhielten, wollte sie gerade von der Bühne gehen. Doch Maren kam ihr mit einem Blumenstrauß entgegen.

„Vielen Dank für diesen tollen Einblick in deinen Unternehmensstart, liebe Caro. Es ist beeindruckend, was du in nur einem dreiviertel Jahr geschafft hast! Doch so schnell lassen wir dich heute nicht von der Bühne. Mir hat nämlich jemand zugeflüstert, dass es heute noch einen weiteren Grund zum Feiern gibt, nicht nur unser eigenes Jubiläum."

Caro konnte sich ein Grinsen nicht verkneifen, sie hätte es ahnen müssen. Auch wenn sie nicht gerne im Mittelpunkt stand, würde sie sich nicht darum drücken können. Sie ergab sich in ihr Schicksal.

„Anders als sonst haben wir zu diesem Anlass sogar ein paar ganz junge Gäste geladen." Maren machte eine bedeutungsvolle Pause. Wie auf ein Stichwort öffnete sich die Tür, und die Zwillinge und Lukas liefen herein und stürmten zu Caro auf die Bühne. Und während sie sich in ihre Arme schmissen, stimmten die Unternehmerinnen „Zum Geburtstag viel Glück" an. Sie hätten glatt einen Chor gründen können, fand Caro. Sie war richtig gerührt.

„Alles Gute zu deinem Ehrentag, Caro", gratulierte Maren ihr herzlich und übergab ihr den Strauß. „Wir haben auch ein wenig gesammelt und wünschen dir viel Freude damit", läutete sie die Geschenkübergabe ein.

Nun kamen Caro doch die Tränen, als sie nochmals zum Pult ging, um sich würdig zu bedanken.

„Tante Caro, du musst lachen“, wisperte Nele altklug hinter ihr. „Wir haben nämlich auch noch eine Überraschung für dich.“

Bevor Caro von den Gratulantinnen in Beschlag genommen wurde, dreht sie sich zu Nele um. „Noch eine Überraschung, mein Schatz? Das verkrafte ich in meinem Alter nicht.“ Lachend drückte sie ihre Nichte an sich.

„Ja, wenn du hier fertig bist, musst du mitkommen, die Überraschung wartet nämlich draußen“, zupfte nun Lukas an ihrem Arm. Und bald darauf öffnete sich die Tür nochmals. Moritz stand in der Tür, mit einem riesigen Strauß roter Rosen. „Das sind vierzig, habe ich nochmal nachgezählt“, kam es ganz ernsthaft von Max, als Moritz die Treppe zur Bühne hochstieg.

„Alles Gute zum Geburtstag, mein Schatz. Leider muss ich dich nun nach draußen entführen.“ Er grinste zu Maren hinüber, die ihnen zunickte. Caro hätte es sich wirklich denken können, dass sie um eine Feier nicht herumkam.

Normalerweise gingen die Netzwerkerinnen nach den Treffen immer zum Italiener um die Ecke. Aber heute wurde das Protokoll offenbar arg gebeutelt.

Caro staunte Bauklötze, als sie den geschmückten Innenhof sah, in dem nicht nur ein bekannter Caterer in der Kürze ihres Netzwerk-Treffens seine Zelte aufgebaut hatte. Ihre gesamte Familie und Freunde hatten sich eingefunden, und sie bejubelten Caro.

„Du verrückter Kerl, ich liebe dich!“ Sie strahlte Moritz an. Und als sie ihn unter Applaus stürmisch an sich zog, um ihn zu küssen, legte der DJ ihr Lied auf. „Never giving up“.

Es war bereits kurz vor Mitternacht, und die Leute wollten einfach nicht nach Hause gehen. Zu gut war die Stimmung. Mittlerweile musste sogar der DJ seine Musik leiser stellen. Jessi hatte bereits manchen Nachbarn beschwichtigen müssen.

Das Büffet war fast leergeräumt und es wurden bereits die Mitternachtstorten aufgetafelt. Alle waren froh, wieder richtig feiern zu können. Die Kids tobten noch immer ausgelassen herum. Heute war Ausnahmetag.

Da ergriff Moritz ihre Hand und zog sie mit einem entschuldigenden Lächeln von ihren Gästen weg. „Ich muss die Jubilarin einmal entführen."

Als sie einen leeren Raum gefunden hatten, schloss er die Tür. Dann nahm er ihre Hände in seine. „Dass ich dich heute keine Sekunde mehr für mich allein habe, hatte ich leider nicht berücksichtigt. Aber das, was ich dir sagen möchte, geht nur uns beide etwas an."

Caro stutzte, denn Moritz wirkte plötzlich etwas nervös. Das kannte sie gar nicht von ihm. Er nestelte in seiner Tasche und zog ein kleines, hübsch verpacktes Geschenk hervor und überreichte es ihr. Caro stockte der Atem. Konnte es sein? Ihr Herz klopfte ihr bis zum Hals vor Aufregung und ihre Hände zitterten, als sie das Geschenk entgegennahm.

„Pack es aus", forderte er sie auf.

„Oh Moritz!" Ihre Stimme klang ganz brüchig, als sie vorsichtig die Schleife löste.

Gerade als sie den Deckel abheben wollte, stürmten Max und Nele zur Tür herein. Caro wollte sie schon lachend zum Spielen herausschicken, als sie in zwei angsterfüllte Gesichter sah.

„Caro, Moritz! Lukas ist weg! Wir haben schon überall nach ihm gesucht! Er ist einfach verschwunden!"